想成為一次元

1차원이 되고 싶어

朴相映

박상영

郭宸瑋・譯

目次

來自過去的信件1

結束一個多小時的採訪後，我處在一個有些疲憊的狀態中。

燈光熄滅，人群散去，一種熟悉的空虛與羞愧感向我襲來。取消一個午後的諮商預約後，我躺在辦公室的沙發上，喉頭的窒息感令我將襯衫上的兩顆鈕扣解開，也把襯衫下擺從腰間扯出來。我不討厭後頸與皮革靠枕接觸的冰涼觸感。

上個月，在同時段中收視率第一名、話題性極高的時事節目發來採訪邀請，希望能針對近來多名公眾人物同時爆出過往有校園暴力爭議一事進行討論。雖然我以青少年諮商不是我的專業領域為由委婉拒絕，但是一點用也沒有。製作團隊中的某人讀了我去年出版的散文集，對內容深有感觸，於是特意前來懇切拜託，還提到我書中的某一句話正是他們企畫這個特輯的主要原因。因為對方執著的交涉與邀請，我最後接受了這個提案。

看過製作單位發來的影像資料與被害者的證言後，鬱悶感緊緊攫住我的胸口。雖然很想逃避，但我不能破壞約定。我努力將那些沒有變聲處理和打上馬賽克的資料當中活生生、血淋淋的聲音與表情、動作，當作教科書裡會出現的那種文獻資料。我在為了進行採訪而前來拜訪我辦公室的製作團隊面前，針對心理創傷會對人生造成怎樣的影響大放厥詞，但這些道理都是中學生就能夠輕鬆說出的話。製作單位似乎十分滿意。打從一開始，他們想要的就是這些不足為奇的老生常談。

結果，半個月前，在節目播出以後，我的整個日常生活經歷了翻天覆地的改變。節目的威力超出我的想像。相關報導登上各大入口網站的主頁，不過才五分多鐘的訪問影像，一下子傳遍了社群平台。到後來，上星期那個節目在自家官方 YouTube 頻道裡上傳了沒剪輯過的影片版本，我的臉也登上該週韓國觀看次數最多的話題影片排行榜。

我的散文集去年就已經出版，但沒有獲得特別熱烈的回響，卻在此時開始被眾人關注，總是門可羅雀的心理諮商中心也因此接到足以讓業務癱瘓的大量諮詢電話，我們甚至需要重新招募管理電子信箱與電話客服的員工。

這一切完全不在我的期待中，也不在我預想的結果內。

因此，當製作單位以準備製作後續特輯為由再次邀請我進行採訪，我果斷拒絕了，告訴他們我無法再次出演。負責的製作人這樣說：

「託老師的福，有很多人因此產生了活下去的意志。所以，還請老師再考慮一下。」

活下去的意志——這種老掉牙的說法總是比較能夠打動人心。即使我認為他這番話不過是為了推進節目的花言巧語，卻還是接受了這個提案。這一次，我們雙方達成協議，只會進行簡短的訪問。

我在沙發上小睡片刻後醒來，太陽已近西山。窗戶外頭的廣場上，跟平時一樣聚集了許多人潮。他們臉上總是堆滿憤怒，不知道在高聲疾呼著什麼。偶爾，我會在他們的臉上發現自己的某些碎片。那到底是什麼呢？

即使我用手抹了臉好幾次，也找不到一點起床的力氣。我從口袋裡拿出手機，打開Instagram，上面充斥著那些不再聯絡的人展示自己平常生活的樣貌。私訊頁面裡塞滿了訊息，我漫不經心地滑著。在這個過程中，一封以「好久不見」開頭的訊息讓我停下手上的動作。它來自一個帳號叫做「1004」而且沒有設定頭像的人。我的背脊發涼，開始閱讀這則訊息。

好久不見。

真的過了很長一段時間，要說「好久不見」反而讓人覺得尷尬萬分呢。你過得好嗎？你過得還不錯，對吧？

也是，你好像真的過得很好。不光在電視上能看到你，網路上也一直出現關於你的話題。老實說，我很訝異。沒想到你會成為……這種人，所以也完全沒辦法想像你會像那樣站在人前。

或許我該先問你「你知道我是誰嗎」、「你還記得我嗎」比較合適，但是我不想這麼做。因為，這樣太虛假了。即使我沒有說出自己的姓名，甚至只是發一個句號給你，你也一定知道這封訊息就是我發的。十五年，這段時間長得足以讓任何事物消散殆盡，我卻非常確信你能夠認出我，連我自己也覺得奇怪。為什麼呢？我仔細思考了一下……原來是因為在我的記憶中，你從未模糊淡去，始終保持著原本的樣子刻印在那裡。彷彿上個星期才見過面的人一樣，你之於我依舊生動、歷歷在目。它永遠都不會成為過去，而且一直停留在此刻。我相信對你來說，我這個人的某些部分一定也還存在著。單向的事物是不成立的，就像你當時對我說過的。

你還記得這句話嗎？

我想你應該是記得的吧。

你也只能記得啊。

我本來決定要發給你一則氣勢洶洶的訊息，但是真正開始動手寫的時候，又因為不知道應該說些什麼而茫然了。

即便如此，我還是想要告訴你這句話。

池子裡發現了屍體。

屍體的身分很快就被確認了。

很奇怪吧？從那時起已經過了無數的日夜，真相仍然存在那個地方。

我收起手機，立刻坐到電腦前，然後一個字一個字地在檢索欄打出「壽城池」三個字。

畫面中，鋪天蓋地都是為了舉行世界大學運動會而開始進行都市重整的報導。報導的內容和語調就像抄寫自同個範本一樣，大概都是政府單位提供的報導素材，內容在說跟廢墟無異的壽城樂園即將被拆除，一到夏天就飛蚊肆虐的壽城池也會重建噴水池等公園設施。我心想，這是理所當然的事，因為陳舊的事物必然會損毀、被拋棄，直到最後消失為止，這是這個世界的規則。我以前住的公寓也被拆遷了，重建工程已經結束許久。走進新居的那天，為了買房而努力攢下大錢小錢的媽媽流下了喜悅的淚水。回想起她打從心底感到幸福的神情，讓我的心情稍微平靜下來。關於壽城池的新聞，除了這些之外沒有其他特別有用的消息。就在我正想要關閉視窗的那一瞬間，頁面最底下一則標題簡短異常的新聞映入眼簾。我的手顫抖著點擊了那則報導。

「壽城池重建現場發現屍體」

頁面中顯示的照片裡，池水從池潭中流出，到處都是土地被挖開的樣子。我就像剛學會識字的人，遲緩地反覆閱讀著同一段文字。

〔D市〕壽城池的重建工程現場發現一具身分不明的白骨，警方目前已介入調查。

根據壽城警察局透露，本月八日下午三點左右接獲一則通報，表示為修繕而進行抽水工程時，在壽城池中發現了可疑物體。警方出動的結果，確認是一具身分不明的屍體。據悉，該屍體被棄置水中而白骨化，很難推測死亡時間，因此國立科學調查研究院正在進行基因鑑定。

即使只是靜靜坐在位置上，我仍感到一陣頭暈目眩。我閉上雙眼，搓揉自己冰冷的雙手，將頭往後仰。

從後腦勺開始蔓延的寒氣，順著肩膀下行，直達我的手指與腳尖。我感覺自己的嘴唇正在打顫。就算已經把窗戶關上，心臟也像是被冰封一般寒冷。這種感覺揮之不去。我索性關掉電腦螢幕，暗下來的畫面中映射出一個嘴角下垂、眉間開始顯現淺淺皺紋的三十歲中年男子。他的眼白露出過多，看上去充滿攻擊性，疑心病似乎很重。他的臉看起來像沉落湖底的屍體，又像四方形油畫布上一片漆黑的畫作，彷彿作畫者在一次失手後放棄完成畫作的意志，索性亂畫一氣。大概是這樣的一幅畫。

我這些年來的人生，可以說是為了遠離那個時期而存在也不為過。我以一種隱匿一層又一層人生的態度度過每日每夜，如今才終於能夠徹底隱藏自己。如今，那個時期的一切被連根掀起，重新浮出水面，我才醒悟那只是一個完美的錯覺。那時的我們所經歷的事，永遠都是現在進行式。

我再次打開螢幕，打出我熟悉的網址，進入曾經連線超過千幾百次的登入視窗，然後輸入帳號與密碼。即使已經超過十年都沒登入，手指依然記得整個流程，這個發現讓我覺得新鮮。「迷你小窩」的所有留言板都已經關閉，而且設定成非公開狀態。我進入設定頁面，重新啟動日記功能，封存十幾年的記憶浮上水面。

第1章

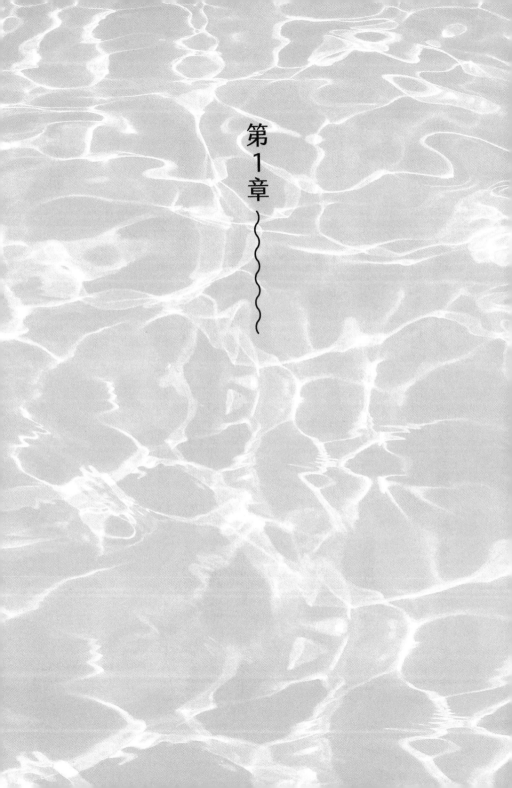

情人節

二〇〇二年的早春，全世界因一股奇妙的狂熱而沸騰不已。二〇〇三年，尚未平息的世界盃熱潮仍充斥在大街上，希望就像霧氣一樣四處蔓延。大韓民國的全體國民心中都銘刻著「夢想成真」這句話，懷抱著有如宗教信徒般的信仰，堅信只要下定決心就能做到任何事。為了世界盃而匆忙建造比賽場地的D市也大同小異，甚至連正值青春期、對一切變得漠不關心的我也感染到那種情緒。

那天才剛下課，我就抱緊書包衝出教室。學校到補習班的距離，搭公車只需要十分鐘，步行則要花費二十分鐘左右。每當我走到公車站附近，就會陷入矛盾掙扎。我一共有三個選擇：就這樣一路走到補習班；搭四〇〇號公車，行經四個站點，在補習班前面下車。或者，搭乘二一〇號公車。

二一〇號公車的終點站是D機場。不使用青少年專用的交通卡，而是拿著（偷來的）信用卡，搭二一〇號公車在機場站下車，買一張可以去到最遠地點的機票，就這樣遠走天涯，永遠不再回來——這是十六歲的我[1]想像中最刺激的逃跑方式。但是那天不一樣，我毫不猶豫選擇了朝補習班的方向奔跑而去。

外語高中密集訓練A班的教室一片黑暗。我走進教室，往我的座位——左邊第二排的第三個位子——走去。我坐在自己的位置上，接著用力抱緊自己的書包，心裡開始掙扎起來。

兩個月前，也就是國中二年級末，我開始在這個以進入特殊高中為目標的入學考衝刺班補習。學歷能夠保障未來的生活——當時的韓國社會仍然十分相信這一套，尤其是外語高中、科學高中等等，以特定目標成立的預科高中[2]也趁勢興起。我生活的壽城區便是以D市的「江南區」稱號（或是一種自嘲的蔑稱）聞名，說好聽一點是大學考試成績優秀的人很多（也就是很多人考進首爾大學），但是更準確來說，這個地區特有的保守封閉與教育熱潮互相結合，給這個地方發展出一種畸形補教文化的空間。於是，不僅學習成績優異的學生，連一些阿貓阿狗（也就是像我這樣，成績比上不足、比下有餘的孩子）也要以進入預科高中為目標來準備入學考試。當然所有人都很清楚，這不過是為了刺激家長與學生的不安，讓補習班大賺一筆的伎倆。A班，名字取得很好聽，實際上是位在α（阿爾法）、β（貝塔）、γ（伽瑪）班之後的第四個等級，專收一些很明顯會在高中入學考中失敗、無可救藥的學生。

1 韓國過去多半習慣以虛歲計算年齡，因此主角此時實歲應為十四到十五歲，直到二〇二三年六月起才改採國際通行的實歲（「滿歲」）為統一的年齡制。

2 韓國〈初中等校育法施行命令〉明確定義了「以接受特殊領域專業訓練之高級中學」為預科高中。

我的數學與背誦相關科目較弱，比較擅長強調脈絡的國文與社會等科目。所以啊，不管以前還是現在，早早就認清現實才是我真正的問題點。儘管如此，我仍然乖乖留在補習班上課的原因，是因為考試是我擺脫D市的唯一辦法。即使內心深處認為這是不可能的任務，也依舊堅持作夢——我理解現實的能力也只能到這裡。

我抬腳跨進黑暗的教室那天也是如此。即使明知不可能，甚至早就預感到可能撼動我人生的危險，卻還是選擇放學時間一到就立刻跑去補習班。我猶豫了許久後，終於從書包裡拿出一個小盒子。彷彿捧著聖杯一樣，我小心翼翼地把小盒子放到我右斜前方的那個位子上。

前一天晚上，我在超市買了價格最便宜的巧克力，跟著網路上看到的食譜，將巧克力隔水加熱之後，倒入心形的模具中。我笨拙地在巧克力上鋪滿糖霜與淋醬，最後再灑上糖粉，完成了我人生中第一個手工巧克力。照我最初的計畫，我會將這個任誰看了都覺得完成度非常糟的巧克力裝在從學校前面那間文具店買來的小盒子裡，把它放在桌上後就直接離開——像守護天使一樣，不經意地贈予。

但是在這空無一人的教室裡，我的中二病，我快要爆炸的緊張感，不允許我讓我的巧克力像個單純的巧克力一樣。於是我從書包裡拿出印有首爾大學照片的練習冊，撕下一張內頁紙，開始用一種跟我的筆跡相去甚遠的可愛字體寫信。雖然對方不會知道寫信的人是誰，但我還是苦惱了很久，一個字一個字地寫下我的心意。

我從很久以前就開始喜歡你。

我不知道自己是誰，也不知道自己能成為什麼人，只有一件事是我無比確信的，那就是，我比這世界上任何人，都還要經常想著你。雖然不知道「經常想到你」是否等於愛情的大小，但無論如何，如果去計算時間的總量，似乎是這麼一回事。

我有個習慣，就是去猜想我所擁有的、我可能擁有的人生是什麼模樣。

而那裡一直有你。我就像個傻瓜一樣。

我全心全意地寫下在心裡反覆過千遍百遍的告白，感覺到一種秘密的快感。這是匿名才能獲得的一點自由。在這張小小的紙片裡，我沒有必要隱瞞任何祕密。

但是這封沒有寄件人，而且經過好幾次修改才完成的信裡，飽含著連我自己都感到羞恥不已、原汁原味的感情，在唸出聲音的當下，連我自己都忍不住害羞，不禁用力打自己一記耳光。趕快清醒過來！你真的打算把這東西放進盒子裡嗎？我一邊這樣想著，手卻不由自主地解開小盒上的蝴蝶結，把信紙折成畫片[3]的形狀，放在巧克力上。我重新繫緊蝴蝶結，把裝有巧克力的盒子放到他的座位上，然後在背起書包、打開門走出教室時，再次搧自己一巴掌。完全沒有現實感。我到底做了什麼？

3　一種韓國傳統兒童遊戲中使用的玩具，通常由兩張紙摺成，玩法類似台灣兒童遊戲「尪仔標」。

就在我轉進走廊拐角時，我看見有人從對面走過來。她穿著格紋的緊身校裙，身高遠高於平均水準，皮膚黝黑，眼睛細細長長的，後腦勺的頭髮剪得極短，讓人一眼就能看見脖子，有一邊頭髮較長遮住臉頰。她是李紋紋。

紋紋特有的銳利雙眼直勾勾盯著我，然後從呆站在原地的我身邊走過。空氣中隱約飄著一股菸味。她不經意露出的耳廓上插滿耳釘，看起來就像固定在筆記本上的線圈。聽說紋紋的學校從今天開始放春假？只為了這半個月的叛逆，非要在身上打幾個洞的行為，著實充滿青春期特有的情懷。不對，這件事一點都不重要。紋紋正朝著教室的方向走去。怎麼辦？我是不是要先抓住她？還是先回教室，把盒子拿出來再說？要不是為了寫那封沒什麼了不起的情書，不對，即使只是省下那兩記巴掌的時間，就不會發生這樣的事了。我現在該怎麼辦？當我還在磨蹭猶豫，紋紋早已走進教室。為時已晚，我的背脊開始發涼，感覺嘴唇開始變乾燥。到目前為止我竭盡全力隱藏的祕密，怎能因為僅此一次的叛逆，就輕易地公諸於世？這是我的傲慢與可悲造成的結果。

不對，冷靜下來！有任何證據可以證明把盒子放在那裡的人是我嗎？我只是在走廊上巧遇紋紋而已，如果是其他人把盒子放在那裡，也沒什麼好奇怪的吧？沒錯，在韓國這塊土地上，堅持己見的人才能大獲全勝。只要我說不是我，那就不是我啊。根本沒有擔心的必要。而且，紋紋也不一定會打開盒子啊！搞不好她根本不會放在心上。雖然不是不可能，但紋紋還得考慮自己身上能再打多少洞、怎樣才能將頭髮染成藍黑色而不被看守校門口的人發現、眉毛能夠修到多細等等，讓她看起來不像是會關心他人事務的人。

李紋紋。

她就讀我們學校附近的S女子中學。出人意料的是，不同於她與眾不同的外貌，她是A班裡數學與科學成績最好的人。在這個無藥可救的班級裡，她也是升上預科高中機率最高的人。既不屬於愛玩的孩子，但也不在模範生的範疇，她的非典型特質讓我更加坐立不安。沒有任何事可以保證李紋紋不會對其他人說三道四，說看到我放巧克力盒的事。如果是坐在紋紋旁邊的柳熙榮發現這件事，可能還好一點。熙榮家的方向與我家方向相同，學業成績也差不多，而且隸屬於各自學校的學生會。我們在去年的聯合校慶企畫小組中見過，也算聊過幾句話。她雖然不是什麼了不起的人物，卻給人一種公平公正的印象。假如是被熙榮發現，說不定還有一點說話的餘地？想法接二連三不斷湧現，卻沒想到什麼解決辦法。不安是不安，但飢餓歸飢餓。我頹喪地走向補習班前的便利商店。

本來想像平時一樣買大鍋蓋泡麵來吃，最終選擇了生生烏龍麵。[4]每當考試成績不如意或是跟父母吵架的時候，我一定會買生生烏龍麵來吃。沒有比心亂如麻的時候更適合高價（？）的食物。大口大口喝著又燙又鹹又酸的醬油湯頭，一陣爆汗之後，會有一種那些讓腦袋變得亂七八糟的苦惱也跟著被洗掉的感覺。我在容器裡加入熱水，

4　兩者都是韓國泡麵品牌。

掩飾不住焦慮的心情，手指在便利商店的桌子上敲個不停。忍耐了大約四分鐘後，我打開丟棄湯水廚餘的垃圾桶。就在我試著將泡麵水從生生烏龍麵封蓋上的孔洞倒出時，整個碗的重心向下一歪，容器裡的泡麵也瞬間湧向垃圾桶。神聖的米白色麵條原封不動地落在垃圾桶的濾網上。看著熱氣蒸騰的麵條，我想起當食物掉到地上時，只要趕緊撿起來就還可以吃的「三秒原則」，但是在我來得及反應之前時間已經超過三秒了。不走運的時候，就連煮一碗泡麵都不順利。

便利商店的玻璃窗映照出一張臉。那張臉的臉頰發紅，是我剛才打自己耳光時太大力了嗎？明明不怎麼痛啊。大概是激動的情緒還沒消退吧。距離上課開始還有三十分鐘左右。我應該直接逃回家，還是若無其事，裝作真的什麼都不知道的樣子，回到補習班上課？

認真考慮一下子後，我才終於下定決心。是啊，就算這次逃走了，又會有什麼不同？即使祕密被所有人知曉，也沒有挽回現狀的方法。我從便利商店走出來，果決地走向補習班。

這時候，我還不知道自己今後的生活會發生什麼事。

•

教室裡的氣氛與平時沒什麼不同。班上的孩子裡，有一半的同學穿著便服，其餘同學則穿著校服，這是由於每個學校的春假開始日期都不一樣。我放在桌上的巧克力盒子已經不見了。他有順利收到嗎？還是被紋紋拿走了？我完全無從得知中間發生了什麼事，稍早決定鼓起勇氣面對的心情也轉瞬即逝。我忽然又焦慮不安起來。

雖然這堂課是我喜歡的英語課，但是我完全無法集中精神。我輪流觀察著他（巧克力的主人）和紋紋，但兩人都沒有表現出異常的舉動，紋紋甚至還在課堂中打瞌睡。雖然她不可能知道我已然一片狼藉的內心，但是看著她一副沒事人的樣子，我還是無來由地火冒三丈。為什麼只有我要承受這種痛苦？我只是喜歡上一個人罷了，這就是我的罪！我在上課教材《英語文法應用》的角落裡，畫著毫無意義的四角形與圓圈，然後把畫好的圖形塗成黑色，努力要壓下那分緊張感。

三個小時的課程結束後，學生三三兩兩走出教室。我慢吞吞地收拾書包，同時一面環顧四周。沒有人用怪異的眼神在看我。幸好，我擔心的最糟情況似乎沒有發生。全部的人都走出教室後，我嘆了一口氣，傾身趴到桌子上。我決定相信巧克力盒與我投注其中的真心已經暗中傳達到他手上。然而，這件事本身也是個問題。他會去想送巧克力的人是誰嗎？哪怕只有一次，他會想到我嗎？還是完全沒有想到我這個人，只單純以為是哪個女孩子給的，而且為此覺得開心呢？我曾經苦惱過，我今天的行為會為我們之間的關係，乃至於我的生活，帶來怎樣的變化？當然，全部的問題都沒有答案。

我收拾完書包就走出教室，卻看到讓我驚嚇的一幕，因為紋紋就那樣光明正大地杵在走廊正中央。我壓下吃驚的心情，裝出若無其事的樣子與她擦身而過。紋紋對著我的背影說：

「你沒有話要對我說嗎？」

我就像個白癡一樣，立刻在原地停下腳步。我應該假裝沒聽見，直接離開才對。向我走來的紋紋像是終於忍不住，倏地放聲大笑。

「你這人肯定當不了間諜，還真是不會說謊，全都寫在臉上了。」

我不知道自己在其他方面如何，但是在說謊這件事上，我可是非常有自信。整個人生就是謊言本身的我，竟然會被質疑？為了挽回一時的失策，我讓自己找回平常心，戴上模範生面具，擺出全世界最無辜的表情，以冷靜的聲音開口。

「嗯？我沒有什麼話想跟妳說啊？」

「我知道的可不是這樣喔。」

「對了，妳染頭髮了？我覺得這次的髮色很適合妳。」

我瞇起雙眼，露出我最擅長的社交用笑容，泰然自若地走到電梯前，心中祈禱著對方能夠放過我。紋紋跟在我身後，不知道有什麼有趣的，一直在竊笑。

「我平時絕對不會提早到補習班，今天剛好有點事，所以沒辦法回家。」

紋紋撩起頭髮，露出釘滿耳環、發紅腫脹的耳朵。

「看起來好痛喔。」（我到底該怎麼辦？）

「不怎麼痛啊，而且我看到很好笑的東西欸。是怎樣？本來以為一定還沒人到教室，結果突然冒出一個男的，而且是急急忙忙跑出來。他是不是在這間關燈的教室裡，放了一個綁著蝴蝶結的小盒子呢？我仔細想了想，今天不是情人節嗎？有人在情人節送綁著蝴蝶結的盒子。就算我再怎麼不關心別人的事，遇到這種情況怎麼按耐得住好奇心呀？所以我偷偷把盒子打開來看了一下。」

「喔，真的嗎？」（有病，她不是說真的吧？）

「雖然我覺得這種文化多少有點智障，但是在韓國的情人節這天，通常不都是女人送巧克力的日子嗎？為什麼空教室裡會有小禮物，而你又從裡面出來呢？」

「是嗎？我都沒注意到欸，真是神奇。」（我拜託妳，快閉嘴吧）

「要我連信的內容都唸出來嗎？我有個習慣，就是去猜想我所擁有的、我可能擁有的人生是什麼模樣，而那裡一直有你……」

這個誇張的傢伙不但把盒子打開來看，竟然還把信讀了出來。羞恥的感覺讓我的肩膀凍結成冰，但我依舊裝作什麼都沒聽見，走進電梯裡。紋紋也跟著我一起上了電梯，然後繼續說。

「也就是說，如果我把我看到的東西告訴其他人也沒關係吧？」

「不好意思，我完全不知道妳在說什麼。妳想怎樣就怎樣，因為這件事跟我沒有關係。」

我的聲音很明顯開始顫抖，任誰聽起來都會相信這件事跟我有關。我完蛋了。當我意識到自己被紋紋的節奏牽著鼻子走時，已經為時已晚。電梯門開啟，我本來打算直接衝出去，結果被紋紋抓住我的衣角。

「你要去哪裡？我們再聊一下吧！」

紋紋的話語間有一股讓人難以抗拒的氣勢，帶著某種強制性，而我又是一個（如同典型的模範生）被動的人。等我回過神，已經不知不覺跟在她身後。我就像一隻小狗。

紋紋帶我去的地方，是我從未去過的補習班後巷。雖然跟大街比起來沒什麼人跡，但是老字號商店櫛比鱗次，所以不會讓人覺得偏僻。跟著紋紋又走了幾步，就能看到以中年女性為客群的服飾店與小小的租書店。紋紋停在一間名為「水貂書店」的租書店前。跟平時那些我經常光顧、位於大街上的連鎖店相比，這間書店的外觀實在破舊不堪。紋紋盯著水貂書店的櫥窗，對我說：

「你有錢嗎？」

天啊，我的人生活到現在，終於在第十六個年頭第一次被勒索要錢，而且還是被一個看起來比我輕了二十多公斤的同齡女生。我反射性地說自己一毛錢都沒有，紋紋又笑了起來，還說什麼「這都是為了你好」。為了我好，所以跟我要錢？連狗聽了都會笑出來的話呢！我緊閉住雙唇不答腔。紋紋若無其事地把手伸進我褲子的口袋，掏出裡面的錢包（我發出一聲宛如垂死掙扎的哀鳴），然後走進水貂書店。我一邊喊著「還我錢包」，一邊跟在紋紋身後進門。

一名留著短髮的中年女性坐在櫃檯後面，臉上是一副對全世界了無興趣的表情。紋紋從我的錢包裡拿出一萬韓元，遞給那位（可能是水貂書店老闆的）女性，而且要求對方用我的名字註冊會員。接著，她把錢包遞還給我。

「你的電話號碼和地址？」

「為什麼要我的地址？」（妳自己看著辦吧）

「不要讓我說第二遍，快點回答我。」

我維持雙手捧著錢包的姿勢，內心天人交戰。她該不是想闖進我家吧？還是她打算用我的祕密當籌碼，威脅要跟我的父母告狀？就算不是那樣，我也絕對不能告訴她我家地址在哪裡。於是，我報了馬路對面新世界公寓的地址。

「你住在我家附近耶！」

紋紋這麼說。我有一種感覺，覺得自己漸漸踏入紋紋設下的圈套裡。老闆以極快的速度打字，並告訴我們一萬韓元已儲值完畢。我無法得知紋紋的目的究竟是什麼。紋紋對老闆說：

「姊姊，把我借過很多次的那個拿給我吧。」

不論再怎麼看，我都覺得比起「姊姊」這個稱謂，「阿姨」或是「老闆娘」之類的稱呼更符合這位女性的年紀，紋紋卻故意叫對方「姊姊」。雖然紋紋沒頭沒腦地要求老闆娘拿出「那個」，但老闆娘也立刻把手伸到櫃檯一旁的書架，從最上層把書拿出來。當紋紋對她說「請幫我用他的名字登記借書」，老闆的臉上仍舊看不出一絲情緒，只是用儀器掃描書上的條碼。這部漫畫叫做《非洲酒店》，封面上色調柔和的漂亮圖畫，讓我忍不住一陣心動。

「你從這個開始看吧！應該會對現在的你有很大幫助。」

我仍然無法理解現在的狀況，但我就像個老實接受大韓民國填鴨式教育的十六歲小孩一樣，乖順地接過書並放進書包裡。我心想，既然是花自己錢借來的書，讀一讀也無妨。紋紋表示自己已經預約了要借的書，直接從預約架上拿走三本漫畫，然後毫無留戀轉身走出去。我猶豫了一下，不知道要不要跟紋紋一起走。我心想，只要適當地拉攏紋紋，應該就能知道巧克力盒是否順利送到主人的手中。於是，我跟在紋紋的後面離開。

李紋紋的目標似乎就只是為了借書給我看。她毫不在意我的存在，逕自繼續朝著陌生的巷弄走去。來到市場後面的老舊公寓商店街後，紋紋橫向穿過建築物，進入狹窄的小巷。巷子裡胡亂擺著室外冷氣機和瓦斯桶，我提心吊膽地走在當中。跟著她抵達小巷子深處後，紋紋從校服裙子的口袋裡拿出一盒ESSELIGHT香菸。她就像九十年代初期那些香港黑色電影（Film Noir）[5]中的主角一樣，嘴裡歪斜地叼著一根香菸，用右手點打火機。我看著四周有如蜘蛛網般交織在一起的瓦斯管，擔心起這裡會不會有突然爆炸的可能性。紋紋對我喊道：

「你還在看什麼？快過來幫我擋風，火點不起來。」

我再次按照紋紋的要求，順從地用雙手圍住打火機。幸好瓦斯爆炸沒有真的發生，取而代之的是紋紋的香菸點燃了。紋紋用拇指與食指捏著香菸，往天空吞吐白煙，樣子酷似一名

5　Film Noir 一詞源自法語，主要指一九四〇至五〇年代初期以昏暗巷弄、犯罪事件與黑暗世界等為主題的電影。

在司機餐廳[6]前抽菸的中年計程車司機。看著這樣的她，我的緊張情緒也跟著煙消雲散，忍不住大笑出聲。她到底是從哪裡學會抽菸的？

「笑什麼笑？」

「因為妳的樣子太搞笑了。」

「你不抽菸嗎？」

「嗯。」

紋紋吸了幾口後，隨即將香菸扔到地上、吐口水，然後猛然轉身走出小巷子。我用腳使勁拈熄還在冒煙的菸頭，才上前追上紋紋的步伐。感覺自己好像變成跟在媽媽屁股後面跑的小雞，這讓我的自尊心有點受傷，但我必須掌握巧克力盒的去向。我跟著沒有絲毫猶豫、快速前進的紋紋，不知不覺間眼前出現了陡峭的山坡。我們爬了大約五分鐘左右的上坡路，便看見單層平房與商家錯落有致地矗立在坡路上，四下卻不見任何人影。紋紋站在其中一間擺著平床[7]的店面前，商店門口的舊式鐵製拉門上可以看見寫著「白楊商行」字樣，但這一帶當然沒有種植任何白楊樹。紋紋指著白楊商行說：

「未成年可以在那裡買到酒和香菸，所以很有名。」

「所以？」

6 韓國特有的餐廳種類，因為可以供計程車司機隨時飽餐一頓而得名。
7 也譯作「涼床」，一種韓國傳統木製傢俱，通常放在戶外供人休憩。

「我認識的朋友和姊姊都是在那裡買的，但是那個老先生絕對不會賣給我。就如你眼前所見，小的我臉長得算相當幼齒，而你怎麼看都不像未成年嘛？」

我完全無法反駁，畢竟我在國中二年級的時候，就已經把別人二十年份的歲數長完了，在學校的綽號之一是狼人，也就是狼與人類的綜合體。我的身高已經超過成人平均水準，所以為了配合其他同齡人的身高，我必須駝著背走路。而且我的鬍子也漸漸變粗，開始每天都得刮鬍子的生活，體毛的濃密度也接近成人。最重要的是，我的表情和眼神已經與十幾歲的年輕人有點不同（祕密總是讓人變得過度早熟）。紋紋雖然身高超群，體型卻非常纖細，所以從稍微寬鬆的標準來看，勉強還看得出是國中生，但如果只看那張黝黑的臉蛋，根本就像個小學生。她從口袋掏出粉紅色的錢包，錢包上有一個巨大的草莓形象卡通角色。那個草莓卡通角色的下巴很尖、雙眼狹長，而且設計成短髮的造型，跟紋紋長得頗為相似。我忍不住爆笑出聲。

「妳那錢包是什麼鬼啊？妳是小學生嗎？」

紋紋毫不在意我的反應，從錢包裡拿出四張一萬韓元的鈔票。

「你去那裡用這些錢幫我買兩條 ESSELIGHT 回來。」

看來紋紋沒有打算像普通的流氓太妹那樣向我敲詐錢財，而是想把我當個簡便的中間流通網來利用。我用自己也覺得噁心萬分的聲音回答她。

「紋紋啊，我不是想要反對妳的嗜好，也不想用菸酒來判斷一個人價值，那種人太無知……但是我很難接受妳這種犯法的請求，何況我現在還穿著制服。」

「雖然我這人的口風比你想像中還要緊，但如果想要我一直保守祕密的話，我們之間不是應該要培養一點親密感嗎？」

「是嗎？從剛才我就完全不知道妳在說什麼。如果妳想跟我做好朋友，我當然覺得很感謝，但是所謂的人際關係，不是也有分階段嗎？我們是不是應該慢慢經歷那些階段？」

「這一點都不困難啊。你一個月幫我買一次香菸，我們就可以好好相處。你聽不懂我的話嗎？」

我正面臨著十六年以來人生中最大的危機。難道我要這樣墮落成李紋紋的香菸供應者嗎？雖然我的自尊心受到傷害，但就算要跟她進行協商，我手中的籌碼還是太少了。首先，我不知道紋紋會到處說些什麼，也不知道紋紋在女孩子間的影響力與信任度有多高，因此不能隨便忽視她的要求。先冷靜下來想想吧。目前的情況下，可以確定的是紋紋深信製作巧克力和寫信的人就是我。即使我否認所有事實，恐怕以紋紋的人望也足以推翻我的整個人生。

「知道了，把錢給我。」

我接過錢，用力打開白楊商行的拉門，發出很大的「嘎吱」聲響。我挺直肩膀、理直氣壯地走進店鋪，裡頭卻感覺不到任何人的動靜。層架上陳列著密密麻麻的餅乾和泡麵，食品包裝全都褪了色，讓人猜不透究竟是多久以前生產的商品，上面還積滿了灰塵。這時，右側角落傳來一陣聲響，用韓紙裱糊的門被打開了。一名無法推測性別與年齡、外表十分乾癟的老人蜷縮在那裡。他摘下老花眼睛，對我說：

「你需要什麼？」

我低聲下氣跟老人要了兩條 ESSELIGHT 香菸。老人沒有看向我這邊，只是慢悠悠地往屋裡挪動。我聽到好一陣沙沙作響的聲響，心臟緊張到快爆炸。在彷彿經歷了一億年的劫難之後，老人拿出兩條包裝被撕開大半的 ESSELIGHT。我將錢交給老人後，逃跑似地離開商店。老人用洪亮的聲音在我背後大喊：

「把門關上再走啊！」

我把那兩條香菸塞進紋紋懷裡。她露出滿意的神情，把香菸丟進書包裡。想到事情終於要結束了，我緊張的心情也跟著緩和下來。（從紋紋那裡打聽情報的任務被我忘得一乾二淨）

我正轉身準備要走，紋紋急忙攔住我。

「我還有一件事要拜託你。」

（媽的還來啊）「什麼？」

「以後補習班下課之後，跟我一起回家吧。」

「為什麼？」

「這個嘛，反正我們住同一個方向……而且我很無聊？」

無聊？她到底在想什麼？是打算把我當成狗一樣每天使喚嗎？我突然想起報名補習班的那天，熙榮扶著眼鏡說過的話。

「因為對象是你，我才說的……李紋紋……在我們學校還滿有名的。」

我對此不感興趣，所以沒繼續追問。她到底是在哪些方面有名呢？其實，就算她抽了一根又一根的菸，就算她跟什麼可怕的事件有牽連，只要她能對我的祕密三緘其口，這些事就跟我一點關係也沒有。但是既然事情變成這樣，我認為現在的首要任務，就是先去了解紋紋的個性（比如，她是否像自己說的那樣守口如瓶）。看來我得暫時收起自己的尖牙，在紋紋的身邊搖尾乞憐了。故作單純天真的樣子，裝作什麼都不知道，一步一步仔細觀察，一點一點蒐集情報，然後抓住她的弱點，在關鍵時刻扭斷她的脖子。我抱著毅然決然的心情，調整好背包、緊握住肩帶，回答她：

「知道了。反正就是補習班結束後，讓我送妳回家的意思，對吧？我們是同學，這種事當然沒問題。」

「不是，你在說什麼啊？晚上的街道很危險，讓姊姊我送你回家吧。」

我絕對不會暴露我的住處。

暴露我住在大馬路對面的事實。

對我來說，這件事就和我的真面目一樣，是束縛著我的祕密。

國中入學之前，我不得不努力把新家的地址背起來。當時，我所居住的宮廷公寓是壽城區第二老舊的公寓社區，位於行政分界線的邊際。宮廷公寓與新建成的公寓社區中間有一條寬廣的大馬路交流道，以這條路為分界基準點，學區也好、房價也好，就連社區的氣氛都截然不同。住在宮廷公寓裡的孩子，除了極少數籤運很好的人，其他大部分人都被分發到市區近郊（高中入學考試成績不好的）學校。媽媽讓大舅舅——大型眼科醫院的院長，多次透過房地產投資嘗到獲利的甜頭，嗜好和專長是蒐集黃金地段的房地產——幫我偽造戶籍，遷入他剛買下的新世界公寓。也許是媽媽的策略生效了，我被分發到以豪門貴族學校著稱的K國中，於是我不得不背誦這個我這輩子從未去過的地址：新世界公寓一〇一棟二〇一三號。

但我們家不是從一開始就住在宮廷公寓裡。我上小學的時候，我們家還住在馬路對面新建的公寓社區裡。那場震驚世界的金融風暴危機[8]後，景況在一夕之間發生劇變。我爸媽丟棄了從新婚時就開始用的巨大原木衣櫃與高級嫁妝棉被，丟棄了五彩繽紛的碗盤與陳列這些器具的裝飾櫃。他們把生活所需的家當減去一半，搬進了宮廷公寓。宮廷公寓位於自然形成行政區邊界的山腳處，附近還有一座壽城池。說好聽一點是依山傍水，但若要更加精準說明，就是夏天的蚊子成群結隊，冬天颳起的冷風能將鍋爐瓦斯凍結，平時還必須毫無防備地暴露在附近花街柳巷的噪音之下。我們家是位於公寓頂樓的第五層，而這裡當然沒有電梯。爬樓梯的時候，雖然從物理面來說，我是漸漸朝著高處走，但是在心理面上，每一步都像在一階一階往下降。大理石地板變成了黃紙鋪成的地板，原本有兩間浴室如今只剩下一間，另外還有一個房間消失了。房間和房間的距離變得很近，晚上躺下準備睡覺時，可以清楚聽見爸爸

8 一九九七年爆發了始於泰國的金融風暴，韓國受到牽連後，韓元大幅貶值，無數企業面臨倒閉，政府宣告國家破產，並向國際貨幣基金組織IMF申請紓困貸款。

打呼的聲響。最重要的是，兒童遊樂場的規模與遊樂設施的數量減少了，這對於當時才十歲的我而言，是足以撼動整個世界的劇烈變化。

那時我還沒做好接納新世界的準備，便在放學後跑到以前公寓社區的遊樂場玩。我把書包丟在長椅上，跟社區裡其他小朋友們一起溜滑梯、扮家家酒，還打了ＢＢ槍。夕陽西下後，所有人三三兩兩回家，我撿起放在長椅上的書包，將它背在一邊肩膀上，獨自踏上回家的路途。白天的時候，這條大馬路不過是供汽車行經的道路，但是一到夜晚，它看起來就像一片森然駭人的沼澤，有遭遇車禍的貓咪屍體，以及從梧桐樹上飄落、鋪滿地面的樹葉，似乎只要一隻腳不小心錯踏，就會立刻被這個空間吞噬殆盡。我總是用自己最快的速度穿越那條馬路。

媽媽卻不一樣。有如打從一開始就住在宮廷公寓的人，自然而然地在宮廷超市買豆芽菜和豆腐，連陡峭的山坡、五層樓的階梯，她也可以臉不紅氣不喘地爬上爬下。問她「是怎麼做到的」，媽媽會回答：「在我度過幼年時期的農村裡，這種坡度可是連『山坡』都稱不上。」就這樣，媽媽幾乎將生活裡的所有東西，都換成與宮廷公寓相符的風格。

就是這樣的媽媽，在國中入學典禮那天再三認真叮囑我，千萬不要忘記我不是宮廷的住戶，而是新世界公寓的居民。我從媽媽堅決的語氣中領悟到，我必須徹底隱藏自己住在宮廷公寓的事實。

經過短暫的唇槍舌戰，幸好紋紋率先意識到繼續這段對話是一場徒勞，於是乖乖透露自己家的地址。她說自己家在新世界公寓附近。從白楊商行到大路上的距離十分遙遠，但由於是下坡路，所以沒有花多少時間。穿過大馬路，經過新世界公寓社區後，眼前出現一座山丘，上面矗立著一排排附有寬敞庭院的老式洋房。我跟著紋紋爬上山坡。此時的天氣仍然寒氣逼人，但我還是感覺自己腋下被汗水浸溼。不知道是因為紋紋每天走這條路，還是本來體力就很好，她中途一次也沒有休息，卻依舊健步如飛。然後，她突然停下腳步。

「這是我家。」

我呼吸急促地抬起頭，社區中難得一見的高聳圍牆擋在我的面前。我可以看見圍牆另外一邊那棟三層樓結構石造住宅的樓頂。雖然它的外觀既不精緻也不怎麼俐落，但是光憑規模與氣勢就足以震懾人。有如洞窟入口般的漆黑鐵門上，處處可見油漆剝落的痕跡。它的高度遠遠超過我的身高，看起來相當宏偉莊嚴。紋紋一按下門鈴，宛如鳥鳴般的門鈴聲急促地響了一聲，接著門立刻打開。與此同時，一個黑影從門裡飛躍而出，向我撲過來。我反射性地發出尖叫。

「不行，娜娜。」

紋紋比劃著熟練的手勢，黑影便從我身上移開，紋紋則上前撫摸那道黑影。我回過神仔細一看，原來是一隻耳朵直挺挺豎起的杜賓犬。幾乎跟我差不多高的杜賓犬，竟然叫做娜娜？到底是誰的取名品味？跟名字氣質完全不符的娜娜，瘋狂舔著紋紋的臉。我有輕微的恐犬症，因此在娜娜再次撲向我之前，徐徐往後退了幾步。紋紋看見我這副樣子，露出得意洋洋的笑，說道：

「幹嘛擺出一副死人臉？你不用擔心啦，我口風真的很緊。」

「雖然我之前就說過，但妳說的那個巧克力真的和我沒有任何關係……」

「算了吧你，我就問你一個問題。」

「什麼？」

「為什麼偏偏是允道？」

為什麼是允道？

面對紋紋的質問，我的身體瞬間一僵，但立刻佯裝不知情的樣子說：「妳在說哪件事？收到巧克力的人是允道嗎？」然後在紋紋回答之前，我就迅速轉身，心裡想著要沿著山坡趕快下山。

為什麼是允道……我從來沒考慮過這種事，也不覺得有去思考的必要。

因為他是允道，因為只能是允道。

•

現在回想起來，我和允道之間其實沒什麼特殊的緣分。

平時我和允道幾乎沒有交集。舉例來說，在校外教學的觀光巴士上，如果允道是坐在座位最後一排的人，那我就是那個坐在前方第二排的人。無論對於導師還是對同學，我都是那種容易被接受的人，不會去樹立敵人，也沒有特別親密的死黨。也許正是由於這種形象，我在國中一直被指派擔任班長一職。我的成績、知名度、口碑都不錯，就像「在白開水裡加了一滴糖漿」那種人。事實上，我之所以成為這樣的人，都是經過我的精心計算。

從連我都記不得的幼年時期開始，我就已經意識到自己的與眾不同，那就是：「我是個喜歡男人的男人」這個事實。對於其他小孩子來說，表達自己的喜好或是想要的東西，不需要有所顧忌，是一件十分自然的事。這是十歲小孩的本能與特權。但是，（之前也強調過）我的反應很快，所以我全身的細胞都深刻明白，發洩自己的慾望是一種禁忌。所以不知從何時起，我一直像隻變色龍一樣，用保護色來偽裝自己。雖然很疲憊，但也同時給予我一種隱祕的喜悅。我擁有比任何人都還要黑暗的內心世界，長久以來都在瞞騙其他人——這件事為我帶來奇妙的快感，同時還擁有某種可以隨意操縱對方情感的自信。基於這層原因，我也鍛鍊出一些同齡人沒有的技能，例如編出可以不著痕跡瞞天過海的謊言，或是熟練地克制自己的情感等等。現在回想起來會發現，這不過是因為我很早就意識到自己不屬於「普遍、共通的」那一群，因而產生某種自我強迫與自卑感。

允道這個人的存在滲透到我的生活中，是在國中二年級的夏天。那時，我明確感覺到自己身體的變化。過去與他人融洽相處的同時，卻又隱約感覺到無法相容的格格不入，我終於明白它的真面目。

二〇〇二年夏天，大韓民國與義大利如火如荼地正在進行世界盃足球十六強賽，我獨自坐在家裡附近的讀書室。正值期末考試期間，平時熙熙攘攘的讀書室那天卻是空無一人。買了讀書室四人室定期票，比十六人的定期票還要貴上許多，讓我心疼到不行。這裡除了我自己的呼吸聲之外，四周鴉雀無聲，旁邊的座位上放著一個黑色 Nike 鞋袋。這個位置的主人肯定是因為受不了父母碎念「考試期間你還不念書嗎」，於是告訴父母要去讀書室看書，結果是在街頭遊蕩，或是在朋友家看足球轉播。

總感覺除了我之外，全世界的人都坐在電視機前。我對於足球、國家以及與此相關的所有事物都不感興趣，因此，為了隔天的技術家政[9]考試背誦人生週期表才是有效率的選擇，抱著這個想法，我翻開了教科書。諸如結婚、生產、育兒與子女教育等等的知識，也許適用於我的父母，但是對我來說，它就像一件非常不合適的衣服。我根本不願去想像自己遇到某個人，然後跟對方一起組成家庭的樣子（姑且不論我的性取向為何）。對於當時的我而言，家人不過是束縛我的枷鎖，我所有的慾望都被收束在這個支點上。

我想擺脫現在的生活。

劃破讀書室空無一人的寂靜，四周響起人們的歡呼聲。我不知不覺緊閉雙眼，捂住自己

9 韓國教育中的家政課，同時加入建築、電子、機械等項目的技術基礎課程，合稱「技術家政」。

的耳朵。世界與我之間彷彿隔著一片玻璃。外頭在舉行慶典的時候，我更是徹底成為孤獨的一人。面對這個所有人融為一體的世界，我心裡也有一點不想融入的幼稚叛逆，此時卻有一股無邊無際的孤獨感圍繞著我，吶喊著哪怕只有一瞬間，我也想歸屬某個地方。要是有人能拯救我於這令人厭倦的生活，有人可以向我伸出手就好了。就算只有一次。

就在那一瞬間，奇蹟似地，我聽見有人開門的聲音。

來人是一個男生，沒有一點鬍渣的白皙臉蛋，俐落乾淨的運動風髮型，穿著黑色無袖背心。他身上的背心，後背印有數字18與某人的名字（我當然不知道那個選手是誰），手裡拿著最新款的多媒體播放器。你人都已經來到讀書室了，還打算看足球嗎？他瞥了我一眼，拉開我旁邊座位的椅子，以背對著我的姿勢坐下。他將播放器斜立起來，靠在桌上的鞋袋前，雙臂交叉在胸前，聚精會神地看著畫面。所以說，這個人就是鞋袋的主人。我好奇他在看什麼這麼認真，於是側眼偷瞄了一眼，但液晶螢幕很模糊，我什麼都看不清。像在看魔術眼（Magic eye）[10]一樣，我努力瞇起雙眼，結果看見金城武正在用無聊的表情吃鳳梨罐頭。我在播放經典電影的頻道上看過幾次，這部電影叫做《重慶森林》。金城武看著過期的鳳梨罐頭說道：

「如果記憶也是一個罐頭，我希望這罐頭不會過期。」

10 源自美國的立體圖系列圖書名稱，後來多直接用來代稱立體圖。立體圖，利用視錯覺讓人感覺有立體效果的平面圖。

全宇宙都在祈禱大韓民國能踢進八強的此時此刻，這個男孩竟然悠閒地坐在這裡看金城武的臉。我忍不住對他產生興趣。這時，他調整了一下坐姿，身體稍微轉向我這邊，我才終於看清他的臉。小巧的耳廓與微尖的耳朵，秀挺的下巴連接著血管突出的頸項，修長的鼻尖與黑點斑斑的人中，沒有雙眼皮的細長雙眼。這是即使多看兩眼也不會留下印象的平凡長相，某些部分卻讓人想一看再看。無袖背心的空隙之間，乾淨的腋窩與稀疏的體毛一閃而過。我情不自禁盯著他的一舉一動，他察覺到我的視線，轉頭望向我。我嚇了一跳，趕緊把頭轉回來。接著，他冷不防地將播放器的畫面轉向我，拔起連接機器的耳機。四人室裡迴盪起〈*California Dreamin'*〉。我本來擔心管理員會聞聲跑來，但反正管理員自己也在看足球轉播，肯定不會在意這些噪音。他對我開口說：

「你不覺得這首歌很好聽嗎？」

「嗯……不錯啊。」（我們認識嗎？幹嘛對我用平語[11]）

畫面中出現身穿警察制服的梁朝偉，他在藍色燈光籠罩的速食店前與王菲並肩站在一起。我能感覺到他停留在我臉上的目光。我的臉頰一陣發燙。他又說：

「你是哈利波特吧？」

「什麼？」（沒頭沒腦的在說什麼啊）

11 又稱「半語」，韓語中對平輩或晚輩使用的一種語法。

「是吧！八班的班長，哈利波特。」

一問之下才知道他跟我同一所學校，而且就在隔壁班，除了體育課有重疊，午休時間也跟我們班一起踢過幾次足球。他還補充說，他記得其他同學三五成群聚在一起踢球時，只有我獨自坐在長椅上咬著指甲讀《哈利波特》。

「我有那樣嗎？」

雖然我假裝不記得，但這就是我會做的事。我連忙將自己的身體藏到隔板後，再次埋首在技術家政的課本裡。彷彿某個見不得人的地方被人發現了一樣，羞恥的感覺不斷湧上我的心頭。

是時候坦白我的另一個弱點了。幾乎所有的球類運動我都不擅長，甚至可以說非常爛，本身也對此沒什麼興趣。因此每當遇到體育課中的自由時間，我都會獨自躺在長椅上看書，或是百無聊賴地看著同學踢球。十幾歲的男性社會猶如野生世界，這樣的我無疑處於非常大的劣勢。如果說成績在教師或家長的社交圈中是談資，外貌在與異性（或者同性）交往的戀愛市場上是評價標準，那麼在男孩子之間（包括打架在內的）體能是最重要的評判因素之一。雖然我平時可以融入群體之中，但一到體育課就會彈出群體之外，變成獨行俠。沒想到偏偏讓他看到那種狀態的我。

看我沒什麼反應，他重新把耳機插回機器上，自己一個人認真看起電影。我也表現出冷淡的樣子，重新回到教科書裡的人生週期表。青年時期，達適婚年齡的男性與女性相遇，組成家庭之後生兒育女……我讀了好幾遍，內容卻一個字都沒進到腦袋裡。看了許久的電影後，他伸了個懶腰，接著把頭轉向我。他目不轉睛盯著我，突然開口搭話。

「不過，你真的很像哈利波特欸。」

「什麼意思啊？」

我一副已經等待許久的樣子迅速出聲反駁。也許是害怕自己小鹿亂撞的心情被看穿，我的語氣下意識變得生硬。他指了指我的額頭。

「這個疤痕，不就跟哈利波特一樣嗎？」

他指的是豎立在我的額頭正中間、一條手指粗細的粉紅色胎記。雖然從遠處看不明顯，但近看就像長長的斑痕，我也因此在班上多了一個「包青天」外號。包青天與哈利波特，差距可真大。他說這些話時沒有其他意圖，我卻覺得被他賦予一個極為浪漫的暱稱。我裝作若無其事，用全宇宙最冷淡、最沉靜的聲音問：

「你叫什麼名字？」

「都允道。哈利，你叫什麼名字？」

我告訴他我那平凡無奇又毫無特點的名字。他跟我說，哈利比本名更適合我，以後會繼續叫我哈利。我再次把目光投向教科書，心中反覆咀嚼他的名字。

都允道。允道。

不知道為什麼，這個名字有一種極富韓國特色的洗鍊感，同時又好像被人輕輕灑了兩勺異國風情來調味。

允道與哈利。

把他的名字和他幫我取的暱稱並列在一起，我心中突然出現一個荒誕滑稽的想像——我們就好像是在康乃狄克州某個名牌寄宿學校的學生。我瞬間潛進想像中，湛藍的天空與茵綠的草坪一望無際，我置身於充滿古典氣息的建築裡，聽著根據我的興趣和需求選擇的課程，然後在課後社團活動中參加樂團或是玩美式足球，還有學生宿舍裡的私密互動……想到這裡，我猛然回過神。

這樣下去不行。我從座位上站起來，打開四人室的門走出去。我進到廁所，看著鏡子，發現我的臉果然染上水蜜桃般的粉紅。我用涼水洗臉，重新看向鏡子。額頭上長出的痘痘與剪短的頭髮，這個長相看起來最少也有二十五歲左右。我用冰冷的手輕輕拍打自己的臉。打起精神吧，現在該是回到現實的時候了。從洗手間出來後，我猶豫著是否要回到四人室。最後，我朝著屋頂的休息室走去。

站在屋頂上，可以把壽城池看得一清二楚。壽城池附近的街道十分繁華，熱鬧非凡。每間餐廳的露天停車場都設有巨大的螢幕，穿著紅色世界盃T恤的人們坐在塑膠椅上，聚在一起烤肉同歡。

大家都沉浸在幸福的喜悅中，只有我身在與世隔絕的孤島。

我的身體靠在屋頂的欄杆上，開始哼起歌。

許多無法對你傾訴的故事
以及只有你能感受到的千瘡百孔
你要我擁抱痛苦的你
我卻輕易地對你說出：我們都是一樣的……

當我唱完一整首歌，有人戳了戳我的後背，嚇得我魂不附體，大叫了一聲。回頭一看，允道站在那裡。允道說：

「你住在宮廷一號洞對吧？」

「啊，不是啊？我住在新世界。」

我反射性地說出謊言。正如允道所言，我就住在宮廷公寓的一號洞。也是，新世界公寓附近也有很多讀書室，住那裡的人沒有理由特地跑來這附近的讀書室。就算如此，在這裡念書的人也不見得都住在宮廷公寓。可是，他怎麼連我住的公寓洞數都知道？我說不出其他的話，允道突然哼起我剛才唱的那首歌，然後用胸有成竹的語調說：

「每天晚上十一點，從宮廷公寓一號洞高樓層傳來的歌聲。我很確定。」

我啞口無言，只能呆呆看著允道。他的眼睛雖然小，黑色瞳孔卻又圓又大。從那對瞳孔中，我看見驚慌失措的自己。

二〇〇二年夏天，讓我沉迷好一段時間的專輯是Nell樂團的《Reflection of》、紫雨林[12]的《戀人》、艾薇兒．拉維尼[13]的《展翅高飛》（*Let Go*），還有酷玩樂團[14]的《降落傘》（*Parachutes*）。現在的我不怎麼挑剔，會去聽各種類型的音樂，但當時的韓國十分偏好獨立音樂、英式搖滾與現代搖滾。某個有名的音樂人對這種音樂給予極苛刻的評價，說它是「屁孩才聽的歌」，然而對於當時不是屁孩、只是想藉由某些東西來發洩感情的我，這些歌的情感溫度最適合我。

允道聽到的歌，似乎就是其中之一，又或者可能是全部。記憶力差到簡直稱得上有病的我，在背誦歌詞這件事上卻異常優秀，所以我也經常唱那些專輯中的歌曲。

宮廷公寓的缺點多不勝數，但由於它座落在山腳，因此可以俯瞰整個城市的夜景，夏天也能吹到涼爽的風，就這幾點來說倒是還不錯。我有一台防水的Panasonic隨身光碟播放器，是當時的我擁有（能夠擁有）的事物當中最昂貴的物品。我收集了各式各樣的唱片。將唱片光碟放進播放器裡，戴著耳機躺在床上看喜歡的漫畫，這段時間對我來說是唯一可以放鬆的時光。不用去在意其他人，我成為我自己的那種瞬間。偶爾——其實是每天晚上——我會稍微打開窗戶，然後跟著耳機裡播放的歌曲哼唱。如果是在其他時間，媽媽一定會馬上過來斥

12 紫雨林，韓國四人搖滾團體，一九九七年出道至今。
13 艾薇兒．拉維尼（Avril Lavigne, 1984-），加拿大女歌手。
14 酷玩（Coldplay, 1996-），英國搖滾樂團。

責我。幸運的是，媽媽在那個時間點也忙著進行自己的音樂活動。她會待在當儲藏室用的小房間裡，將耳罩式耳機連接到爸爸衝動買下卻沒用過幾次的電子琴，一邊彈著聖歌、一邊流淚，進行自我療癒的過程，當中大概包含了百般的憤恨，對於我們江河日下的家境，以及在這種糟糕的情況下，還因為購物衝動而購買各種物品的丈夫，以及回家後一句話也不說就把房門鎖上的國中生兒子。所以，那首聖歌是媽媽面對無法稱心如意的人生，請求天主給予救援與回應的歌曲（我一直相信我的慢性窮酸病、失眠和情感起伏都是遺傳自母親）。

但是，他到底是怎麼知道的？

我露出複雜的神情，沒有答腔。然而，對於宮廷公寓一號洞每晚傳來的歌聲，允道不再追問其真實身分，只是請我告訴他剛才那首歌的名稱與演唱歌手。我思索了一下，輕聲回答他。

「Nell……樂團，曲名是〈反正那種事〉。」

從自己嘴裡說出來後，總感覺莫名有些尷尬，一方面因為我不習慣暴露自己非常瑣碎的點點滴滴，另一方面是，在這種全大韓民國都在唱「允道賢的樂隊」〈噢！必勝韓國〉的時期，聽這種陌生的獨立樂團音樂似乎會給人一種做作的感覺，就像為了讓自己看起來與眾不同而無謂掙扎的行徑（當然，某種程度上這也是事實）。擔心這些憂鬱至極的歌曲會暴露我那如同荒蕪沙漠般的內在風景，因此心生不安也是原因之一。渴望被視為「平凡的存在」，以及想要擁有屬於自己的喜好，這兩種對立的慾望在我體內不斷碰撞。允道不可能了解我的心境，只是從口袋裡拿出最新款的 Anycall 摺疊手機，記下我告訴他的歌手與曲名，接著用有些興奮的語氣問我：

「好特別喔，你怎麼知道這種類型的歌？」

本來以為自己一定會被當作怪人看待，卻看到允道釋出善意，讓我忽然感到很開心。如果是在世界盃盛況空前的期間，選擇看《重慶森林》而不是足球轉播的人，如果是懂得欣賞金城武與梁朝偉美好之處的人，是不是能與我共享相同的喜好呢？我小心翼翼地告訴他，我會透過各種獨立音樂社群和《Hot Music》、《GMV》等雜誌獲得相關資訊，另外還有市區的電影院後巷裡有一間主要販售這類唱片的店家。語畢我才發現，連對方沒問的東西，我也自顧自講得很開心，為此有些不好意思。允道想了一會兒，遞出他手中的手機，對我說：

「那我們找一天去那家唱片行吧。電話號碼給我，哈利。」

「好啊，就這麼辦。」

我被他意料之外的反應嚇了一跳，但仍裝出不在意的樣子接過手機，敲著鍵盤輸入我的電話號碼，然後緊張地按下通話鍵，確認我的手機上確實顯現了他的號碼，才把手機還給允道。允道看見我用的是舊式掀蓋手機，說道：

「你也是用 BIGI 網路[15]喔！」

15　二〇〇〇年代，韓國 KT 電信針對青少年使用手機與網路推出的收費方案。

「嗯，如果申請加入 KTF[16]的話，就會免費送這款手機。」（我為什麼連這種事都要特別說明給他聽啊）

「是說你唱歌很好聽耶？社區裡聽得很清楚，連我睡覺的時候都還在唱。」

「你在說什麼狗屁……」

我一陣心慌意亂，口氣不由自主強硬起來。允道只是在誇獎我而已，我為什麼如此手忙腳亂？他只是笑笑看著我，讓我馬上為自己的反應後悔不已。允道絲毫不在意我的反應，一副正事都辦完了的樣子，啪啪拍了我的肩膀兩下，就打開屋頂的門往樓下走去。

這時候，大家發出激動雀躍的歡呼聲。大概是韓國隊進球了。但此刻的我不想歡呼，而是想放聲尖叫。

那天晚上，我走進房間後沒有開燈。我心想，如果他能聽見我的歌聲，就表示他的住處離這裡很近。好像有人正在聽著似的，我屏住氣息，輕手輕腳地打開窗戶，俯瞰公寓社區的入口、山坡下方的獨棟公寓區，以及更下面的繁華街道。也許是因為正值午夜時分，還亮著燈的住戶不多。我瞇起雙眼，仔細觀察每一戶燈火通明的房子，但當然看不清窗戶裡面的模樣。我把身體探出窗外，再次瞇著眼睛往獨棟公寓區望去。那些獨棟樓的外觀都是高檔的象牙白磚材建成的全新建築，但是（聽媽媽說）由於那裡是升學率比較不好的學區，所以房價

16　KT 電信的前身，二〇〇九年被 KT 電信合併。

比較便宜。為了讓建築物具備高級別墅的特色，它的四周種了許多人工造景用的針葉樹，這些樹木擋住了我的視野。樹叢之間可以看見幾間仍然明亮的屋子，但大部分的家庭都拉上了窗簾。其中有個位處一樓的房間，窗戶完全敞開，我可以清楚看見裡面的景象。房間裡，有個黑色的形體正在活動，可以看到某個人穿著深色無袖背心的背影。那人脫光了衣服。看到那具白皙而瘦削的背脊，我吞了一口口水。男子換上一件白色無袖背心，坐到靠窗的書桌前。

那是允道。

他真的每天晚上都在那個位置上聽見我的歌聲。我雖然心裡湧現很想死的羞愧，視線卻無法從坐在書桌前的允道身上移開。不知道是不是在念書，他正在寫些什麼東西。心臟搏動的聲音愈來愈大。那是一種心跳聲從腳底一路傳到頭頂的感覺。我的心跳聲當然不可能傳到允道那裡，但我還是為了抑制這愈來愈巨大的聲音，反覆調整呼吸好幾次。這時，允道從位子上站起身，把手伸向窗戶。我趕緊彎下腰。

過了一會兒，我戰戰兢兢地抬起頭，只見允道房間的窗簾已經緊緊闔上。

那是國中二年級的時候，我和允道的相遇。

坎莫爾

春假很快就進入尾聲。在歷經情人節之亂（？）後，不確定該說幸還是不幸，我的日常生活出現了些微變化。不知是紋紋就像她自己宣稱的那樣守口如瓶，抑或她認為我尚且還有利用價值，同學之間並未出現我喜歡允道——也就是我喜歡男人——的傳言。我依照與紋紋的約定，每週兩次跟紋紋一起回家。雖然有時紋紋會像開玩笑似地問我：「允道有什麼魅力啊？」但只要我堅持閉口不談、不給她任何回應，她就會立刻轉移話題。我打算裝出若無其事的樣子、向紋紋打聽巧克力去向的計畫也化為泡影，因為她是反應超快的人，只要我說出巧克力的「巧」字，她就會立刻背出情書裡的句子，讓我不得不閉上嘴。於是，我非但沒有得到任何情報，甚至只能被紋紋牽著鼻子走。

允道對待我的態度也與平時無異。他這次也被編到我的隔壁班，倘若休息時間在走廊上碰到彼此，他會若無其事地叫我「哈利」，或是稱呼我「班長」，還用手掌摸摸我的後腦勺。我們偶爾會聊自己喜歡的音樂家或新上映的電影，互動上沒什麼不同。然而，這種相處模式並不如表面上那樣輕鬆愉快。巧克力與當中承載著我的感情究竟流落何方，問題一個接一個湧現在腦海中，讓我十分痛苦。我甚至猜想，允道也許已經收到我的巧克力，只是沒跟我說而已。我希望允道能夠對我坦承，無論是微不足道的日常瑣事，還是對其他人無法說的祕密。但是對於隱藏喜歡他的心意、偷偷（？）在他身邊徘徊的我，這是我不敢奢求的願望。

沉默與祕密。

它將所有事物推進迷霧之中，使人類感到孤獨。我希望允道能夠藉由我從祕密中解放出來、進而擺脫孤獨，卻不知道產生這種慾望只讓我變得更孤獨。

完全不顧慮我焦慮萬分的心情，紋紋似乎決定將我當作心情垃圾桶。她經常跟我分享她那充滿背叛、計謀與愛情（？）的國中女校生活，發洩她對那些背信忘義的朋友的憤怒。談起自己的家人，她也沒有任何顧忌。紋紋的父母似乎都是教授或老師，時常在聊天時提到「我爸的學生」或「我媽媽在上課的時候」之類的話（後來我才知道，這兩位都是大學教授）。雖然紋紋抽菸的頻率幾乎稱得上有重度菸癮，也總是無所畏地出口成髒，她在稱呼父母時卻總是乖巧地使用「爸爸」、「媽媽」。紋紋家裡似乎也有一些複雜的狀況，比如嚴厲且自以為是的父親、對家庭漠不關心的母親，還有宛如縮小版父親那樣不知變通、對紋紋施加壓力的模範生哥哥。仔細想想會發現，即使紋紋與我之間趨近一種敵對（？）關係，她卻毫無忌憚地對我坦承自己的傷疤。也由於我們每次見面，她都會講心事，讓我甚至心生「看來她真的特別看重我」的想法。但不可能有這種事吧！她對我有多少了解？可是不是這樣的話，到底又是為什麼呢？連我這樣的人都覺得可惜，畢竟她看起來不是沒有朋友，卻選擇把我當成傾訴的對象。不管我再怎麼想，也不會有答案。問題在於，我也在不經意間開始喜歡跟紋紋一起行動。或是更準確來說，我是喜歡上紋紋的選書品味。

以前，我知道的作品只有班上男同學彼此傳閱的《第一神拳》、《嘻哈》、《讚》[17]、《H2》等。這些作品的世界是以冒險、競爭、動人心弦的友情與死亡來點綴，但是紋紋給我看的《非洲酒店》不一樣，講述男人離鄉背井前往大城市從事藝術活動，心中懷抱著永遠無法被填補的失落感；身為男人的他愛著男人的形象相當自然地讓人融入其中。讀《非洲酒店》的時候，我發現自己始終沒有察覺卻一直存在自身內心的渴望似乎得到了緩解。我羞赧地向紋紋打聽其他這種類型的書。紋紋表示她早料到我會喜歡，興高彩烈地推薦了更多的漫畫給我。我閱讀《純愛二分之一遊戲》與《紐約．紐約》之後了解了男性之間的愛情，在《星光之中》和《Normal City》中得到科幻元素的知識，從《X》、《聖傳》和《惡魔的新娘》裡吸收了西方神祕學（Occult）的相關文化。當時我才第一次發現，原來這個世界上存在這麼多為我寫的故事。我為這些允許我踏入其中的新世界而激動不已，甚至將所有的零用錢都奉獻給水貂書店。紋紋就像見到認真上進的應考生一樣，看上去似乎十分欣慰，隨後又向我推薦更多漫畫。

那天，我們像往常一樣在結束補習班的課程後，踏入了水貂書店。我也像平時一樣要求

17 《嘻哈》、《讚》為早期韓國漫畫，沒有中譯本。

紋紋推薦書給我，紋紋立刻用十分慎重的口氣說：

「這次的作品，不是我會公開推薦給任何人的書。它就是這樣珍貴，所以你一定要好好地、細細地讀它。」

紋紋就像在拔聖劍一樣，謹慎地從書架上抽出幾本漫畫，接著宛如授予勳章一般，虔誠肅穆地將書放到我手中。它的書名是《NANA》。

那天晚上，我涕淚縱橫地讀完借來的七本漫畫，然後頭一次主動發簡訊給紋紋。

—《NANA》真的讓人發瘋。

—很讚吧？

—世界名著。

—我就知道會這樣。恭喜你，測試結束。你，合格了。

—什麼意思？

—明天你到市區來。

—為什麼？

—你來就知道了。記得穿好看一點再出門，像個大學生一樣。

收到紋紋的簡訊後，我的腦袋呆滯了半晌。這麼突然？為什麼要去市區？是打算一起看電影嗎？我們的關係還沒好到那種程度吧！是我沒拿捏好兩人之間的距離嗎？還是她想針對情人節之亂採取什麼後續行動？事到如今，她到底還想做些什麼……這些想法不斷浮現。我懷著複雜的心情，猛然瞥見掛在牆上的日曆，發現今天正好是三月十四日，也就是白色情人節。雞皮疙瘩瞬間爬滿我的背脊。到底是為了什麼要跟我碰面？我不知道該怎麼回她，就這樣盯著手機螢幕好一會兒。

這時一通電話打了進來，震動動作嚇了我一跳，手機掉到床上。本來以為是紋紋沉不住氣打電話過來，看了眼手機螢幕才發現是泰瑞。我調整一下呼吸節奏，接起電話，傳入耳中的是泰瑞有些悶悶不樂的聲音。

「哥，你在幹什麼？」

「沒幹嘛，就躺著而已。」

「那你要不要跟我見個面？」

「好麻煩喔。」

「出來啦，我們在遊樂場見。」

電話掛斷後，掀蓋手機外部螢幕上顯示著「姜泰瑞 0：15」的藍色字體。十五秒，我們之間的通話永遠如此簡潔。

泰瑞是我在宮廷公寓社區中唯一稱得上是朋友的人。這話的意思是：「沒事做的時候，隨時穿上拖鞋就可以見面，是最好說話的對象。」（對於泰瑞來說，我大概也一樣）我和泰瑞的關係歷史悠久。我媽媽與米菈阿姨——泰瑞的母親——兩人之間的淵源，可以追溯到她們就讀女子高中時期，她們是藝文社團裡的親密摯友。泰瑞雖然是早年生[18]，但一直稱呼我「哥」（幸好我們倆小學和國中都在不同地方就讀，所以沒有出現過輩分混亂的狀況）。跟實際年齡相比，泰瑞有點像個小孩子，而我的性格較為早熟，所以也習慣把泰瑞當成弟弟對待。不過，對於比我大上五歲的泰蘭姊姊，我卻感覺到更深的親近感。

泰瑞一家人搬來這裡遠早於我們家，也就是泰瑞從幼年時期開始就住在宮廷公寓。金融危機使我們家面臨破產之際，在眾多公寓中非要選擇在此處落腳，也是受到米菈阿姨的影響。米菈阿姨和我媽媽都是職業婦女（米菈阿姨是蘆薈公司的推銷業務員，我媽媽是K書中心的輔導老師），因此如果有誰下班時間比較晚，另一人就會把對方的孩子接到自己家裡，兩家人一起吃飯或是幫忙照顧孩子。泰瑞家住在公寓社區中地勢最高的十號洞。如果我住的一號洞是小丘陵水準的高度，十號洞就是位於陡峭山丘的腳下；要走到那裡，一路上稱得上有如在攀岩。每當媽媽打電話說當天會比較晚下班、叫我在「米菈家」吃晚飯時，我就一定要作好攀岩的心理準備。當我這樣氣喘吁吁到達十號洞，泰瑞和泰蘭姊姊會一邊看著電視，一邊招呼我的到來。

小時候，我們三人就像親手足一樣長大——更準確來說的話，當時是國中生的泰蘭姊姊一直負責照顧還在上小學的我和泰瑞。姊姊從以前就一直把「我要離開這個乞丐住的家」掛

18 韓國特有的年齡算法，即生日落在一至二月的人，會比同年生的其他人提早一年進入學校就讀，因此會跟前一年度出生的人成為同屆同學。

在嘴邊，自稱是家裡的叛逆兒童。就連尚且年幼的我看來，泰蘭姊姊也是個十分與眾不同的人。表面上，米莊阿姨經常叨唸泰蘭姊姊是「沒禮貌的丫頭」，會當面毫不留情斥責泰蘭姊姊，而且總是偏袒小兒子泰瑞，對他表現出露骨的偏心，但其實社區裡所有人都知道，米莊阿姨始終把維持全校第一名成績的長女視為家族之光。泰蘭姊姊的自尊心極強，也不喜歡輸給別人，因此在家中經濟拮据的狀況下，米莊阿姨依舊會在百貨公司買有品牌的衣服給她穿，零用錢也給的不比其他家小孩少。泰瑞總是主張自己一直在嚴重差別待遇的環境下長大，說自己連鋼琴補習班的門檻都沒踏進去過，但是泰蘭姊姊一直在上鋼琴補習班，持續到練熟了徹爾尼五十首練習曲[19]所有曲目為止。這些話我聽到耳朵都長繭了（泰蘭姊姊小學二年級時還曾在青少年鋼琴比賽中獲獎）。總之，一旦決定行動就會堅持到底的泰蘭姊姊，比起單純、散漫又喜歡對人撒嬌耍賴的（也就是 Spoiled Child[20]）親弟弟，她跟相對比較沉冷靜、善於溝通的我更親近。連平時死都不肯出房門一步的泰瑞，我都能讓他乖乖把房間讓給我用。

對那個時期的我而言，泰蘭姊姊的房間就跟寶庫一樣。她的書桌一角有一台卡式錄音機和光碟播放器，占據整面牆壁的巨大書櫃裡放滿了像是《流行通訊》、《KINO》等雜誌，

19 奧地利音樂家卡爾．徹爾尼（Carl Czerny, 1791-1857）創作的鋼琴練習曲，流傳至今仍是世界各國音樂院校採用的教材。

20 Spoiled Child，被寵壞的小孩。

以及獨立音樂的專輯。此外，泰蘭姊姊還是推理小說迷，甚至為此打造一面收集牆，收了上百本東西方推理文庫系列、阿嘉莎・克莉絲蒂全集和福爾摩斯全集。我經常看著泰蘭姊姊一邊播放純樂器演奏音樂、一邊念書的背影，自己待在一旁讀阿嘉莎・克莉絲蒂或艾勒里・昆恩（Ellery Queen）的推理小說（我從經驗中明白，年紀這麼小就接觸殺人與犯罪對孩子的情感和情緒狀態來說不是好事）。去年，泰蘭姊姊考上首爾大學。她獨自前往首爾之後，我一個人把那些像遺物般留下的唱片翻了出來。泰瑞不喜歡泰蘭姊姊聽的音樂類型，總是說那些音樂聽起來很憂鬱，而且他本來就對看書沒什麼興趣。只是他經常跟在我屁股後面，滔滔不絕講著學校或教會裡發生的無聊瑣事。當他自己叨叨絮絮了一會兒，發現我都沒什麼反應後，就會氣鼓鼓地對我說：

「哥，你沒有什麼話想對我說嗎？」

「嗯。」

「為什麼？」

「因為沒什麼好說的啊……」

要做到像你這樣天真也是一種才能啊！雖然我很想這麼說……但我沒有這麼做。不過，該怎麼說呢？跟泰瑞待在一起，就像看到一張平整、毫無摺痕的畫紙，會讓人心情平靜。但今天的我想讓自己沉浸在閱讀曠世名作《NANA》的感動中，泰瑞這個傢伙為什麼這麼不會看時間，硬要在大半夜叫我出去？我正想要隨便披件帽T後出門去，這時卻收到一條簡訊。

─明天下午一點，韓日電影院前集合。

這次真的是李紋紋。我稍微猶豫了一下，抱著隨她去的態度，發送出「嗯嗯」的回應。這人上輩子是希特勒嗎？每次開口都是命令。

我把手機放回口袋裡，嘴裡不情願地喃喃自語，同時動身下樓，走向家門前的遊樂場。我看到泰瑞坐在盪鞦韆上，身上穿著灰色運動褲和藍色愛迪達運動上衣。天氣明明不怎麼冷，他的袖子卻下拉到蓋住指尖，嘴巴直往袖口裡哈氣。不知道是不是身為家裡老么的緣故，泰瑞時不時會做出超越性別和年紀的嬌態，讓我覺得有點吃力。

「你的袖子是怎麼回事？你以為你是潘允熙[21]嗎？」

「因為很冷嘛！」

泰瑞似乎有些尷尬，將袖子重新拉到手腕的位置。他的大腿上擺著一個小盒子。我走到他面前，拍了拍他的膝蓋問道：

「那是什麼？」

泰瑞突然把那個盒子遞到我面前。

「不是什麼了不起的東西。」

我打開小盒子一看，裡面裝著巧克力，而且一看就知道是親手做的，看起來比我上個月

21 二〇〇六年至二〇〇七年間在網路上發跡的韓國穿搭網紅。

做的那個還像樣，但手工特有的生疏與笨拙仍無法掩蓋。我的心理創傷死灰復燃，身體不由自主開始顫抖。我神經質地問泰瑞：

「為什麼要給我這個？你被女朋友甩了嗎？」

「誰被甩了啊！我本來是送給姊姊的，結果不小心做太多，才拿來給你啦。」

三個月前，泰瑞和教會聖歌隊裡的高中生開始交往。從一開始泰瑞被那位姊姊告白的那天起，我就像是在看現場直播一樣，從泰瑞的口中見證這段戀愛史。這兩人雖然交往還不到百日，卻有如在一起超過一千年的怨偶，已經進入倦怠期。

「你明明知道我不喜歡甜食。」

話雖然這麼說，我還是順手把巧克力放進嘴裡。味道苦甜苦甜的，是極其常見的那種巧克力味道。當我漫不經心說出「味道還可以」，泰瑞露出十分高興的表情，彷彿有條看不見的尾巴在他身後不停晃動。泰瑞確實有某些行為很像寵物狗。與泰蘭姊姊（或是我）不同，他天生就聽話乖巧，會照米菈阿姨的要求每個週末認真參與教會活動，不論誰都很容易信任對方。這種溫順的性格和遺傳自米菈阿姨的大眼睛，讓他在異性間頗有人氣，而且已經談過三次戀愛，雖然我完全無法理解這些女生的喜好。

為什麼我在泰瑞面前就會變得尖酸、刻薄呢？我一邊思考這個問題，一邊嚥下嘴裡的巧克力。接下來，我們的對話也跟通電話時一樣，簡短地講完後就各自回家。

也許是因為緊張，我比約定時間提早二十分鐘抵達韓日電影院。我凝視著電影院前的巨大櫥窗，玻璃反射出我的模樣：上半身穿著橫條紋 POLO 衫、黑色開襟針織衫，下半身是水洗牛仔褲，頭頂的黑色棒球帽壓得低低的，背包不是平常使用的 Nike 背包，換成了 Eastpack。她叫我穿得像大學生一點，這個叮嚀令我十分在意，所以極盡我所能穿得像年長好幾歲的人，結果事與願違，總覺得反而顯露出十幾歲人的氣質。這時，有人拍了拍我的背。我轉頭一看，被眼前這一幕嚇到合不攏嘴。

紋紋站在我面前，身上穿著滿是破洞的白色T恤和一條格紋迷你短裙，皮帶上纏著金屬鍊條，加上腳踩高跟黑色軍靴，使她本來就很修長的身材顯得更高。她的肩上背著流行一時的 Prada 後背包——由於市面上贗品太多，因此連背著真品也讓人覺得像假貨。紋紋的眼皮上描著粗厚的眼線，頭髮抹上髮蠟、從中線對分，大剌剌地展示出掛滿耳飾的耳朵。她的樣子明顯就是在模仿《NANA》女主角大崎娜娜。我看著紋紋，笑到不能自己。

「妳現在是在 Cosplay[22] 嗎？」

「閉嘴啦。」

22 和式英語，「Costume Play」的略稱，指穿上特殊的服飾、搭配飾品道具與化妝技術的「角色扮演」。

紋紋一邊咒罵、一邊迴避我的視線，看起來連她自己都覺得不好意思。她神情堅定地告訴我，今天有必須完成的事情，要先解決那件事後再去吃飯。她是不是又想指使我去做什麼奇怪的事？我的內心忐忑不安。

紋紋朝我做出「跟我來」的手勢，逕自走向斑馬線。她每邁出一步，就可以聽到金屬鍊條互相撞擊的聲響，我也總是忍不住笑出聲。

「幹嘛一直笑啊？你這樣會跟不上我喔。」

穿過馬路後，紋紋向D站的方向走去。仔細一看，紋紋的耳朵油亮得像是塗了一層油。難道是我不知道的新型化妝技巧嗎？聽說「日本風」現在很流行，這是日本最新流行趨勢？我的好奇心被勾起，於是開口問紋紋。

「妳的耳朵為什麼亮亮的？塗了什麼？」

「別提了，我的耳朵一直在流膿，真是快煩死了。我今天先吃了抗生素、塗過膚即淨乳膏[23]後才出門的。」

我咬緊嘴唇，忍住笑意。她是為了逗我笑才出生在世上的嗎？紋紋繼續走她的路。我們穿過熱鬧的街道，眼前出現一排低矮的老舊建築，接著馬上抵達市場的入口。

校洞市場。

23　Fucidin Cream，丹麥製藥公司研發的乳膏劑，常用於細菌引發的皮膚感染症。

這個地方，我只聽說過名字，但紋紋似乎來過好幾次，沒有絲毫猶豫就走進市場小巷深處。我緊貼在紋紋身後，邁出急促的步伐。這條狹窄的小巷裡，連容納一個人穿越都很困難，小吃店卻鱗次櫛比緊挨其中。空氣中瀰漫著我生平頭一次聞到的怪異氣味，既像腐壞的肉類，又像是異國他鄉的奇特氣味。我們就那樣忍受著來歷不明的味道，繼續往前進。來到一條岔路時，紋紋倏地停下腳步，轉頭四處張望以確認路線。什麼嘛，她也是第一次來嗎？小吃店飄散出的蒸氣與熱氣，馬上就讓人感到悶熱不已。我將身上的開襟針織衫脫下來掛在肩上，身體輕輕靠在路邊的冰淇淋冷凍櫃，很喜歡手臂上的清涼觸感。紋紋看起來毫無方向感，令我相當不安。這時，我的目光無意間看向冷凍櫃，被其中的畫面嚇得冷汗直流，不禁發出驚叫。冷凍庫裡有狗的屍體，而且還是被剝了皮、軀體蜷縮成一團的狗。我渾身上下的雞皮疙瘩都站起來，步履蹣跚地往後退一步。店家老闆似乎見過不少像我這樣的反應，不以為然地對我冷眼相覷。紋紋朝我走過來，對我怒吼：

「有人死了嗎？幹嘛大驚小怪？」

這一切突然讓我煩躁到無法忍受。

「妳知道我們要去的地方在哪裡嗎？」

「我在網路上看過路線示意圖啦……」

「什麼？妳完全沒去過？」

「任何人都會有第一次嘛。」

面對紋紋理所當然的態度，我也沒打算放棄追問。

「目的地到底是哪裡？」

「洋基街。」

不知道路的話問人一下不就好了，這件事有這麼困難嗎？我問了滿臉不悅的狗肉店老闆洋基街在哪裡，對方沒有開口，只是抬起下巴指向右邊。

「好像是在這邊。」

我們走進岔路的右邊巷子。相似的小吃店一間接連一間，不久後一條寬闊的道路在我們眼前展開。除了陳列軍裝的店鋪，還可以看見許多鋪滿外國進口餅乾的商店。也許是這時她終於想起路線，紋紋健步如飛地向前走，最後站定在一片玻璃門前，門上懸掛著碩大的招牌看板。

校洞綜合進口商店街。

紋紋從背包的外側前袋掏出草莓錢包。它的厚度，讓人感覺相當有份量，裡頭裝著捆成一沓的萬元紙鈔。紋紋伸出手指沾了沾口水後點起鈔票，捻出十萬元交給我。

「為什麼要給我？」

「我已經決定要從 ESSELIGHT 畢業了。」

「妳要戒菸？」

「你覺得有可能嗎？還不如讓狗戒掉吃屎。」

「不然呢？」

「你還記得《NANA》裡出現的黑石[24]吧？」

「那個……阿泰[25]抽的黑色香菸？」

「沒錯，那個和七星。姊姊我現在打算開始抽日本菸了。你各買一條來就行。」

紋紋從口袋拿出一張小紙條遞給我，說這是店家的示意圖。接著她又解釋，通過入口的黃色樓梯上到二樓後，照示意圖的指示走，會看見一間叫做「美子菸酒」的店面，在那邊可以買到日本進口香菸，只要跟店家阿姨說一聲就可以。

「這些錢應該夠了。」

啊，簡直令人不敢置信。這人真的有讓人火冒三丈、不耐煩的卓越天賦。也許是發現我的表情很難看，紋紋用又哄又勸的口吻說：

「你就乾脆一點，再幫我一次啦，結束後我一定會請你吃好吃的。」

我苦惱了一下。都到這個節骨眼了，在這裡拒絕她也未免太掃興（其實是因為肚子也滿餓的），於是我將十萬韓元塞進口袋，然後毅然決然推開玻璃門走進去。

我照紋紋的指示走去，果不其然看到一塊寫著「美子菸酒」的小小招牌。店前的商品陳列架與牆壁上的裝飾櫃裡，林立著種類五花八門的酒類。我沉默不語地在店面前來回踱步，

24 Black Stone，一九九七年推出、源自美國的香菸品牌。

25 《NANA》裡的男性配角。

（有很高機率名字就叫做美子的）老闆朝我這邊看過來。我努力以沉著冷靜的語氣說：

「老闆，請問這裡有賣日本香菸嗎？」

老闆一臉狐疑地問：

「你想要什麼？」

我按照紋紋的要求，要了一條七星跟一條黑石。老闆病懨懨地答了一聲，從椅子上站起身，打開展示櫃下方緊閉的拉門，裡頭放滿我過去從未見過的香菸。老闆從當中拿出七星與黑石放在陳列貨架上。

「七是四，黑是六。」

什麼，香菸竟然這麼貴？就算是進口菸，我還是有一種被當成肥羊痛宰的感覺，但如果真要去討價還價，對我的心臟來說還是太刺激了。我從口袋裡拿出十萬塊錢，乖乖地——實際上像用扔的一樣——遞出去，然後抱著兩條菸走出來。

紋紋看見我，露出前所未見的燦爛笑容，再命令我把香菸放進我自己的背包。我反射性地照紋紋說的去做。紋紋說完「現在去吃飯吧」，便循著來時路轉身走去。我跟著她在市場裡逆行，往市中心的方向前進，內心期待著紋紋會請我吃什麼美食。從她錢包裡塞的紙鈔厚度和她的金錢觀念來看，應該會請我吃一些我畢生從未吃過的食物。

紋紋帶我去的地方是位於東城路上一間叫做「蘇荷」的西式快餐店（讓人感覺奇妙的是，那個時期餐廳、咖啡廳的命名，大多執著於英美國家的地名，例如蘇荷和柏克萊、切爾西和布魯克林、麥迪遜……）。雖然蘇荷位於市中心，但是在西式風格的建築裡竟然還有一座有模有樣的庭院，看起來既摩登又時尚，一看就像間高級餐廳。一進到餐廳裡，眼前一片煙霧繚繞。紋紋說，這是城裡為數不多可以自由抽菸的地方。服務生帶領我們到靠窗的位置，遞給我們一份菜單和一個菸灰缸。紋紋連菜單都沒看，就直接向服務生點餐：「兩個蘇荷套餐」，然後催促我把香菸拿出來。我從背包掏出兩條菸，而且為了方便她抽，我還先撕開包裝紙，才放到紋紋面前。我有種自己慢慢變成紋紋僕人的感覺。紋紋拆了兩包香菸的包裝，然後對我說：

「在當中選一個吧。」

「為什麼？」

「什麼為什麼，你也試試看啊。」

出生以來我一次也沒抽過菸，卻仍豪邁地選了黑石，因為黑石比七星還要貴一些，香菸的包裝盒也是黑色的，總覺得看起來更像一回事。

「你可以吧？」

我看著紋紋的笑臉，把一根香菸放進嘴裡，用紋紋的打火機瀟灑地點起香菸。我就像剛浮出水面的潛水者，使勁吸入一大口氣，接著立刻出現一股內臟灼燒的感覺，讓我因此咳個不停，喉嚨裡有一種異物感揮之不去。好笑的是，「所有的第一次都會留下痕跡」這件事，我竟然是透過抽菸學到的。紋紋看著如此這般的我，再次大笑起來。

「我就知道會這樣，那牌子的味道很衝耶。」

紋紋點了一根七星，然後擺出大叔抽菸時特有的姿態，一口接一口吞雲吐霧。

「不愧是日本菸，味道真的濃。」

接著她又補充說：「不知道為什麼，焦油和刺鼻的味道似乎都比國產香菸還要重。」

她話剛說完，食物就緊接著上桌了。湯品後面接著沙拉，義大利麵之後是一片小小的漢堡排。雖然食物的味道比期待的還要普通，但我們兩人都默默不語，像蝗蟲過境一般狼吞虎嚥。畢竟直到下午兩點，我們倆什麼都沒吃。就這樣將食物一掃而空後，我一看手錶發現竟然才過了十五分鐘。服務生把空盤子收走，又拿給我們看甜點菜單。紋紋也沒問我的意見，自顧自地點了兩杯咖啡。裝飾華麗的咖啡杯中，馬上被注滿黑咖啡。伴隨著人工的甜美香氣，苦澀的滋味縈繞在舌尖上，味道與考試期間為了趕走睡意而泡來喝的即溶咖啡完全不同。我生平嘗試的第一杯黑咖啡，而且還是「榛果風味美式咖啡」，讓我心臟鼓動得異常快速。紋紋的嘴唇抵著咖啡杯，用非常堅定的語氣說：

「這裡的咖啡不好喝，我們去別的地方吧。」

我表面上若無其事的樣子，心裡卻十分驚訝。含在套餐裡的免費甜點，我們連一口都沒動就離開了。對我來說，這是完全無法想像的事。很顯然，我和紋紋的金錢觀有天壤之別。結帳時，這餐的飯錢沒有超過三萬韓元。我忽然有種今天備受打擊的感覺。說得也是，過去我被允許接觸的高級食物，充其量只是在考試結束後，從「張烏龍」[26]買來吃的七千韓元套餐而已。買日本香菸花了十萬元，一頓午餐又花了三萬元，光一天下來竟然就要花超過十萬韓元？以我一星期只能拿到一萬韓元左右零用錢的標準來看，必須存三個多月才能存到這麼多。

紋紋結完帳後走出店家，以她特有的急促步伐領先走在我身前。直到這時，我才真的確信她身上那個包包——每隔三秒就能看到路人背著相同款式——是Prada正貨。這個包包究竟要多少錢呢？要說教授的女兒有哪裡與眾不同，確實還真是超乎常人呢……即使講起來十分俗氣，但嫉妒心確實在攪動我的心房。紋紋說這附近有最近人氣高漲的甜點咖啡廳，接著說我們要去那裡。剛才已經被請客吃飯了，飯後甜點應該是輪到我來出錢了吧？這次該不會也要去價格很貴的地方？我要直接落跑嗎？短短的時間內，我陷入了鋪天蓋地的瑣碎思緒中，也有些討厭這樣的自己。

紋紋雖然不是方向感很好的人，卻堅持不走大路，依然故我地在小路裡繞來繞去。因為她總是在做一些讓人緊張不安的事，所以主觀上認定這樣子找路也沒有問題。對我來說，這一切都令我感到害怕，這也是每次來市中心時總會從我心底冒出來的情緒。如果要我坦白說，除了去買喜愛歌手的新唱片或是翹首盼望的書之外，我幾乎不會到市區來。這種地方，

26 韓國當地的麵食連鎖店。

是跟死黨一起玩樂時會選擇的地點，而像我這種有祕密的人，要結交知音好友簡直比登天還難。跟所有人都相處融洽的人，到頭來也是那個跟誰都不能深交的人。我要持續這種生活到什麼時候呢？在我陷入鬱鬱寡歡的沉思之際，紋紋指著某棟建築物的二樓說：

「那裡是坎莫爾。」

我看見一塊招牌，淺綠色的背景上畫著水果圖案。我們肩並肩爬上樓梯，打開店家大門的瞬間，我立刻瞪大雙眼：牆壁被粉刷成粉紅色，一把巨大的藤編座椅上面擺著五彩繽紛的碎花靠墊，還有椅子像鞦韆一樣從高高的天花板懸吊而下，看起來相當搖晃且不穩。店內的正中央有一棵人造樹，色彩過於鮮豔而顯得十分不自然，在那裡炫耀著身上繁盛飽滿的葉片。明亮又華麗的室內裝潢著實刺眼，甚至讓人頭暈目眩，完全不是我喜歡的類型，但正如紋紋所說的，也許是近來話題度很高，店裡可謂門庭若市。經過一番努力，我和紋紋好不容易才能坐到角落的鞦韆椅上。紋紋一改至今為止的氣勢，放下背包後呼了一口氣。渾身黑白色的龐克兒童[27]紋紋竟然會被色彩斑斕的椅子吸引，著迷的模樣讓人感到相當違和，就像背景和人物角色由不同繪者執筆的漫畫一樣。紋紋似乎看見我嘴角的笑意，斜眼瞪了我一眼。

「為什麼又偷笑？你吃錯藥啦？」

「我連笑的自由都沒有嗎？」

27 Punk Kid，指美國一九七〇年代末期以奇裝異服來對抗權威的年輕世代。

跟紋紋在一起的時候，我總會不由自主露出笑容。即使一點都不想承認，但我已經在不知不覺中開始享受與紋紋相處的時光。紋紋不過瞥了菜單一眼，就表示自己已經決定了，而且要我盡情點自己想吃的東西。我瀏覽菜單，選了當中最引人注目的品項。

冰淇淋百匯。

這是在日本純愛漫畫中經常出現的熟面孔，讓人無法明確定義是甜點還是飲料的神祕食物。點完紋紋的雪花冰與我的冰淇淋百匯後，當我拿出錢包開始東摸西摸，紋紋已經率先結帳完畢，讓我鬆了一口氣。甜點很快就出餐，由我擔起去櫃檯拿托盤的任務（畢竟我是吃免錢的，這種程度的事似乎該主動接手）。除了我們點的東西以外，托盤上還放了裝著吐司與鮮奶油的盤子。看著狼吞虎嚥消滅吐司的我，紋紋說：

「那個可以無限續點，你先吃冰吧。」

「竟、竟然可以無限續點？吐司又不是小菜……」

「這家店就是這一點很出名，吐司和鮮奶油都可以盡情吃到飽，所以在肚子被填滿前，先從付錢的東西開動吧。」

我遵照紋紋的指示，舀起一勺雪花冰放進嘴裡，品嘗到人生至今為止從未體驗過的新世界。像在吃阿爾卑斯山脈上終年不化的積雪一般，它在碰到舌頭的瞬間就融化，冰冷的滋味有如一場盛宴。這種發生在須臾之間的歡愉，絕對無法嘗試一次就罷手，於是我繼續用湯匙挖刨冰。等我回過神，雪花冰的容器在短短的時間內已經見底。紋紋像吃口香糖一樣，咀嚼塗著鮮奶油的吐司，對我說：

「你很餓嗎？幹嘛吃這麼急？」

刨冰吃得太急，讓我的太陽穴開始隱隱作痛，以至於無法給她任何回答。紋紋舔了舔手上沾到的鮮奶油，用一種不太尋常的語氣問：

「你對愛情有什麼看法？」

剛才還說我吃錯藥，吃錯東西的人明明就是紋紋，否則怎麼會問這麼莫名其妙、毫無關連的問題？雖然我心裡這麼想，卻還是陷入紋紋的提問。我前後搖晃著鞦韆椅，思考這個問題。

愛情究竟是什麼呢？是指經常想起對方嗎？允道的肩膀忽然闖進我的腦海。不是臉，也不是後腦勺，而是鎖骨突出、線條鮮明的白皙肩膀。以及每當我遇見允道時，輕輕掃過鼻尖、柔軟清爽的香氣……就這樣，我一時沉浸在對允道產生共鳴與感受之中，然後馬上清醒過來。

「為什麼要在吃冰的時候突然問這種問題？」

「你果然還是不信任我。」

這是當然的。信任，或者說信賴感，對我而言都是非常生疏的感情。我從未對任何人產生過這種情感。

「我還以為我們已經變得很要好了。這樣看來，都是我一個人在自作多情。」

我一言不發地吃起百匯冰淇淋，紋紋繼續同樣的話題。

「也是啦，畢竟我也不是所有事都對你坦承。」

「是嗎？」（妳還想坦承到什麼地步）

「這些話我只對你說……畢業以後，我打算去首爾。」

「啊。」（這算什麼天大的祕密啊）

「這個世界可不會讓這麼漂亮的人留在D市。」

「到底沒頭沒腦地在說什麼啊？」

「我有一件事要向你坦白。」

「幹嘛？不要嚇我。」

「其實我……」

紋紋沒把話說完，似乎在醞釀情緒。

「該不會是因為昨天是白色情人節，所以妳想跟我告白？」

「你腦子有洞嗎？」

「不然是什麼？」

「我……其實……不久前……跟交往中的姊姊分手了。」

我沒有被嚇到。紋紋一掃過去的氣勢，表現出罕見的羞赧態度，躊躇許久後才努力說出口的這些話，沒有比她到目前為止說過的任何話還驚世駭俗。不論把重點畫在與「姊姊」交往上，還是把重點畫在「分手」上，都不是什麼新穎的事。要從紋紋的外貌推斷她的自我認同（雖然是基於偏見上的判斷），某種程度上是有可能的。不論紋紋的對象是姊姊還是年下男[28]、跟某人交往或是分手了，都沒什麼好驚訝的。對於這個讓人失笑的無趣祕密，我選擇的回應是「是喔，好慘哪，怎麼辦？」這種形式上的安慰。紋紋大概是讀懂我的心思，補充了一句：

「然後我就在學校被排擠了，徹底地被排擠。」

這一點倒是很新鮮。的確，對當時的國、高中女生而言，談戀愛就像一種趕流行的證明，經常可以看到女生追捧裝扮較男性化（如果有這樣的類別存在的話，但總之就是指這種類型的外觀）的同齡女生，而那些喜歡女性的女孩子就像為了證明自己的存在一樣，不遺餘力對外展露頗有特點的短髮或耳洞等標識（？）。這一點，跟邉論同性戀與否，只要稍微表現出一點女性氣質（如果有這種東西存在的話，但總之是類似的東西）、就會成為犧牲品的男學生社交圈相比，完全相反的女學生社交文化反而讓我打從內心深處感到憧憬與羨慕。甚至在女孩子之間，還流傳必須區別「真蕾絲」與「偽[29]蕾絲」（就是那些為了追逐潮流而與女生短暫戀愛的假蕾絲）等自我檢討的聲浪，因此只是因為喜歡女生而發生的孤立排擠其實不多見。我掩不住好奇心，放下手中舀著冰淇淋的湯匙，猛然把臉貼近紋紋問道：

28 情侶之間年紀較另一方小的男方。
29 源自日語的偽（nise），意指造假、虛假或虛構之物。

「妳只是跟一個姊姊談戀愛，就被排擠嗎？」

「不，只是談戀愛當然不會變成這樣，問題是那個姊姊不是普通的姊姊。」

「雖然是姊姊，但是年紀很大嗎？大概三十歲左右？」

「比我大三歲。不是那種層次的問題……」

「到底是多了不起的層次，有這麼難以啟齒？別再拐彎抹角了，快點說吧。」

紋紋長嘆了一口氣，手裡用湯匙攪著空無一物的刨冰碗，接著緩緩開口講述自己的愛情故事。

紋紋第一次見到姊姊，是在市中心的A咖啡廳。它位於地下室，不但准許抽菸，也販售一些簡單的酒水。原則上，只有成年女性才能出入此地，但也接受透過關係介紹來的未成年。紋紋大概是在三個月前初次跟學校的同類（？）朋友一起去了那間咖啡廳，於是見到了她。她一頭淺褐色長直髮柔順地披在一側肩膀上，獨自坐在吧檯邊，身上穿著綠色開襟針織衫和緊身小洋裝，腳下是全白的愛迪達Superstar休閒鞋。有生以來，紋紋從未見過如此優雅又完美的人，簡直就像安室奈美惠從畫面中走出來一樣。紋紋與朋友們一起坐在角落，喝著（酒精濃度約五度的）藍色伏特加調酒，同時悄悄觀察著奈美惠姊姊。她的嘴唇泛著淡粉色光澤，暢飲著不知道是酒還是果汁的黃色液體，手上夾著香菸吞雲吐霧。就連奈美惠姊姊叼在嘴裡的紅色萬寶路褐色濾嘴，紋紋都無一遺漏地仔細觀察，忍不住嚥了嚥口水。奈美惠姊姊和吧檯另一邊正在調製飲料的服務生笑語連連。望著這幅畫面，紋紋滿心想著她應該是這裡的老顧客，根本無法專注在朋友的聊天內容上，視線一直轉向她。當對方從座位起身、走向咖啡廳出入口那一瞬間，紋紋也迅速從位置上站起來。她對同行朋友謊稱要去廁所，然後跟在奈美惠姊姊身後。奈美惠姊姊斜靠在樓梯的牆邊，嘴裡正抽著萬寶路。紋紋一個箭步靠上前，隔著一個階梯的距離抬頭仰望她，說道：

「姊姊，能不能給我妳的電話號碼？」

聞言，奈美惠姊姊笑出聲，露出雪白的牙齒，做了個撥頭髮和脖子微微向後傾仰的動作。這一切在紋紋眼裡都變成了慢動作，同時也讓她不安起來。面對如此美麗的存在，我竟敢跟她多說一句話？奈美惠姊姊帶著笑意問：

「妳幾歲了？」

如果說自己是國中生，對方肯定不願理會自己，所以紋紋往上謊報了三歲，佯稱自己是高中二年級生。

「喔，那和我同年啊？妳是哪間高中？」

這個瞬間，紋紋陷入一陣驚慌失措。雖然她厚顏無恥地冒充高二學生，卻沒想到要先想好是哪一所學校。她先是對自己這麼粗心大意而驚訝，其次是她理所當然以為奈美惠姊姊已經成年，結果還只是個高中生，讓她第二次受到驚嚇。在紋紋支支吾吾、說不出話的時候，奈美惠姊姊開口了。

「不用那麼緊張，因為我也休學了。」

「啊……」

奈美惠姊姊從口袋裡拿出手機遞給紋紋。她接過手機後，還愣在原地一下。

「怎麼了？不是要我的電話號碼嗎？」

紋紋這才回過神、掀開手機，按下自己的電話號碼，然後按下通話鍵，感覺口袋裡傳出一陣震動。奈美惠姊姊把抽完的香菸丟在地上，用腳尖揉熄菸火，然後把褐色長直髮撥到左肩前，告訴紋紋自己的名字。

「沒事的時候可以發簡訊給我。」

紋紋存下奈美惠姊姊的電話號碼，覺得這一切像夢境一樣不真實。雖然紋紋被奈美惠姊姊的氣場狠狠壓制，因而顯得畏縮退怯，但她依然眼明手快地邀了對方在下個週末來一場約會。

在紋紋的第一印象裡，奈美惠姊姊雖然漂亮，卻顯得有些高傲，而且帶著一點自我中心。結果，不同於給人的這種印象，她是個喜歡傾聽他人話語，而且深思熟慮的人。她會安靜聆聽紋紋說的話，睫毛在細長的眼睛上緩緩搧動。紋紋在那對目光面前，不知不覺地連家裡的事，以及自己喜歡的作家（佛蘭西絲・莎崗與沙特）[30]、電影導演（吉姆・賈木許與昆汀・

30 莎崗（Françoise Sagan, 1935-2004），法國小說家。沙特（Jean-Paul Sartre, 1905-1980），法國存在哲學家。

塔倫提諾）[31]之類的瑣事，全都鉅細靡遺向她傾吐。奈美惠姊姊在面對紋紋說的話時，知道的事情會說知道，不知道的就說不知道。紋紋很喜歡奈美惠姊姊這種坦蕩的態度，跟像孔雀一樣極度膨脹自身來從事社交的自己不一樣。她認為這是肯定自己真實樣貌的人才能擁有的成熟態度。

就這樣，紋紋以極快的速度滑向奈美惠姊姊，並且保持著她只懂得勇往直前的莽撞個性，在第三次約會結束時吐露了自己還是國中生的真相，連壽城區國中生被補教業滲透的現狀也說了。奈美惠姊姊表示，在紋紋說自己是高二學生時，她就有猜想紋紋應該比這個年紀還要小，只是沒料到她還在上學。紋紋反問，為什麼會那樣想呢？

「也沒什麼，這裡的人很多都是這樣，我也是。」

她被父母發現性取向後，跟父母爆發嚴重衝突，然後就離家出走（更準確來說，是脫離家庭，開始獨立生活），一直到現在。和那些因為學業成績不佳而與父母爆發衝突的大部分高中生一樣，她也毫無留戀地離開學校，跟處境相似的姊姊一起在D站後巷的小屋子裡過獨立自主的生活。她輾轉於各式各樣的打工之間以維持生計，跟紋紋第一次碰面的A咖啡廳也是奈美惠姊姊的工作地點之一，只是隱瞞年齡的事被發現，只做兩個月就被辭退了。現在，奈美惠姊姊在羅德奧街的雜牌服飾店打工。紋紋心生一股慾望，想要把她賣的所有衣服都買

31 賈木許（Jim Jarmusch, 1953-），美國獨立電影導演。塔倫提諾（Quentin Jerome Tarantino, 1963-），美國電影導演。

來穿。

夕陽西下時，紋紋向奈美惠姊姊告白了，而且請求她跟自己交往。她雖然想跟平時一樣保持胸有成竹的態度，聲音卻不給面子瘋狂地顫抖。奈美惠姊姊看著緊張的紋紋，沒有給她答覆，只是嫣然一笑。紋紋將這個反應當作答應的意思，用興奮的聲音問道：

「姊姊！我可以去姊姊家裡玩嗎？」

奈美惠姊姊垂下纖長的睫毛，用她獨特、神秘的眼神遠眺著夕陽，說道：「好啊，來吧。」那一瞬間，世界綻放出色彩斑斕的絢爛光芒。

從市區往D站方向步行十五分鐘左右，有一條人跡罕至的窄巷，寬度連容許一個人行經都十分困難。它兩邊的房屋搭建得層層密密，當中外觀最老舊且牆垣低矮的房子，就是奈美惠姊姊當時居住的地方。推開鏽跡斑斑的鐵門後，進去就直接看到四道褪色的薄荷綠木門，而她住的屋子在最左邊，一開屋門可以看見衣服掛滿整個空間，變形的衣桿彷彿下一秒就會倒塌。映入眼中的還有胖胖的金星電視機[32]、紅色電話機、迷你冰箱，以及壓在所有傢俱下方、鋪著黃色地紙的地板。她讓紋紋在門口稍等，進屋後馬上從廁所拿出抹布擦拭地板。房子的空間極小，很快就可以拭去大部分塵埃，但擦不掉地板上各處菸頭燒焦的痕跡。這間又小又髒的空間竟然住著兩個人？看著手裡拿著髒兮兮抹布、對自己說「現在可以進來了」的

32　二十世紀七〇年代中國生產的電視機，二〇〇三年停止生產。

奈美惠姊姊，紋紋被一種她無法解釋的情緒淹沒了。奈美惠姊姊推開只有手掌大小的窗戶，開始抽起紅色萬寶路，然後將香菸擱在（可能是從咖啡廳偷渡來的）鐵製菸灰缸上，拿起一條黑色橡皮筋把褐色長髮綁起來。這個背影莫名有些淒涼。紋紋心想，也許，喜歡上一個人就會開始對這個人心生憐憫。

那天晚上，紋紋打算以「在新世界公寓的朋友家裡過夜」為由說服父母，而為了得到父母親許可，她講了一通很長的電話。奈美惠姊姊從抽屜拿出運動短褲和T恤遞給紋紋。

「這是姊姊的衣服嗎？」

「不是，是室友的。」

「那個姊姊什麼時候回來？」

「不回來了，她現在住在首爾。」

紋紋還想追問那個被稱為室友的女人回不回來的事，但不知道為何總覺得不能再問下去，於是閉上嘴不再多言。奈美惠姊姊在地板上鋪了兩床棉被，紋紋和她一起並排躺著，雙雙凝視著天花板，接著她將手伸向天花板。

「看起來很近，其實滿遠的耶。」

「凌晨的時候會很冷，把手收進去睡覺吧。」

紋紋收回伸向天花板的手，悄悄地伸進奈美惠姊姊的被子裡，在棉被裡一陣摸索，直到握住她的手，而她也回握住紋紋的手。紋紋擔心自己震耳欲聾的心跳聲會透過手傳遞給姊姊，不由得屏氣凝神，只敢悄悄地吞吐氣息。紋紋閉上雙眼，努力要讓自己入睡。姊姊用另一手輕緩撫摩著紋紋的額頭，將她的髮絲往後梳攏。姊姊的手指冰涼，紋紋的額頭卻愈發滾燙。

就這樣，紋紋和她開心地交往了兩個月左右。當時的紋紋相信兩人的關係會成為永恆，但是在名為「意外」的伏兵面前，一切都只能冰消瓦解，起因是一名在B商業高中稅務會計系就讀的十九歲女性——金某。金某比紋紋早六個月喜歡上奈美惠姊姊，為了親近姊姊而一擲千金，將身上錢財揮霍殆盡，只為了頻繁出入A咖啡廳。姊姊不在咖啡廳工作後，金某也一直追著她到處跑。這個過程中，她目睹與姊姊一起在市區裡漫步的紋紋，同時也看到紋紋進出姊姊家。在無法控制的嫉妒心驅使下，金某開始暗中調查紋紋的事。要從D市這個彈丸之地，在「圈內」找出紋紋的身家資料不是困難的事。結束暗地調查的金某，最終撥了一通電話。

第二天，紋紋就讀的S女中裡掀起狂瀾怒濤。

學校接獲檢舉，稱有學生進出未成年不能出入的營業場所，而且還是由同性戀者經營的地點。金某向校方提供的名單中，也包含所有與紋紋一起進出A咖啡廳的「同圈」好友們。此外，金某還不厭其詳提供了相關線索，比如當時在社交圈中能夠辨別同性戀者的流行指標，例如短髮、耳環、自殘傷痕等等，以幫助揭發涉案人。包括紋紋在內，涉足那間咖啡廳的學生全都被傳喚到學務處。老師們就像在掃蕩犯罪的黑道幫派一樣，將孩子們安置在不同的教室裡進行審問，誘騙學生供出三個以上正在談「同性戀愛」的名字，就可以減輕處罰的力道。紋紋始終三緘其口直到最後一刻。然而，不是所有人都如此重義氣。事件發酵還沒過兩天，校內曾被冠以女同性戀之名的同學無一不被學務處找出來。除了紋紋以外的其他學生，幾乎都乖乖供出同志的姓名，因此很快就沒事了。反觀紋紋，校方則是把她的父母請來學校，而世世代代以教授世家聞名的名門望族——亦即紋紋的父母——也向老師低頭了。雖然不是沒討論過休學或強制轉學這類的懲戒方式，但念在紋紋父親與學校理事長之間的情分，校方將以記過與勞動服務作為處罰，就這樣結束了對紋紋的審判。那天晚上，紋紋從出生以來頭一次遭受父親的體罰，刑具還是他們家族裡製作木管樂器第五代藝術家所打造的超昂貴短簫。

「家裡為什麼會有這種東西？」

「我沒說過嗎？我爸爸是東方美術系的教授，他的朋友也全都是做這種東西的大叔。」

父親狠狠賞了紋紋小腿、大腿各十大板，然後大聲喝斥紋紋，要求她說清楚自己做錯了什麼。紋紋不認為自己有錯，不說就是不說。每當紋紋不願回答，笞打就會落在身上，然而紋紋依舊什麼也沒說，結果她的小腿與大腿上布滿了紫紅色的淤青，很長一段時間都必須穿黑色長襪去上學。

問題還不止於此。由於紋紋引發了這一系列事故，S女中的「圈內」人士都針對她表達了強烈的憤怒。那些她原以為能夠分享人生所有事物的朋友，也都在一瞬間倒戈背棄了紋紋。後來，門禁時間出現了。只要一到補習班下課的時間，紋紋父母就會打電話查勤，連週末也被下達禁足令（據說今天她能獲得外出許可，是以購買補習班教材的名義）。紋紋想要見到奈美惠姊姊，當然就更加困難。她沒有對奈美惠姊姊詳細說明事件的原委，只說與父母之間產生不愉快，所以無法出門，最後還向姊姊道歉。奈美惠姊姊用她獨一無二的輕柔嗓音這樣回答她：「有什麼好對不起的？等以後妳方便的時候再見面就行啦。」紋紋終於用全副身心感受到「孤單一個人」是什麼意思了，但假如是為了愛情，她覺得一切都無所謂。就像紋紋沉迷的作品裡那些主人公一樣，世界上存在著這種「必須失去一切後才能得到」的關係。

真相最終傳進了紋紋的耳中——B商業高中一名叫做金某的女子，一味對奈美惠姊姊死纏爛打，還被妒意蒙蔽雙眼，向S女中檢舉同性戀。紋紋的性情是出了名的主動激進，馬上翹掉由年屆退休的教師授課且點名十分寬鬆的體育課，換上自己的鞋子裡鞋跟最高的軍靴，跳上計程車離開。

計程車停下的地方是B商業高中。紋紋走進稅務會計系的教室。也許是正逢休息時間，教室門大大敞開著，學生三三兩兩群聚聊天。紋紋在講台上大喊金某的名字，眾人看到紋紋的行徑，旋即將目光轉向戴著黑色耳釘的金某。紋紋確認群眾的視線方向後，立刻走向金某並揪住她的衣領，隨後把人拖出教室。紋紋大聲要求她道歉。金某甩開紋紋的手，嗤笑了一聲後說道：

「我要道什麼歉？」

「不就是妳用骯髒卑鄙的手段跟學校告發我們的嗎？」

「未成年人在那邊喝酒，身為姊姊的我看不下去，所以才這麼做唄。」

紋紋在盛怒之下失去理智，怒火中燒朝對方咆嘯。我很清楚妳嫉妒我和奈美惠姊姊的關係，才會惹出這一堆事！為了破壞我和姊姊的關係，妳把事情鬧得沸沸揚揚，但這一切都是白費工夫！妳不過是個跟蹤狂而已！金某聽了啼笑皆非，對這些咒罵嗤之以鼻。

「妳說我是跟蹤狂？那妳又是什麼？」

「我們是特別的關係！」

說出「特別的關係」那一瞬間，紋紋發現自己終於找到能夠定義兩人關係的詞彙。是的，我們是特別的關係！金某露出一派輕鬆的神情，對紋紋說「妳根本搞不清狀況」，接著講起奈美惠姊姊的故事。

奈美惠姊姊提過的室友，其實正是她的戀人。姊姊與她的戀人在D市的「圈內」擁有不小的支持度與非凡的影響力，是無人不知的著名情侶。去年，戀人前往首爾念大學後，奈美惠伊姊姊便一直獨守空閨。她等待著偶爾才回D市的戀人，就這樣堅持熬過日日夜夜。可憐又可悲的紋紋在完全不知情的狀況下，被奈美惠姊姊任意擺布。

「明白了嗎？妳跟我的處境是一樣的。」

紋紋有如被閃電擊中一樣，深受打擊。她聲嘶力竭否認一切，最終只能淚如雨下，狼狽逃出校舍。站在高掛B商業高中招牌的校門前，她心裡不斷否認著，「不可能，絕對不是這樣的」，決定打電話奈美惠姊姊。來電答鈴響了許久後，奈美惠姊姊才姍姍接起電話。那一頭傳來的聲音聽起來像是才剛睡醒。紋紋強忍住潰堤的淚水與啜泣，從被找到學務處那一天直到上一刻發生的事情，一股腦兒全都說了出來。連金某對她說的那些話，她也全盤托出，然後問奈美惠姊姊：

「不是吧？姊姊，她是在胡說八道對吧？」

一陣靜寂。手機那頭傳出像是舔嘴唇的聲響，接著奈美惠姊姊徐徐開口說話，而紋紋覺得她的每一句話聽起來一點都不真實。

那人說的都是實話。我不是不知道妳的心意，但我只把妳當成我很疼愛的妹妹。我已經有交往多年的戀人，為了守護跟那人之間的承諾，我也還在努力中。如果我有讓妳產生誤會的地方，都是我的錯。我正在為搬到首爾存錢，所以我們以後還是不要再見面了。這一切都是因我而起，我真的對妳很抱歉。奈美惠姊姊安慰著泣不成聲的紋紋，最後說的話就像在畫下一個句點。

「紋紋，妳是聰明的孩子，只要再努力一點點，一定能考上首爾的大學。我們到時候再見吧！這樣不就行了嗎？」

手機從紋紋手中滑落。她無力地癱坐在地上，失聲痛哭。

當時，紋紋在那段充滿淚水的時光裡學到一個真理：不論是所謂的真心、還是自己當成愛情的某種感情形式，實際上都相當脆弱。過沒多久，奈美惠姊姊就前往首爾了，紋紋也在這時下定決心，要盡快讓自己有能力去首爾。本來只有父母在期待的預科高中——也就是首爾的外語高中——如今成了紋紋本人也渴望達成的夢想。

紋紋滔滔不絕地講著自己的故事，好像什麼除煞儀式中的念咒環節一樣。也許是覺得累了，她停下嘴，身體癱在鞦韆椅上。我咀嚼著涼掉的吐司，踮起腳底施加推力，努力搖晃著難以晃動的鞦韆椅，心裡煩惱該接什麼話才好。紋紋瞥了我一眼。

「想什麼這麼入神？」

「這麵包很好吃耶，我想要續點。」

我拿起已經清空的盤子，快步朝櫃檯走去。我從塑膠袋裡取出四片吐司，放進烤麵包機，在另一個碗中盛滿鮮奶油。等待麵包烤熟的期間，我思考著等一下該說些什麼。

紋紋的愛情故事跟雲霄飛車沒兩樣，我深深陷入其中，幾乎無法抽離，同時也開始膽怯。紋紋向我坦白的故事，是只能對至親好友，不對，是跟靈魂伴侶等級的對象才能傾訴的私話，而我彷彿成了故事中的紋紋，對整個過程深感共鳴。她在一夜間變成孓然一身，或許只是需要一個傾聽故事的對象。但真正令我害怕的是，她逐漸在我心中占有一席之地，以及我可能早在不知不覺中把她視為真正的朋友了。既然把對方當作朋友，理所當然要分享真心與實意，但我從有生以來從未有過與他人形成這種關係的經驗。在現在這種關係中，我不知道該用什麼態度來面對，因此心生畏懼。也許紋紋正在拿自己的祕密作為抵押，要求我也像她那樣交付真實的自己，奉上自己的真心。

我取出烤好的四片吐司，轉身回到座位上。為了轉換氣氛，我用輕快的語調開啟紋紋最熱衷的話題。

「忽然想到，我覺得不管怎麼看，《天國之吻》都比《NANA》更好看，在人物構思和角色立體度上……」

「喂，不要耍小聰明，姊姊全都看在眼裡。」

「嗯？我只是想討論一下作品。」

「你不用拚命想轉移話題，我也不是為了給你壓力才跟你說這些，只是因為覺得你不相信我才告訴你的，所以你沒必要這樣。我相信你早就發現了，我不是那種會到處說別人事的人。」

「所以妳才跟我說這些嗎？」

「嗯，只有我單方面知道你的祕密，好像有點不公平，所以把我自己的祕密也告訴你。不過，把這些事當成祕密還真好笑，因為在我們學校裡這已經是眾所皆知的事了。你還有其他覺得好奇的事嗎？」

好奇的事。不知為何，總覺得很難抉擇從什麼問起。總之，我決定先問自己最好奇的事情，也就是巧克力的下落。

「那個……上次……妳提到的那個……巧克力……是誰……」

「喔，那個，允道拿走了。」

「咦？」

「他都還沒坐下來，就立刻把巧克力放進自己的書包裡喔。我都看見了。」

「我其實也沒有很好奇這件事……」

「少來了，你臉上根本寫滿『我好奇死了』好嗎？」

「才沒有，妳不要亂猜。」

「不過，其實還有發生一件很好玩的事。」

「什麼？」

「我把你的盒子打開來看，大笑特笑一會兒之後，因為還有點時間，在桌子上趴著小睡了一下。等我醒來、抬頭一看，發現允道桌子上又多了一個盒子耶？也就是說，除了你以外，還有另外一個人送巧克力給允道，而且他也把那個收進書包了。」

我像是突然被人重擊了頭部，腦海中一片空白。紋紋以漫不經心的語氣說出讓人震撼的消息後，接著說她「門禁的時間快到了」，催促我快點起身。直到我跟著紋紋走下樓梯，心裡也擺脫不了這個念頭：除了我之外，究竟還有誰會給允道巧克力？

紋紋不假思索地走到路邊，伸手招來一輛計程車，我跟著恍恍惚惚地坐上這台車。紋紋習以為常地指示司機開往新世界公寓社區。她竟然在公車營運的時間內搭計程車。計程車裡瀰漫著芳香劑的味道，皮革座椅的觸感清涼沁人，感覺很輕鬆愜意。

愜意。

對我來說，這是一種非常陌生的感受。搭交通工具移動的時候，通常不都是伴隨著汗味、煩躁與吵雜嗎？竟然可以有如此舒適自在的移動方式與人生。我甚至想不起自己最後一次搭計程車是什麼時候，又擔心自己露出一副喪氣的樣子，只好轉頭盯著窗外的風景。紋紋倒是忙得不可開交，忙著用手機傳簡訊，自言自語一般念念有詞。

「我還是不懂欸，到底為什麼是允道？他看起來不是有點老氣嗎？」

不對，一點也不好嗎。

•

回到家的時候，太陽已經西沉。這一整天經歷太多事情，又聽到太多故事，讓我渾身上下僵硬不已。林林總總的事件在我體內翻騰，一直到我用熱水洗刷身軀，緊繃的肌肉才有所舒緩。

我頭上蓋著毛巾坐到電腦前，習慣性地登入MSN通訊軟體。在「buddy BUDDY」[33]

33 韓國的通訊聊天軟體，自二〇〇〇年開始提供服務，二〇一二年終止營運。

與「SayClub Tachy」[34]等聊天軟體百花齊放的春秋戰國時代下，我用的是相較之下脫離主流的MSN。這是由於我在一些音樂社群中認識的人（亦即，成年人），主要使用的聊天軟體都是MSN，所以不知不覺產生一種「越洋而來（？）的MSN是屬於成熟大人的社群媒體」認知。我將幾個基於相似理由而使用MSN的同學，以及音樂社群的朋友都加到好友清單裡，但是會每天晚上聊天的人只有一個人——他也是我用星號圖示來標記的群組內唯一的一個人：允道。允道使用的暱稱是吉米・亨德里克斯[35]。近來，允道對於猝死的名人頗有研究。他會把音樂家的姓名、語錄寫在個人狀態上，像個十幾歲孩子一樣單純幼稚，讓我覺得非常可愛。他現在沒在線上。我接著又習慣性地打開Cyworld裡的「迷你小窩」[36]，在日記分類下撰寫新文章。

令人無法承受的一天。

充滿混亂的人生。

我將前往何方。

34 韓國的通訊聊天軟體，由社群網頁「SayClub」在二〇〇二年推出通訊軟體「Tachy」，營運至今。

35 吉米・亨德里克斯（Jimmy Hendrix, 1942-1970），美國音樂家、創作歌手。

36 「Cyworld」是韓國代表性網路社群之一，一九九九年成立，在二十世紀後半葉成為韓國引領網路文化的社群媒體，壟斷了相似網路平台的使用率。「迷你小窩」是Cyworld提供的個人部落格平台。

文章發表後，我點進「我們的日記」標籤，當中是我和允道一起寫的日記。我們每天都會在學校或補習班裡頻繁見到彼此，也不會跟對方分享自己真正的祕密，卻會寫祕密日記給對方看，實在有點滑稽。然而，偶爾也會出現莫名需要兩人專屬空間的特殊日子——比如今天。

> 一整天沒有聯絡，你今天都在幹嘛？
> 我今天去了校洞市場，人生到目前為止第一次。
> 我在那邊的冰淇淋冷凍櫃裡看見死掉的狗狗，嚇死我了。
> 你吃過狗肉嗎？我真的很討厭這種事。
> 今天也沒特別做什麼，卻覺得很累。
> 奇怪的是，今晚我特別想找人講祕密，雖然是任何人都不會好奇的祕密。
> 活著這件事有時候像巧克力一樣甜，但大多數時候是苦澀、辛苦的。

我猶豫要不要上傳這則文章，最後還是點擊上傳了。這篇日記跟我平常傳給他的簡訊沒什麼分別。但是很明顯地，字裡行間中隱含著對某人總是不跟我分享祕密的幼稚埋怨。即使允道收到兩盒巧克力，這一個月裡也沒跟我提過。當然我也不是不知道，允道沒有義務要跟我說這些……如果是我的話，我會怎麼做呢？如果我收到不具名的巧克力，最先想到的人理所當然會是允道。我大概會把一切鉅細靡遺告訴他吧？但允道沒有這樣對我。這對當時的我來說，比世界上的任何事情都來得重大。

我透過窗戶注視逐漸昏暗的天空。寫完日記之後，一陣睏意向我襲來。今天真的很漫長。我躺到床上。

……感覺彷彿有人緊緊抓住我，我睜開了眼睛。

四周一片漆黑。我想要確認手機，於是伸手往枕邊一探，但是什麼都沒找到，眼前是一面沒有時鐘也沒有其他任何東西的白色牆面。

像病房或監獄一樣，我的房間幾乎沒什麼傢俱擺設。

小學三年級當時，我們家才剛搬到宮廷公寓，本來以為這裡只是我們暫時停留的棲身之地，所以沒添置太多家當，沒想到悄然間，我們已經在這裡度過六個年頭。像這樣忽然醒來的深夜裡，我總有一種自己會永遠被囚禁在這個房裡、永遠被圍困在這種人生裡的念頭。這時，我會感覺屋頂、天空乃至整個世界，全都重重壓在我身上。彷彿沒有盡頭的天花板，以及我的世界。我的身體變得難以行動，於是我開始慢慢地深呼吸。

今天，不過是又一個日子。只要繼續堅持下去，等到相安無事地從學校畢業，我就可以去首爾，到時候一切都會好轉。只有離開這個地方，我才能以自己真正的樣子活下去。我，不要緊，一切都還撐得過去。

我集中精神調整呼吸，好不容易才又可以移動身體。我打開床邊的窗戶，凝視著山坡下那希微閃現的燈光。

允道。

二〇〇二年，認識允道那一天之後，我開始會在走路時不停左顧右盼，觀察周遭。我心裡總是暗暗期待有沒有可能再次遇到他，於是養成這個習慣。

那一天也是這樣。我手裡提著外面印有「宮廷體育中心」顯眼字樣的尼龍背包，像個初來乍到的訪客般，一邊瞻前顧後地環顧四周，一邊走下家門前的斜坡路。雖然只要發簡訊給手機裡儲存的那支號碼，就能解決這件事，但我實在想不到必須見面的理由，也不知道該說些什麼。而且如果我是有那種勇氣和性格的人，就不會過著現在這種日子了。接二連三湧現的想法，盡頭總是夾雜著自我厭惡與自我憐憫各占一半的負面情緒。我心想，好想趕快進到水中。

游泳池，我的避難所。

我在大部分體育活動中都表現得一塌糊塗，唯一能夠樂在其中的運動項目就是游泳。有很多原因參雜其中，但媽媽對我的影響是最大的。

宮廷建設是當地的著名建設公司，在D市擁有最多的公寓社區，是首屈一指的核心企業。跟在營造業中嘗到甜頭的大部分企業一樣，宮廷建設在百貨公司與體育中心等休閒產業鏈上，也以章魚伸爪的方式全面擴展規模。因此在九〇年代中期，宮廷體育中心開放使用時，社區民眾都為之瘋狂，因為這裡配備了高爾夫球練習場、壁球場、保齡球場與游泳館，另外還有美食廣場和咖啡廳，甚至還設置了英語幼稚園等創新空間。即使是在壽城區，我們家對教育的狂熱也算出類拔萃，願意花高額學費讓子女進入英語幼稚園。媽媽在我還是學齡前幼兒時，就已經深陷補教私學的巨大潮流中。她自認是個理性的家長（也就是，不只關心子女的大學考試成績，也知道要關注孩子的幸福與均衡發展），替我報名了宮廷體育中心裡的英語幼稚園與兒童體育班。我人生中的第一個老師，是來自美國德州的丹尼爾。我在年紀很小的時候，就能用美國南部口音說英語。然而，一個生活在D市的男孩說英語像以英語為母語的人一樣流利，是件讓人難為情的事。這可以說是我們學區——號稱「D市江南區」——的侷限性。它終究只是冒牌的江南區。

我還記得第一次去上游泳課的那天。

七歲那年的我，在媽媽的強迫下獨自走進男士更衣室。換上緊繃的泳衣，我深陷恐懼中，渾身打哆嗦，慢吞吞地往散發漂白水氣味的游泳池走去。走過鋪著藍色聚氨酯防水塗料的地板，我看見以媽媽為首的一群家長光腳站在那裡，身邊是一排與我同齡的孩子列隊而立。我跑向媽媽，抱住她的膝蓋，媽媽卻無情地把我推進孩子的隊伍中。教練身上沒有多餘的贅肉，嗓門十分宏亮。他叫孩子們用水沾濕胸口，然後按照隊伍的順序依次下水。大家不覺得這個指令有什麼困難，於是都聽從教練的指示行動。隊伍順序即將輪到我，我渾身上下開始顫抖。

結果幾乎所有小孩子都已經下水，只剩我一個人因為恐懼僵在那裡，溫熱的眼淚順著臉頰流下。這時媽媽走到我身後，抓住我的肩膀。我甚至還來不及感受那股安心，她就把我推入水中。

我猝不及防掉進水裡，發現自己的腳碰不到地面。意識到這一點，我的手腳立刻無法動彈，彷彿所有的感覺都被隔絕。媽媽叨叨不休、掛在嘴邊的地獄就是指這裡嗎？霎時間，我放棄了求生的意志。我張開手腳、睜著眼，看著泡沫一串一串與水面相接。後來過了多久時間呢？教練把我撈上岸，我一看才發現水深根本連一公尺都不到，大概只到我的肩膀那麼深而已，時間也只過了五秒左右。

這段經歷讓年幼的我以自己的方式學到寶貴的教訓，因為它在短短五秒鐘內，展示了我往後十餘年裡將要面臨、幾乎可以說是地獄深淵一般的人生。

我在小學四年級時，就完成游泳高級班的課程，只是由於先天身體素質不好，只能在這個階段停止訓練。但我偶爾還是會自己來宮廷體育中心游泳，從此養成了游泳的興趣。宮廷公寓是宮廷建設早期的建案，當時宮廷建設提供了幾乎是絕無僅有的特殊服務——「宮廷體育中心會員制」，而我有幸在這個時代搬進來，才能享有不受限、自由游泳的便利。

除此之外，游泳池還是我可以擺脫泰瑞的地方。他總是隔三差五打電話給我，像一隻初生小雞似地緊緊黏在我屁股後面。他也有宮廷體育中心的會員資格，偶爾會向我提出邀約，要我跟他一起打保齡球，可是他絕對不會跟著我到游泳館。他五歲時曾經去溪谷玩，差點掉進水裡淹死，後來就開始對水上活動產生病態的恐懼。雖然事件的嚴重程度不同，但是對於我這種早已克服強制入水經驗的人來說，泰瑞實在令我不齒，但連我自己也知道這個評價有些苛刻。

抵達體育中心時，我已經汗流浹背，只想馬上跳進池水裡。我以光速換上泳衣，在淋浴間簡單沖了個澡。宮廷體育中心還設有冷水池、熱水池、乾溼分離的三溫暖等沐浴設施，因此沒有常規培訓課程的週末，這裡的人潮也是絡繹不絕，然而，也許是正值世界盃賽事期間，那天去游泳池的人寥寥無幾，只有幾位老人家悠閒地坐在池水裡。我走出淋浴間後，轉進右側通道的會員專用游泳池，而非左側通道的一般游泳池。跟一般游泳池相比，會員專用游泳池的規模比較小，也幾乎沒有什麼人使用，所以正好適合像我這種喜歡安靜漂浮在水面上的人。

如我所料，除了我以外，這裡沒有其他人。我戴上蛙鏡跳入水中，在二十五公尺長的泳道上來回了兩、三圈。嘩啦嘩啦的拍水聲響徹四方。即使我游到讓自己喘不過氣，鬱悶的感覺也沒有消失。我就像被拘禁在偌大無比的密室中。我摘下蛙鏡，靜默無聲地躺在水面上，看光斑在天花板上搖曳晃動。籠罩游泳池的寂靜沉甸甸壓著我，於是我開始輕聲哼唱，耳朵泡在泳池水裡，讓我的聲音聽起來變得陌生。

我好想死。

仔細追究的話，認識允道不過是五天前的事，而一想到那個人，我就會莫名萌生尋死的念頭。

只要想到自己每晚高唱悲感歌曲的聲音被那人聽得一清二楚，只要想到自己當下充盈飽滿的感情越過窗戶傳到另一頭，我的心就變得混沌不已。我每天都遙望他的房間，仔細觀察他在做些什麼。接著，我會開始臉紅心跳，陷入沮喪的罪惡感中。一直到凌晨時分，我才願意躺到床上。每當這個時刻，我全身都能感覺到自己清晰的心臟鼓動。這種感覺就好像自己變成一個巨型的真空管。

我再次戴上蛙鏡，潛到池水深處，讓胸膛碰觸到地面。我似一條深海魚，在水裡泅泳潛行，眼前盡是青綠的瓷磚。他的臉龐、他對我說的那些言詞，以及吐出那些話語時的嗓音，總是縈繞纏繞著我。只要想起他，想起他的聲音，我就覺得自己很可怕。我伸展緊繃的腿和手臂，放鬆整個身軀，讓自己變成一片落葉，隨波逐流地飄浮在水上，兩眼凝視游泳池的地板。

我想就這樣永遠留在水裡。

想被困在這裡。

什麼聲音都聽不見，什麼感受都不會有，就這樣保持浮游的狀態。

我盡我所能地屏住呼吸，直到無法堅持了才抬起頭。感覺肺部快要爆裂，我只能費勁地大口喘息。

我看了眼手錶，發現不知不覺已經過一個多小時。我離開水池上岸，往淋浴間走去。也許是待在水裡的時間太長，我的身體抖個不停。脫下泳衣後，我立刻踏進溫水池。我靠著大理石打造的牆面，抬眼凝視著天花板。每隔一段時間，天花板就會凝結出大顆大顆的水珠。是因為水蒸氣嗎？水珠搖搖欲墜，好像隨時要落下，看起來岌岌可危。我張著嘴看著天花板，突然間有人朝我喊道：

「喂，哈利。」

我的視線往下移動，發現站在我面前的人是允道時，嚇到差點跳出水面。

「你在驚訝什麼？有什麼東西那麼奇怪嗎？」

「因為你突然叫我，所以才……你是來游泳嗎？」

「不然來游泳池還能做什麼？不過你是什麼時候來的？一直待在池子裡嗎？我已經游一個小時了，好像都沒看到你。」

我用微弱的聲音告訴他，我剛才是待在會員專用的游泳池。

「會員？原來你是超級有錢人啊。」

他明明知道我就住在宮廷社區，為什麼還要說這種屁話？不知道該看哪裡才好的我，視線落到允道放在溫水池邊的小水瓢上，裡面裝著他的銀色泳帽與蛙鏡，還有紅色 Speedo 泳裝，也就是他稍早還穿著的裝備。我猛然回過神，看見允道正在向我靠近，感覺到他打量我身體的目光。我試圖沉進池水深處，好隱藏自己的身軀，但是徒勞無功。允道笑著說：

「你的體毛真的好多，就像大人一樣。」

接下來，他伸手搓揉我的手臂和胸膛。我身上的體毛很多，以至於被同學戲稱狼人，而這一點正是我自卑的理由之一。

「我真羨慕你，像個大人一樣。我身上連一根毛都沒有。」

允道的身體跟我完全不同，他的皮膚白皙光滑。我沒好氣地叫允道不要再繼續摸下去。

「手感很棒欸，為什麼不要？」

下半身好像漸漸變硬了，我揮開允道的手。我努力移開視線不去看他，開口問為什麼他週末要一個人來游泳池。允道說他如果週末待在家的話，就得幫忙媽媽店裡的事情，所以就算硬著頭皮也要找藉口出門。

「店裡？你媽媽開店嗎？」

「喔，就是前面那間『桃源烤腸』，那是我媽媽開的店。」

那家店我也很熟悉，是當地家喻戶曉的連鎖店。初代「桃源烤腸」與第二代、第三代店鋪都分布在D市的鬧區街道上，據說所有店鋪都是由同個家族的人在經營。二代「桃源烤腸」位於壽城池附近，得益於巨大的建築物與寬敞的停車場，有許多以家庭為單位的客人光顧。這間店的生意十分興隆，可說是遠近馳名。明明他自己就是有錢人家的富少爺，竟然還調侃我是有錢人。即使煩躁直衝我的天靈蓋，我這時卻好像找到允道這種開朗豁達、天真單純的個性——讓他如此不以為意地踏進我的半徑內——背後的原因與來由了。在我看來，匱乏會使人意志消沉。尤其是，與生存息息相關的問題，必然讓人變得更有防禦意識。我心想，跟我曬得又乾又瘪的臂膀形成反差，允道筆直分明的鎖骨也許就是這個理論的證據：那是從出生以來未曾經歷過拗折的修長頸項與端正的肩膀。允道問我：你不覺得熱嗎，沒事的話就一起出去吧。經他這麼一說，我才發現允道的身體一片通紅。我的臉好像也變成和允道皮膚差不多的顏色，因此我答應了允道。洗澡的時候，我們倆並排而立，我的視線總是情不自禁轉向允道。為了轉移目光，我必須竭盡全力。

從更衣室出來後，我們穿上各自從置物櫃拿出來的衣服。我羞於把破舊的提包昭示於人，於是把它捲起來，不讓人看見宮廷體育中心的標誌。允道仍然背著我在讀書室見過的那個黑色 Nike 鞋袋。我們在更衣室入口處返還了鑰匙，然後，在我開始穿鞋的時候，允道開口問：

「還覺得熱嗎？你的臉很紅耶。」

「嗯，可能是在浴池裡待太久了。」

「要不要喝飲料？我有很多零錢。」

「好啊。」

我和允道走向電梯旁邊的自動販賣機。他從口袋掏出大把的百元硬幣。

「我從媽媽店裡的收銀機偷拿出來的。」

明明是偷了家裡的硬幣，允道卻露出像是擁有全世界的笑容。那張笑臉讓人哭笑不得，卻也十分惹人憐愛，令我陷入片刻的絕望之中。允道把銅板投進自動販賣機，自己先選了寶礦力水得，然後讓我也挑一罐想喝的飲料，因此我像往常一樣選了TEJAVA[37]。

「你為什麼選那個？」

「我本來就只喝TEJAVA。」

「那個有嘔吐的味道。」

「什麼？你在鬼扯什麼，這個很好喝好不好，寶礦力才像溫溫的尿吧。」

話一說出口，我馬上後悔了。我意識到自己正無端為瑣碎的小事發脾氣，讓我感到無比慚愧。我花了十五年時間打造出來的堅固面具，在一瞬之間就被撕下來的感覺。

無論我的心情怎麼樣，已經走到外面的允道並不在意，只是目不斜視地朝前方走去。我們一時之間都沒說話，並肩走了好一會兒，然後發現一棵柳樹旁邊有一張彈跳床，一群小孩子在上面蹦蹦跳跳。允道抬手指著彈跳床，說道：

「哇，是蹦蹦耶。」

「我小時候真的很喜歡玩蹦蹦。」

「要去玩一下嗎？」

37 日本企業東亞大塚販售的茶類飲料品牌，在韓國的主力商品為奶茶，飲料商品於一九九七年在韓國上架。

「不了，游泳已經讓我筋疲力盡。」（其實是因為跟你一絲不掛面對面泡在熱水裡，才會變成這樣）

「我們去玩一次嘛。」

「我們體型太大了，應該沒辦法吧？」

「沒事啦，大人也可以玩吧。」

「不要，我覺得又熱又累。」

「是喔？我很想跟你一起玩耶……」

允道的神情像隻悲傷的蝗蟲，既哀怨又讓人覺得可愛。我苦惱著怎麼回答他，小心翼翼又不顯露自己的掙扎：

「不然，我們一起玩別的東西不就好了。」（但就算是你，要是說一起去踢足球或打籃球之類的，我真的會殺了你喔）

「那我們要不要去唱歌？」

「卡拉ＯＫ？我沒錢。」

「沒有錢也沒關係。我們不去卡拉ＯＫ，去遊戲Ｋ吧。」

「遊戲Ｋ？」

「就是在電子遊戲場裡的那個啊。」

「啊，那是叫做遊戲Ｋ嗎？」

「我不知道別人怎麼叫，反正我都是這麼說的。」

「好啊，那我們去那裡，遊戲K。」

我們並肩齊步，往電子遊戲場的方向走去，穿過寬敞的斑馬線，沿著大街漫步。大馬路上偶有超速行駛的汽車轟鳴大響，從我們身邊疾馳而過，初夏的陽光直射大地。

「喂，不是那個方向。」

我理所當然以為我們要去市場旁邊那間大型電子遊戲場，但是允道嫌那裡人滿為患、魚龍混雜，說自己早有另外找好的地方。我們開始爬一條上坡路。允道停下腳步的地方，是市場後面老舊社區的前廣場，這一帶都是壽城區歷史最悠久的高齡公寓。從公寓前的商業大樓入口進去後，允道直接往地下樓走去。愈往下走，灰塵、黴菌混雜的陳舊氣味就愈厚重。我們經過招牌嚴重褪色的洗衣店、大門緊閉的血腸湯店，接著出現一間貼滿黑色壁紙的商家，完全看不見內部的玻璃門上，用褪色的紅字寫著「周公電子遊戲場」。推開發出乾澀摩擦聲的玻璃門後，眼前的空間小得讓人不禁懷疑有沒有十坪，當中擠滿了遊戲機。可能是位於地下室，空氣與外頭的炎熱不一樣，令人倍覺陰冷潮濕。入口進來的一邊，是玻璃隔間的櫃台，鋪著黃澄澄的地板紙，看起來像是老闆的老人身上蓋著一條色彩繽紛、花紋繁複的毛毯，兩眼盯著掌上型電視機看。那老人完全沒有要理睬我們的意思，連賞一眼都沒有。也許是老人家耳朵不好，電視音量開得非常大，即便我們人在玻璃櫃台外面，也能清楚聽見電視劇的台詞。「如果相信你是一種錯誤，那就讓它錯吧。因為，我認為這就是愛情……」這個空間裡一點空餘的位置都不剩。擠滿遊戲機的另一側角落，擺著一座卡拉ＯＫ電話亭。我和允道鑽進亭子，裡面有一台小尺寸螢幕的點歌機、一本積滿灰白細塵的點歌本與一支遙控器，還有兩張髒兮兮的凳子。允道和我並坐在凳子上，不僅膝蓋貼著對方的膝蓋，連肩膀都靠在一起。我感覺很緊張，努力讓自己不要碰到允道的身體。我心心念念被請客喝飲料的事，翻錢包打算出唱歌錢當作回禮。幸好還有一張千元鈔，於是我把紙鈔放進投錢口。一千塊錢可以唱五首歌。

「啊，你不用出錢的。」

「沒關係，畢竟你已經請我喝飲料了。」

允道有些無可奈何、聳了聳肩，然後手腳快速地開始點歌。不知道是不是已經把歌曲號碼都背下來了，他連點歌本都沒看就連續點了三首。我翻開點歌本的最後一頁，裡面所謂最新的歌曲是一堆六個月之前發行的曲目，而不管我怎麼翻找，也看不到我喜歡的英式搖滾或獨立音樂。我覺得我至少要唱到一首歌，所以點了男歌手的曲子中相對比較熟悉的一首。我低下頭，看見了允道比我還要白淨小巧、也更加飽滿的膝蓋。我們只要稍微有一點點動作，身體就會觸碰到對方，所以我一直縮著肩膀。歌曲的前奏一下，七彩霓虹燈開始轉動。

允道唱了一首風靡二十一世紀初、內容很戲劇化的抒情搖滾。樂曲攀升到高潮時，我凝視著他不斷硬擠出高音的側臉。雖然他的聲音還算悅耳，但絕對稱不上「唱得很好」，只是勉強對得上音準與節奏的水準。儘管如此，他仍然全力以赴喊出高音，唱到爆青筋，秀挺的鼻樑上疊滿皺褶，激動到臉變得一片通紅。連唱兩首歌之後，大概是喉嚨有些乾疼，讓他咳嗽不止。我看著允道這副模樣，不可名狀地感覺到一種接近感動的情緒。我也想和允道一樣：做得很差勁又怎樣，做得馬馬虎虎又怎樣——我也想坦率地展現自己本來的樣子。即使是微不足道的小事，他也不遺餘力——這個樣子十分可愛，而且不僅如此，他可愛到讓人心生憐惜，憐惜後又心盪神馳、憧憬不已。允道的嘴唇像鳥喙一樣細薄，張開時氣息就會撲到我臉上。彈指之間，電話亭裡已被允道的氣息填滿。

允道唱完第三首歌後，輪到我的歌曲。為了掩飾緊張的心情，我把麥克風貼在下顎，努力用平靜的聲調唱起朴孝信的〈憧憬〉。允道翻看點歌本時瞥了我一眼，然後瞇起眼微微一笑。就在我感覺有些害臊之際，允道說：

「你怎麼流這麼多汗啊？」

語畢，允道抬手開始幫我擦汗。他的手輕輕撫過我的額頭與下顎。我為了掩飾自己顫抖的手，把麥克風緊緊貼在胸前，努力將視線固定在螢幕上。等我回過神時，歌曲已經結束，獲得的分數是九十三分。

「喂，你唱得太好了吧？」

「什、什麼啦？趕快點你的歌吧。」

「我已經唱三首了耶？你再唱一首。」

「不要，我會唱的歌就這首而已。而且你也知道，我喜歡的音樂類型有點古怪……」

「那不叫古怪，應該說是特別。」

「特別什麼……算了，反正我喉嚨也有點痛。」

「是嗎？你等我一下。」

允道開始翻自己帶在身邊的球鞋袋，拿出扁扁的綠色小盒子，接著把小盒子倒過來搖了搖，一顆拇指指甲大小的黑色長形物體掉落在手掌上，然後允道將它放進我的嘴裡。在我毫無防備之際，允道的大拇指與食指突然就伸進我的口中，辛辣的薄荷味在嘴裡散開。允道毫不在意手指沾上我的口水，又倒了一顆喉糖塞進自己的嘴裡。我用舌頭包住喉糖，感覺從舌頭到食道，直到腸胃都是這個涼爽的味道。

「你慢慢吃，我來唱歌吧。」

這人竟如此輕易踏入我的領域，甚至侵犯我的身體器官（？）。他為什麼可以這麼親切熱情，讓人糊里糊塗，讓人混亂誤會。允道又不厭煩地唱了一首抒情搖滾，我覺得旋律十分耳熟。在第一段副歌結束、間奏音樂響起時，我貼著允道的耳朵大喊：

「這不是《星際牛仔》的原聲帶嗎？」

「對啊，你也喜歡嗎？」

「嗯，它在Tooniverse[38]播出的時候，我每天都熬夜收看。」

38　韓國第一家專門播放動畫的頻道，一九九五年十二月一日成立。目前除了動畫以外也播出自製的兒童節目。

「我也是。」

第二段旋律緊接著響起。我找到和允道的另外一個共通點了，為此我甚至想要高聲歡呼。只要討論有關漫畫、音樂和電影的話題，我們似乎就可以一直快樂地相處下去。允道的歌曲一結束，七彩霓虹燈立刻熄滅，電燈也亮起。當我正在收拾背包，允道出聲提議再唱三、四首歌。

「不行，我沒錢。」

我知道一直強調自己「沒有錢」聽起來非常窮酸，但是我也沒辦法。

「你等一下。」

我準備起身時，允道抓住我的手臂，對著我一笑，然後從鞋袋拿出一根細長、扁形的塑膠棒。我仔細一看，原來是把書檔裁成長勾形的東西。允道往地上一蹲，把那根東西插進投錢口，然後開始搖晃點歌機，畫面上的代幣數字開始往上累積。每當允道擺動他的身體，頭髮就會散發出混合汗水與薄荷香的複雜氣味，我的心情也跟著變得複雜起來。但不管怎麼說，這都是犯罪……外面的老人什麼都不知道，專注看著電視的臉忽明忽暗。

「夠了。」

滿臉笑的允道讓人不禁感覺，就算他出賣國家也能原諒他。他又唱了兩、三首抒情搖滾曲，我則是點了我所知道的歌曲當中最一般的大眾抒情歌：瑪麗亞・凱莉與「大人小孩雙拍檔」[39]的〈One Sweet Day〉。

我們離開遊戲場。天色不知不覺已昏暗許多，街道上充斥著初夏夜晚的涼爽空氣。

到達宮廷公寓附近時，允道問我：

「你住在宮廷對吧？」

「嗯。」

「那你之前為什麼說自己住在新世界？」

「就……被發現在房間裡唱歌，我覺得很羞恥。」

這句話只有一半是真的。每晚我伴著悲涼獨自熱唱，光是這件事不足以讓我感到恥辱。而是我的父母與我的家庭、我的性向與喜好、我難以言表的祕密與憂鬱、我承受孤獨的方式──我對自己的一切感到羞愧，才會一直以來拚命想要隱藏自己。允道不發一語，只是又往我嘴裡塞一顆喉糖。我其中一個祕密就這樣猝不及防被揭穿了，但是什麼都沒有發生，這件事帶給我一點小小的安慰。

不知不覺間，我和允道已經走到社區門口。允道轉過身，指出他家的方向所在。我堆出滿臉的不知情，裝模作樣說一句「啊，是嗎？我們家離得很近呢」，然後向他揮手道別。我注視允道漸漸變小的背影。當他的身影完全消失、我什麼都看不見了，我的臼齒咬碎那個已

39 瑪麗亞．凱莉（Mariah Carey, 1969- ），美國歌手。大人小孩雙拍檔（Boyz II Men），一九八八年出道的美國音樂團體。

經融化到比小指頭指甲還小的喉糖。

好甜。

後來，我們倆每個週末都會一起去游泳池和遊戲場的遊戲K。如果允道的理由是不想去母親店裡幫忙，那麼我也有一個非常重要的目的，就是不去教堂的青少年部做禮拜。學生時代的媽媽在眾人眼裡是個有教養和堅定信念的學生，她還為了擁有洗禮名而開始上教堂。這麼多年來，她沒有間斷過參與宗教活動，因為她是一旦開始做某件事就會非常投入其中、直到取得成果才會罷休的那種人。我因為她這份意志而擁有母胎信仰，升上國中後，每個週末都必須去做禮拜。從這個角度來看，允道和我的利害關係非常一致（先姑且不論我那無限偏向允道的私心）。

令人厭煩又不正常的世界盃熱潮迎來終結，我們之間的關係也愈來愈自然。允道在卡拉OK熱唱的歌曲，從尹度玹變成朴孝信[40]，又從朴孝信變成酷玩樂團。我也發現了，就如同我多少有些憂鬱的聽歌喜好傳染給了允道，允道一塵不染的開朗內心也在無人知曉的角落影響了我。

某個秋夜，允道把我叫出來。我沒多想就穿著拖鞋走到社區大門的入口，看到允道靠在

40 尹度玹（1972-）、朴孝信（1981-），皆為韓國男歌手。

一台紅色小型摩托車上。

「喂，上車。」

看到允道那副樣子，我不由自主笑出聲來。那台摩托車後面的外送箱上寫著「二代桃源烤腸」。允道表示最近很少有外賣要送，所以就把摩托車借來用。再仔細一看，這輛摩托車車款是當時整個外送業都在使用的「大林城市」[41]。不管怎麼看，他都像是瞞著媽媽騎出來的……但是這個舉動實在太可愛了，於是我二話不說跨坐到允道身後的位置。摩托車出發的時候，我抱住允道的肚子，將他沒有一絲贅肉的瘦削身軀圈進我的懷裡。允道騎著摩托車繞了壽城池一圈。那年的秋天意韻濃厚，梧桐樹的落葉鋪滿了整條道路。允道的駕駛實力不夠成熟，摩托車偶爾會不穩搖晃，但是對我而言，要說是害怕還不如說是激動澎湃，同時又有些不安。因為有一點很奇怪，我總覺得懷裡的允道正在變小，好像馬上就會消失不見，讓我加重了抱緊允道的力道。

從那天以後，每到週末前往游泳池和遊戲場時，我都會以摟著允道的姿勢，坐在摩托車後座上。

一起度過的時間層層堆積，我對允道的心意也愈發深刻。無數的日夜裡，就算我告誡自

41　韓國摩托車製造商 DNA Motor 取得日本本田技研工業授權生產的經濟型摩托車，在韓國以作為餐廳外送車為人所知。

己我們只是朋友，我的心也依舊持續淪陷。

三年級近在眼前，允道似乎也開始擁有屬於他自己的煩惱，跟小學生時期就展開青春期的我不同。可能是允道的青春期來得比較晚（或者該說來得正是時候），他在日常生活中的嘆氣聲變多了。一直以來都喜歡開無聊玩笑的他，提起憂鬱或空虛話題的日子也愈來愈多。當時，我半推半就地報名了以考進預科高中為目標的考前衝刺班，允道也不顧自己頗有進步空間的成績，表示要跟我上同一間補習班。能夠和允道共度更多時間的喜悅，以及擔心藏不住自己真心的恐懼，同時湧上我的心頭。

這時允道向我提議，一起在「迷你小窩」寫我們的日記，跟彼此分享有趣的電影或好聽的音樂，因為隨著時間的流逝，這些日記等於在寫我們的歷史。雖然我總覺得允道好像看太多音樂家的評傳……但我還是很開心，甚至養成一回到家就立刻先確認日記的習慣。

接著，就是情人節。

偶爾如泉水一樣噴湧而出、像海嘯般排山倒海而來的思緒會吞沒我。我的心如今正在往哪裡前行？允道的心又已經抵達何處？我為什麼會如此渴望允道，甚至想要掌握他的一切？內心愈來愈沉重也愈來愈黑暗。我每天都會經歷無數次情感的波動，時而沉寂靜默，時而奔騰洶湧。在迭起的心情之中，我迎來了令人無法忘懷的炎熱夏季。

我們最好的選擇

在我的記憶裡，國中三年級的暑假就是黏膩的同義詞。這裡經常下雨，即使在沒有下雨的日子，也總是充斥著潮溼的氣息。不管你洗澡洗得多頻繁，也洗不去沾附全身上下的溼氣，正是如此的天天夜夜。雖然，我不能確定這是一種物理上的感受，還是我內心的狀態。

那個時期，我正為了熟習讀了千百遍也無法理解的三角函數而愁眉苦臉、絞盡腦汁。有些學校的入學考會進行英語面試，所以我每天要讀一頁原文書——聽說美國的大學生都讀這本書——並熟記於心，但這不過是機械式地念書罷了，理所當然只是在囫圇吞棗，無法好好理解其中的內容。我心裡十分清楚，以這種水準絕對考不上預科高中。當我愈是了解自己的能耐，考上學校的必勝意志就愈薄弱。紋紋就不一樣了。為了脫離討人厭的父母，加上前往奈美惠姊姊所在之處的熱切渴望，讓她始終朝著前方邁進。熙榮也發揮自己老實誠懇的性格，腳踏實地跟著進度前進。

和紋紋一起去白楊商行、校洞市場的進口商店等行程，也在那個夏天中斷了。這當然不是因為紋紋停止喝酒或吸菸這類無足輕重的不良行為了，而是她不幸被父母親逮到她吸菸的證據。她雖然不是獨自生活，卻仍在家裡囤了幾條菸，對此她總是隱隱覺得不安。果不其然，有一天紋紋母親在整理房間時，發現她藏起來的香菸，於是嚴重的體罰與禁足令同時從天而降。如果說在此之前的管束只是（稍微有些非理性的）門禁限制，現在的處境是到達了按表操課的地步。只要放學時間一到，她母親或是大她七歲的哥哥就會親自到補習班進行逮捕程序。這對我來說是天大的衝擊，反觀紋紋卻是坦然接受現狀。

「這種小事算什麼，反正我本來就想好好念書。趁這個機會把菸戒了，然後拚命念書去首爾就行了唄。」

那天以後，我開始一個人去水貂書店。雖然紋紋偶爾會傳訊息，向我推薦漫畫或是分享心得，但我們之間的對話不如之前那樣活躍了。偶爾自己一個人去借漫畫時，我會不禁心想：「跟紋紋一起玩的日子已經終結了嗎？」不過幾個月前，我還是個討厭跟人往來、會為此緊張或害怕的人呢。我甚至想過我大概是在懷念和紋紋在一起的時候，不過我還有一個想要共度時光的人——允道。

他也和我一樣，對未來沒什麼特別期待。他經常不寫補習班的作業，也屢次在英文文法課上打瞌睡。只要週末沒下雨，我和允道就會去游泳池、遊戲場報到，玩到喉嚨沙啞、發不出聲音為止，才坐上停在建築物後巷的摩托車回家。坐在車上時，我竭盡全力才以匿名形式告白的內心，總是在害怕我們的關係會在彈指之間灰飛煙滅，心中的不安一直縈繞不去，讓我只好更用力環抱住他的身體。偶爾，我也會輕輕把臉頰貼在他的背上。透過臉頰感受他的體溫，透過耳朵聽見他的心跳聲，讓我感覺自己的體溫與心率彷彿跟他重疊在一起。

假期過了將近一半的時候，我已經完全將高中入學考之類的事拋諸腦後，以前從不曾像這樣玩得如此盡興。看著夙夜匪懈、勤學苦讀的紋紋，我多少也對高中入學考產生一絲緊張，但也就是那個當下而已。我每天從早上九點開始上課到下午兩點，後面的時間都跟允道一起度過。

我對允道的第一印象是沉默寡言，但不同於這個第一印象，他其實是個話很多的人。起初，允道會和我分享他大大小小數不清的故事，我必須表現出聆聽者該有的樣子，讓我覺得很不自在。允道在學校屬於朋友成群的類型，身邊有許多那種朋友——會在畢業典禮當天灑麵粉，或是每逢生日會特地去買蛋糕，然後將鮮奶油不亦樂乎抹在別人臉上的那種人。那些朋友和允道聊天的時候，似乎只需要「嗯」、「沒啊」、「操他媽的」、「賤人」等有限的詞彙，就能進行充分的溝通。

在我面前，他不一樣。允道不但完全沒講過髒話，只會用情感豐富又柔軟的聲音，興致高昂地與我談天說地。有時我也會猜想，是不是圍繞在允道周圍的人當中，沒有他可以好好敞開心扉分享事物的人。

只要一有機會，允道就會說想要成為什麼什麼人物。一起吃麵包的時候，他會說要當麵包師傅，開一間麵包店；經過寵物店的時候，他會想變成寵物飼養員，大肆發表在邏輯上幾乎毫無關連的抱負；每當老舊的外送用摩托車發出奇怪的機械音，他就想開一間摩托車專門店，這樣就可以一直和全新的摩托車為伍，直到他踏入棺材為止。當時的我以數學成績不好為由，計畫把文組科系當作升學目標，夢想著從還過得去的大學畢業，進入普普通通的職場工作。我以為自己的人生已經大致底定，滿心沉浸在這種幼稚的想法中。因此，面對毫無顧忌、坦率大方說出「想成為什麼」的允道，我一方面覺得他很可愛，另一方面也覺得有些失望。

某天，結束補習班的課程後，我和允道像往常一樣前往遊戲K。我們利用允道的書檔片，盡情唱著免錢的歌。等我們離開電子遊戲場時，兩人都有些疲倦。允道用幾乎沙啞的聲音對我說：

「怎麼想都覺得這樣下去不行。我們去當歌手吧。」

不愧是允道說出來的話，十足的幼稚園風格，我直接置若罔聞，沒給他任何回應。

「不要不理我，我是說真的。不然我們這麼努力唱歌，多浪費啊。」

「知道了，那就成為歌手吧。而且，我們要當超一流的歌手。」

「好啊，但我們要怎麼成為歌手？是不是要去考試什麼的？」

「誰知道，不是報名經紀公司的選秀，就是去參加大學歌謠祭[42]吧，應該？」

42 一九七七年至二〇一二年間，MBC電視台舉辦的音樂活動，通常以大學生為目標參與對象，可以在活動中演唱流行曲或自創曲。歷年來，許多著名歌手都是從這個節目發跡。

當時正是家家戶戶圍坐在電視機前，一起收看大學歌謠祭的時期。允道以極其真摯的表情問我：

「要怎麼樣才能參加大學歌謠祭？」

「嗯，首先必須要是大學生。」

「真的？一定要先上大學嗎？」

「當然了，名字就叫大學歌謠祭嘛。」

允道好像醍醐灌頂似地瞪大了眼，感嘆說：

「所以大家才叫我要去念大學啊！看來機會之門向我開啟了，真的。」

「好像不是那樣吧……」

「我決定了，考上大學以後，我就要去參加大學歌謠祭。」

所以直到剛才為止，他本來沒有打算念大學嗎？那他幹嘛連在放假期間，也每天去上五小時的外語高中加強班？我實在搞不懂他到底在說什麼。

「我要以創作歌手的身分出道。」

很顯然，他應該是從哪裡偶然聽見了「創作歌手」這個字眼。允道緊緊握住我的手，用堅定的神情補上一句：

「我們以後要一起上大學，然後參加大學歌謠祭。知道吧？」

「好，就這麼做。」

我們朝家裡的方向往下坡走去，手上同時連連擦汗。炎熱的夏天裡，我們為了唱歌，還要爬到位於山腰的地下商業街，實在有些辛苦。

「允道，我們下次別去遊戲K了，去壽城池前面的演唱會卡拉OK吧。聽說那裡營業到六點，兩個小時只要四千韓元。」

「不要。」

允道不怎麼說拒絕的話，這個反應實在出乎我意料。

「是不想花錢嗎？兩個人平分的話才兩千韓元欸……」

「和那個無關。」

允道說他不喜歡去卡拉OK。我們明明才剛唱完歌出來，這又是什麼自相矛盾的狡辯？即使我心裡忍不住吐槽，還是先讓允道認真地繼續說下去。原來在他年幼時期，他父母親曾經營過卡拉OK一段時間。

「幼稚園下課後，我就得一個人在卡拉OK的空包廂裡待到很晚。」

卡拉OK的包廂讓人感覺壓抑又陰暗，周遭還傳來不知停歇的嘈雜伴奏與醉漢的吼叫，以及永遠都在吵架的人聲。這些一直到現在都令他記憶猶新。我不知道該說些什麼，只好靜靜觀察允道的表情。一臉平靜的允道繼續講述他的故事。

允道的父親在營運困難之下放棄了卡拉OK，改在港口都市幫大伯做生意。此後允道便跟父親分開生活，一、兩個月才能見一次面，一起吃飯或是在酒店裡泡三溫暖。這就是他們相處的全部。

「我上星期也見到爸爸了。我們一起吃了烤牛肉，我還拿到零用錢。」

短暫的相聚時光後，允道的父親總是會把厚厚一疊現金放在信封袋裡交給允道。允道說，從他身上的背心到昂貴的 Nike 足球鞋，都是用這些錢買的。他的父母不會再繼續一起生活，而且好像不光是工作的緣故，但允道似乎不想談這件事，所以我換了一個話題。

「你和你爸長得像嗎？」

允道表示，自己和父親就像同一個模子印出來的，只不過體型與性格截然不同。跟個性內向、身材矮小的允道不同，他父親體格高大，體重逼近一百公斤，可以說非常魁梧。他一旦面對朋友或好兄弟，就會搖身一變為兩肋插刀的義氣大哥，也格外喜歡對親友吹噓自己。不論我怎麼想，都覺得他們父子連性格都很像……我不禁想像一個和允道擁有相似五官的中年男子，豪邁地口吐飛沫、大聲說話，但是允道白皙到接近透明的皮膚和「中年」這個詞彙一點都不相襯。雖然他說話的語氣跟平時如出一轍，但從他臉上的緊張神色與聲音中細微的顫抖，可以推斷他不習慣跟人談論自己的父親。允道希望我對他父親的故事保密，我點頭答應。不知道為什麼，我這時莫名有種應該把自己不可告人的祕密也說出來的感覺。但我也不可能直接說「允道，其實我喜歡你」，於是跟他講了我們家在短時間內家道中落的經濟狀況，以及媽媽成為宗教狂熱信徒的故事。我也告訴允道，即使已經散盡家財，我爸依然無法放棄追求物質與虛榮，讓巨大的黑膠唱片音響和進口唱片塞滿了我們空間狹窄的家。

「喂，去你家吧。」

聽完我家的故事，允道的雙眼閃爍著光芒。

「為什麼？」

「我想聽聽看用大音響播出來的音樂。」

讓允道和我爸媽見面？我覺得沒必要在本來就很艱難的生活中添加新的變數。我給他的回答是：「好啊，以後有機會的話。」但我非常確信，絕對不會有這樣的機會。

•

放假期間，我們倆一起消磨了大部分時間，這種親密程度稱為摯友也不為過。當然，唯獨我喜歡允道的這個祕密仍然無法與他共享。

有一天，這祕密差點暴露出來。

那天，我也一如既往像蟬一樣坐在摩托車上緊緊貼著允道的後背。允道表示有個地方想一起去，便將摩托車的路線轉向壽城池方向。他將摩托車停在「桃源烤腸」前，說要給我看一些很酷的東西，接著往停車場盡頭的貨櫃屋走去。允道從口袋裡掏出鑰匙，打開貨櫃屋的門，按下門口正旁邊的開關。一陣忽明忽暗之後，日光燈亮了起來，映入眼簾的是一座迷你冰箱、一台泛黃的壁掛式冷氣，以及一張陳舊的木頭書桌，桌上放著一台（第一眼看上去就相當笨重的）TG三寶[43]筆記型電腦，角落隨意堆放著被褥，看來這裡似乎也可以解決睡眠的需求。我問這裡究竟是用來做什麼的空間，允道回答這裡本來是給員工當休息室用，但是母親的店面擴張後，店裡有了更多可用的空間，這裡就派不上用場了。他把沒被處理掉的醜陋貨櫃屋打掃乾淨，布置成屬於自己的空間，而且對此感到十分自豪。

「我是第一次帶人進來這裡。」

允道一副大發慈悲的口吻讓我很想笑，又覺得因為這句話而心動不已的自己更像笑話。複雜的心情讓我無法回應他這句話。

「不過，你媽媽准你使用這裡嗎？」

「怎麼可能，她當然不知道。」

允道脫下三線拖鞋，放在門口地板鋪著的報紙上。那裡應該就算鞋櫃了。在不停催促我進去的允道面前，我猶豫了一下後立即脫掉Nike拖鞋，輕手輕腳爬到貨櫃屋裡，然後把我的拖鞋倒過來疊放在允道的拖鞋上。我看著兩人疊在一起的拖鞋。

允道打開窗子，拿起放在角落的畚箕和掃帚，急急忙忙開始掃地。但就算如此，貨櫃屋內部也沒有變比較乾淨，懸浮在空氣中的灰塵反而被掃帚捲起，但是從我的角度來看，連允道的這種行為也非常可愛，甚至看見他為了我忙前忙後，都能讓我感動不已，這樣的我簡直

43　韓國電腦製造商。一九九〇年代曾是韓國科技產業的龍頭，進入二十一世紀後便沒落了。

無可救藥。允道終於掃完地，指著一個角落的位置要我坐下，接著拿起跟主機一樣泛黃的遙控器打開冷氣。冷氣發出轟隆轟隆的聲響，而且在運轉聲逐漸增大後，開始吹出暖風。一股黴臭味飄散在空中。允道打開筆記型電腦，接著播起音樂，寧靜的空氣中響起吉他彈奏的樂聲。

「這是誰的歌？」

「『藍色清晨』[44]，第一張專輯。」

「你怎麼找到這種樂團的？」

「沒什麼，偶然發現的。」

允道知道我不知道的事，他固有喜好的堡壘仍在持續堆建中，這個事實突然硬生生擺在我面前。我討厭允道擁有屬於他自己的生活，也討厭他在我的視野之外開創自己的世界。我想把他禁錮在我身邊，想要了解他的一切。我被這種扭曲的執著附身，沉迷戀眷於他的每一個細微的行動——被禁錮的人其實是我才對。與沸騰冒泡的情緒形成天差地別，我的身體沉浸在輕柔悠揚的樂曲所帶來的慵懶氛圍中，一直想要躺下來。我把散落在房間一角的枕頭拿過來，逕自躺到地上。允道也把後腦杓貼在我取來的枕頭上，跟著我一起躺下。我輕輕閉上眼，然後又睜開眼。閃爍不定的日光燈光線與空調中散發的腐朽異味如故，但是在耳邊的極

44 藍色清晨，二〇〇三年結成，韓國獨立音樂二人團體。

近距離之外，允道就在那裡的事實讓一切變得與眾不同。我忽然意識到，在沒有其他人視線的此處，只有我們倆獨處一室，心裡湧現一股再也無法忍受的情緒。我支起身體，若無其事地說：

「好熱，這空調的性能好像有點弱欸。」

「先躺著等一下，之後就會變好的。」

這句話彷彿成了某種真理，又像絕對不能違背的定言令式[45]，我只能再躺回允道身邊。酷熱完全沒有要散去的感覺，到底要等到什麼時候才會涼快一點？跟允道在這裡並排躺著，無法克制的滿腔熱意也可以好起來嗎？我眼前能看到的，是一小片正方形的天花板，是為了我和允道而存在的天花板。平時好像不遺餘力壓迫著我的天花板，此時此刻卻彷彿正溫柔地包覆住我們。

「其實，我從小就很害怕天花板。」

「為什麼？」

「就是覺得很無望，不知道還要度過多少個夜晚才能結束這個人生。當意識漸漸變模糊時，天花板會慢慢降下來，把我壓得喘不過氣。這樣的瞬間好像會永遠持續下去，令人窒息的恐懼往我步步逼近，讓我的手指和腳趾都無法動彈。」

45　源於德語「Kategorischer Imperativ」，是德國哲學家康德提出的哲學概念，指無論任何條件或結果，『善』就存在於行為本身，因此要求絕對且義務執行的一種道德法則。

「好神奇，是鬼壓床嗎？但好像又和一般鬼壓床的狀態不一樣。」

「你沒有那樣過嗎？」

「嗯，我一沾床就會馬上睡著。」

「真好。」

允道沒再接續這個話題，反而只是定定望著天花板。他一定把我當成那種張口就胡說八道、精神狀況有問題的人了。但說出口的話就像潑出去的水，我索性開始隨便塘塞。

「那只是我的妄想，你不用在意。」

「如果再遇到這個狀況，你就把自己想成是一個『點』如何？」

「點？」

「嗯。點和點連在一起變成線，四條線相接就是天花板。現在你眼前的東西，只是這個房間六個面的其中之一而已。」

「這不是數學課上的東西嗎？」

「你仔細想想，一直盯著太遠、太大的東西，不管是誰都會厭煩的。我看著夜空時也常會心想，在這廣闊無垠的宇宙裡，我們只是眾多的星星之一，是多麼微不足道的存在啊。每當這種時候，我就會覺得我們都不過是一個『點』而已。那些星星、地球還有我，都只是一個『點』。我他媽什麼屁也不是。什麼都不是。」

「所以？」

「你不要光想著天花板，也看看窗外的世界吧。你就想那裡還有我。如果你跟我連結在一起，就會形成另一條線，也會在窗外創造出另一個世界。」

聽到這些話的瞬間，我又像傻瓜一樣想起《NANA》中提到的命運紅線。據說，緣分命中注定的兩個人，會有一條看不見的紅線綁在彼此的小指上。所以只要我動一動小指，產生的微微震動就會傳遞給允道……

順著這個妄想，我沉醉在這附近林蔭樹傳來的蟬鳴和「藍色清晨」的慵懶歌聲裡，一下子就墜入睡眠中。

時間過了多久呢？感覺胸口忽然有種沉悶感，我睜開眼睛，轉頭一看。允道躺在離我很近的位置，音響繼續流瀉出「藍色清晨」的歌曲，而他的一條手臂橫跨在我胸前。什麼啊，是因為這樣才覺得胸口很沉重嗎？我忍不住輕笑出聲，想把他的手臂移開，於是輕輕抓住他的手。允道的手像冰塊一樣冰冷，我維持摟著他手臂的姿勢，轉身側躺面向允道。這時，允道微微睜開眼皮。因為他醒得太猝不及防，我連放開手的時間都沒有。他的雙眼半睜半閉望著我，微啟乾燥的雙唇。

「好冷。」

低語的聲音裡充滿倦意。允道索性將身體轉過來面朝我，手臂也伸過來摟住我，然後又把自己的腳放到我的右腳上，吐出一句：

「好溫暖。」

允道抱著我，再次閉上眼睛。我們緊緊交握的手變得炙熱。我可以感覺到不知是自己還是允道的心跳，想遏制變得急促的呼吸，滾燙的氣息卻從鼻子洩出。很快地，身邊傳來允道呼嚕酣睡的聲音。每當他吐出氣息時，我的臉上就會掃過溫暖的空氣。我靜靜凝視他的臉龐，身體往他那邊稍微貼近一些。允道的下半身與我的相貼，我感覺到它們在鼓起膨脹。允道更使勁地抱住我的身體，我們之間一點縫隙也沒有。醒了嗎？正當我這麼想的時候，允道發出呼嚕呼嚕的鼾聲。他半啟的嘴唇。我輕輕將自己的嘴唇覆在他的唇上。他的和我的嘴唇以及手以及下半身以及膝蓋以及腳趾，每一處都有如沸騰般的灼熱滾燙。太多東西亟欲從我體內爆發，讓我幾乎無法克制。

這時，允道的呼吸聲停止了。我飛快放開他的手，將身體轉回來。我閉起眼睛屏氣凝神，紋絲不動地傾聽他的動靜。耳邊又傳來規律的呼吸聲，讓我慶幸他似乎沒有醒來。這樣靜靜等了一會兒後，我也在不知不覺中睡去。這次，是沉沉的一覺。

我做了一個夢。

夢裡，我和允道緊緊相擁，一同往下沉落。在藍得接近墨黑的水中，緩緩向下墜落到無邊無際的深處。我們朝著生死邊界漸漸模糊的地方前進，愈是往下沉，水壓就愈大，身體有種被擠壓的感覺。這世界上的一切都壓在我們身上，我用全身去感受它。儘管如此，一切都沒問題的。因為我的懷抱中還有你，而你的雙臂間有我，所以沒關係。就這樣成為一個點也好。不，這樣反而更好。如果可以這樣就好了。這是我們可以存在的最佳形式，是我們最好的選擇。

我睜開眼睛，允道的臉依然在我面前。他的睡姿歪斜，於是我把他的頭擺正。就連允道雙唇微張、一臉毫無防備的樣子，對我來說也別有趣味，讓我不想離開這個位置，不過我最後還是起身了。

我穿上拖鞋，打開貨櫃屋的門。一開門，我就看見一位女士拿著巨大垃圾袋的背影。受到驚嚇的我倉皇關上門，從門縫偷偷望出去。那位女性手上的工作似乎很吃重。她就是允道的母親？還是在餐廳工作的職員呢？若要說是允道的母親，這位女士似乎過於年輕，但是不知是什麼原因，總感覺跟允道長得像極了。等看到那位女性回到店裡，我才又重新打開門。真的像允道說的，她母親不知道這個貨櫃屋現在的用途嗎？還是她心知肚明，但睜一隻眼閉一隻眼？

回到家裡時，米菈阿姨和媽媽正在看電視，一邊吃著水果。我跟米菈阿姨打過招呼，媽媽接著問我吃過飯了沒，我敷衍回答自己已經在補習班前的店裡吃了炸豬排。媽媽興致高昂地對我嘮叨說教，說外面賣的食物都對身體不好。我走到媽媽和米菈阿姨身邊，拿起一顆蘋果來吃。電視上正在播放介紹美食店家的節目，一名長相熟悉卻叫不出名字的搞笑藝人正在介紹一家烤腸店。米菈阿姨把一粒葡萄放進嘴裡，接著說：

「前面不是有一家『桃源烤腸』嗎?他們最近有很多傳聞。」

「怎麼了?那間生意不是很好嗎?」

「我也不清楚,聽說那個老闆娘的丈夫是做黑道的,不知道是在浦項還是釜山開了很多夜店,還幫自己的愛人都各開一間店。」

「什麼?」

「聽說他把總店交給前妻,後來幫小老婆開了二代烤腸店。」

「不會吧?應該只是謠言。那間店的老闆娘看起來人很好啊……」

我腦海中浮現允道對我說過的話——關於過去經營過卡拉OK、現在幫伯父做生意的父親,還有獨自經營烤腸店的母親,還有為什麼允道的父親不再跟他們母子一起生活。我意識到,即使我們共度了許多時光,我還是不清楚允道的家庭情況,也不了解允道過去的人生。

我知道的允道是如此片面。我被自身祕密的重量壓倒,以至於從沒想過他人也背負著屬於自己的祕密生活。我是那麼年幼又愚昧,遠超出我的想像。

來自過去的信件 2

我把「迷你小窗」的視窗縮小，暫時閉上眼。心臟忽然一陣劇烈抽動，讓我難以正常呼吸。我慢慢地深呼吸，按摩搓揉著雙手，然後走到冰箱前，打開裝有緊急藥品的箱子。我回想採訪之前服用的劑量，索性一下子吞進五粒。雖然這已經明顯超過每天的建議服用量，但也沒有辦法。

節目播出之後，我的書開始受到矚目，也同時從很多人那裡收到訊息。我在書裡寫了過去的心理創傷，以及如何克服創傷心理的隨筆散文，所以大多是那些過去曾經歷過心理困難的人，會來留下他們的自我告白。那些人似乎對於我在書中寫的內容有深刻的共鳴，例如：因為母胎信仰而造成的道德潔癖；在升學主義異常狂熱的環境下成長，將學歷至上觀念內化後引發的各種學業壓力；考上大學後反而催化出的心理反向作用[46]……看到我如實記錄了任何人多少都經歷過但無法輕易傾訴的故事，讓他們在閱讀時獲得莫大的安慰。面對那些讀

46 源自心理學的「Reaction formation」，屬於心理防衛機制的行為模式之一，指面對不安或無法接受的現象時，產生相反傾向的誇張行為，以抑制不安的情緒。

到我的自白後開始回顧人生的讀者，或甚至在那些聲稱尊敬我的人面前，我總會感到不知所措。

我有資格受到這樣的禮遇和對待嗎？

我的罪孽如此輕易就被掩蓋、潤飾過去，沒有關係嗎？

在寫作的過程中，至少我是自由的、是真實的。那些內容都是無法抹滅、百分之百的事實。然而，現在我才終於發現：書裡描述的東西，只是基於我的主觀意識所挑選出的記憶，只偏頗記述了我內心受傷那一部分的半分真相。

我再次進入 Instagram，點開私人訊息的頁面。

「1004」又傳來另一條訊息。自從我出現在電視上後，不明發信人的可疑來信爆增，當中有宣稱知道我的過去的人，也有主張在諮商中被我傷害到的人。雖然我每次都覺得煩躁不已，但也沒有太放在心上。然而，「1004」這個帳號發來的訊息不一樣。對方準確敘述我實際經歷過的事，其中還有我犯下的罪行。我用緊張的心情開始讀「1004」發來的訊息。

我看過你的書了。

果然跟傳聞中一樣，令人刮目相看。那些日子裡，你的經歷還有你的感受，書裡都寫得很詳細，就連記性不好的我都能清晰回憶起那段時光。正如人們所言，這是一段真實的告白。

雖然，你只坦承了一半。

那些看過書的人知道嗎？你曾經對某人犯下無法洗刷的罪行。

坦白說，想從那段記憶中逃離的不只你一個人。我也用盡了全力，只為忘記那段日子。為了抹除我和你一起度過的時光，一路堅持到現在。在我的夢境裡，我無數次看見你的臉。那當然是噩夢。每個夜不成眠的深夜，我總會想起你。也許跟你經歷過的那一晚，那個不眠之夜，是相似的心情吧。過了好長的時間，我才終於忘掉一切，再也不會想起你的臉。

若不是在網路上的報導、在 YouTube 的影片中偶然看到你的臉，我也許能成功埋葬那段歲月，忘卻一切繼續活下去。

也許，永遠地。

不幸的是，我沒有那種運氣。

這是偶然，還是必然呢？當時，剛好傳出屍體被發現的消息。曾經以為再也找不到的東西、懷抱著祕密永遠沉積在同一地的那片湖水，也要重新開發了。

怎麼辦，就連我以為已經忘得一乾二淨的記憶，如今都一一浮現在腦海裡，和那具屍體一起。究竟是幸還是不幸？再開發。這曾經有如地獄一樣的詞彙，我覺得似乎有了不同的意義。

我竭盡全力切斷的記憶有如海嘯一般復甦，捲走我平靜的日常。曾經以為完全落幕的過往，曾經以為早已用尖刀剜去的夙昔，再次勒緊了我的脖子、我的生活。

我把頭往後仰，再次緩慢地深呼吸。我看見白色天花板的四處犄角，昔日在我耳邊迴盪的聲音，宛如霧氣瀰漫的凌晨那般寧靜的聲音，你的聲音……

「活到現在，你最害怕的東西是什麼？」

每晚，當我躺在床上看著盤踞在天花板牆角的黑影，都感覺那片影子彷彿壓迫著我的整個存在。那分痛苦不斷折磨我。一想到要繼續生存下去，承受無數夜晚中天花板帶來的重量，就讓我感覺無望、無法忍受。我這樣回答允道。

「那麼，我們就留在一次元的世界吧。」

我無法理解你在說什麼，那是什麼意思？我問他。

「一次元的世界裡，你和我都是一個點，中間有一條牢牢連接兩個點的線。」

直到今天，只要躺在房間裡望著天花板，我就會想到你。我仍然記得你壓在我身上的質量，以及那份重量帶來的安慰。

我按下電話的數字鍵盤，按下那個即使沒有儲存在手機裡，我也沒有一刻忘記過的號碼。

我曾經相信，人生只會朝著一個方向流動。當時的一切都更加容易，也更加簡單，只需要竭力擺脫束縛自己的事物就好，只需要看著前方、卯足全力奔跑就好。然而，無止盡奔跑這十多年之後，我所到之處依舊是那個原地。

有些記憶永遠不會變成過去。

第2章

水星樂園

那天之後，我和允道之間的關係沒有任何改變。

我不確定他是否記得那晚的事情，但更重要的是，我清楚記得這一切。它在我的腦海中不斷盤旋，我們彼此的身體毫無縫隙重疊在一起，彷彿融為一體的瞬間。當我們擁抱彼此的時候，我們是一體的。每當我想起這件事，就覺得好像有人在我的內心深處點燃火焰，偶爾又像有人把吸飽的海綿放在我的心口，潮濕又厚重的煩惱壓著我。無論身在何處，煩悶感如影隨形跟著我。每當心情變得炙熱或沉重，我就會放棄抵抗，直接打電話給允道。這時他會若無其事地接起電話，邀請我去貨櫃屋玩。雖然有些話總想在見面之後對他說，但是真的看見允道的臉時，又什麼話都說不出口，只是把貨櫃屋的窗子拉開一道縫隙（從外面還是看不到裡面在做些什麼），然後躺到地板上，像仰望蒼天一樣凝視著低矮的天花板，同時聽著允道說話。允道會隨心所欲談論各種話題，例如他去隔壁學校參加足球賽的過程、對於剛借到的漫畫《浪人劍客》與《獵人》有什麼感想，以及格拉斯頓柏立當代表演藝術節（Glastonbury

Festival）[47]的演出內容等等。每次從允道嘴裡聽到陌生人的名字，我都有一種心臟往下沉的感覺，但他就躺在我身邊的事實，又會令我倍感激動，忍不住深深吸入包圍著我們的空氣。

在我們的關係裡，也不是什麼變化都沒有。也許是因為接過吻，讓我們對於接觸彼此的身體變得毫無顧忌。即使並肩走在擁擠的小路上，兩人手臂摩擦到彼此的時候，允道也沒有表現出不舒服的樣子。在貨櫃屋裡，他也時常把手放在我的肚子上，或是枕著我的膝蓋躺下，而我也會做出同樣的事。有時候，我會感覺到允道擱在我大腿上的後腦勺在發燙，意識到我和他對於這種肢體接觸可能有不同的感受。

蟬鳴聲漸漸震耳欲聾，允道開口對我說：

「我們去水星樂園吧。」

「水星樂園？」

「嗯，就是前面的水星樂園。」

水星樂園？這附近沒有地方叫這個名字。雖然我不知道他在說什麼天馬行空，但是允道直接抓起我的手腕，我也只能乖乖穿上拖鞋，跟在他的後面。我們一起漫步在壽城池邊。允道往前邁步時，老舊的拖鞋都會發出摩擦地板的聲音。我一邊將這種聲音當作音樂來感受，一邊走在允道的身邊。

47 始於一九七〇年的英國，是目前世界最大的露天音樂節、表演藝術節。

據說，在我父母親還很年輕的時候，壽城池是一座有名的遊樂園，如今卻成了不折不扣的醜陋地景。它的湖水好似盛滿了祕密，散發出詭異的刺鼻氣味，還有飛蟲在湖面上纏綿飛舞。看見這個景象，我忽然覺得自己很像那座湖。這個想法在我心底揮之不去。湖裡聚積著一窪死水，無時無刻都有可能腐敗壞死，顏色隨著時間流逝而愈來愈深沉，最後終將變得黑不見底。

大約步行二十分鐘左右，一排生鏽的鐵絲網出現在眼前。鐵絲網陰森地包圍著腹地，另一頭可以看到旋轉木馬、海盜船、小型雲霄飛車，以及設計成動物外觀的小型遊樂設施。打量著荒涼寂寥的風景，我們又走了一會兒，來到一扇巨型入口大門。門上纏繞著生鏽的鐵鍊，門前掛著一塊塑膠看板，上面印著顏色褪盡的警告標語。

壽城樂園。

全面禁止出入。

我靜靜端詳那塊牌子，忽然領悟這一切。

「這裡該不會就是你說的水星樂園吧？」

「沒錯。」

「因為壽城[48]的英文是……Mercury？」

「嗯，對啊。」

這種取名方式就像個空虛的笑話。看著無言以對的我，允道說：

「你知道這裡發生過事故嗎？」

「什麼事故？」

「以前這裡死過人呀，所以才停止營業。」

「唉，怎麼可能。」

「真的啦，還有出新聞呢，我真的有看過。」

「但我是第一次聽說欸？」

允道開始興致勃勃講起這個故事。

壽城樂園是著名建築公司旗下的建物。那是一間從事各種開發事業而興起的建設公司，由於在公寓社區建築事業上委靡不振，還碰到屋漏偏逢連夜雨——亞洲金融風暴來襲——使公司面臨倒閉危機。在那場混亂中，壽城樂園的營運被停擺忽略。梅雨季節來臨時，在沒有事前公告的情況下關門歇業。梅雨季節結束後，也過了一段時間才重新開張，卻很難再吸引人潮了。這是理所當然的事情。供遊客搭乘遊湖的鴨子船全都老舊到滲水，過時的遊樂設施

48 「壽城」的韓文拼寫方式（수성）和「水星」一樣。

發出嘎吱作響的機械聲後馬上停止運轉。撐了好幾天，等到週末終於到來，才會有零星遊客前來，雲霄飛車也才久違地開始運作。這裡的雲霄飛車速度不快，高度也差強人意，但每當鐵軌方向出現變化時，乘客們仍然會放聲尖叫。然後，在駛過軌道的最後一段、雲霄飛車接著往下滑落時，一個小孩被彈飛出去。

「你知道嗎？聽說那個死去的小孩常常出現在人們面前。」

如果曾經發生過那麼嚴重的事故，我應該要聽說過啊？而且，死掉的小孩子居然又出現了？我在心裡吐槽這不知從哪裡聽來的無稽之談，接著問他到底是從哪裡讀到的新聞。允道用一種「連這種問題都要問」的口氣回答：

「『異事目』。我不是把連結貼在日記上，叫你去看看嗎？」

這時我才想起來，允道曾在「我們的日記」裡貼了一個怪談社群的連結。我點進網站之後，猶豫是否要點進那些文章，最後還是直接將網頁關掉，這件事也被我從記憶中刪除。允道平時看起來很正常，但是遇到這種時候，就會像個孩子一樣遲鈍。他站在我的身前，先是茫然看著，接著伸出雙手抓住纏在門上的鐵鍊，手一扭便輕鬆解開鏈子了。

「搞什麼，你怎麼做到的？」

「我在留言板上看到的，聽說這樣就能解開。據說這裡也是首爾的大學生經常來做靈異探險的地方。」

允道輕輕推開門，帶頭走了進去。他伸出沾滿鏽鐵的手，要我也一起進去。我猶豫了一子，上前牽住允道的手，走進水星樂園。

園內的景象沒有外面看來那麼陰森詭異。破舊的長椅看得出歷史悠久，遊樂設施上盡是油漆脫落的斑塊，破碎的人行道上地磚之間雜草叢生，這種景象反而讓人感到有些冷清淒涼。園地沒有想像中遼闊廣大，我們大概走了十多分鐘，就來到園區盡頭。站在面對雲霄飛車的長椅前，我擔心允道的白色短褲會弄髒，所以先用手掌拭去灰塵。對於做出這個舉動的我，允道只是瞥一眼，就轉身坐到長椅上。我們並肩而坐，雙眼盯著雲霄飛車看。它的外觀既矮小又破爛不堪，實在不敢相信曾經有人在這裡喪命。

「那裡死過人？」

「嗯，聽說還是從最高的區間掉下來的。」

「真的假的，在這麼小的雲霄飛車上？速度應該不快吧。」

「聽說是真的，所以這裡才關門啊。」

「難道不是因為沒有客人才完蛋的嗎？」

「才不是，我媽媽說這裡以前人很多，還滿受歡迎的。」

「受歡迎」這個字眼吸引住我，嘴裡反覆呢喃著「受歡迎」三個字。

「受歡迎的人生是怎樣的呢？」

「你已經受歡迎了啊，周圍的朋友也很多。」

「那算哪門子受歡迎。雖然可以聊天的人很多，但幾乎沒有關係親近到可以稱為朋友的人。」

這是事實。對於在人群面前講話，我可以說擁有連我自己都驚訝萬分的卓越天賦，但是要單獨跟某人相處交談，對我來說卻是難以忍受。總覺得跟某個人愈是接近，我的祕密就愈容易被揭穿。真實的我、我這種人的弱點與醜惡，好像會散發出不好的氣味。因此，與某人建立起一對一的關係，對我而言太艱鉅了。過去的幾個月裡，可以稱得上認真交談過的人也就只有紋紋和允道而已。他們其中一人的手中握有我的弱點，剩下的那個人是我的弱點本身。這就是悲哀的現實。我想了想，接著說：

「可以稱為朋友的人……你，這種吧？」

我想表達的是，他是唯一而且特別的那個人。我鼓起極大的勇氣才說出口，允道卻沒有把我的話當一回事。

「你沒有其他朋友嗎？可以一起吵鬧、玩樂和踢足球，這才算是朋友吧。」

「我又不踢足球。」

「你也踢踢看嘛。」

「我踢得不好。」

「我也不太會，只是踢好玩而已。你只能做自己擅長的事情嗎？」

「我不喜歡踢足球，還是你踢就好。」

我莫名覺得惱火起來，不由得沒好氣地回嘴。

「好吧，那就沒必要硬踢了。」

「我想說的不是這種，而是在其他方面受歡迎。」

「受女人歡迎？」

「與其說是受女人歡迎，不如說是……嗯，比如說情人節收到很多巧克力之類的。」

這是我第一次親口說出與那天相關的事。我觀察著允道的表情。他先是認真思考了一下，然後回答：

「我不覺得你沒有魅力。」

「嗯？」

「如果是你的話，應該會有那種無條件喜歡上你的人吧？也許已經有這樣的人了。」

這又是什麼意思呢？我覺得自己臉頰的溫度正在急劇上升，腦袋完全想不起一開始要說什麼。沉默一時將我們倆包圍。我抑制住自己亢奮的心情，心想既然都已經鼓起勇氣了，那就再向前邁一步。

「倒是你，你很受歡迎吧？還收到很多巧克力。」

允道轉頭，目光灼灼地直視我的臉，嘴角慢慢揚起，然後笑了起來。我覺得難為情，好像臉上沾到什麼東西一樣，趕緊把視線轉向雲霄飛車。允道沒有回答我的問題，只是反問我：

「你的理想型是什麼？」

你。我想這樣說。當然，這是不可能的事。

「這個嘛，我沒想過這個問題。允道你呢？」

「笑起來漂亮的人吧？」

允道這麼說，露出比任何人都還漂亮的笑。我沒辦法再繼續直視允道，只能逼自己撇過頭。直到最後，允道也沒告訴我任何關於巧克力的事。除了那兩份巧克力——我做的和不是我做的——也許還有更多對他懷抱著愛意的目光。我本來在想，如果乾脆告訴他其中一個巧克力是我送的，會發生什麼事？但馬上轉念一想，我大概死了也絕對不會這麼做。畢竟，連趁他熟睡之際親吻他的行為，我也一直無法對他坦白。我什麼都問不出口，只敢細細端詳他的表情與呼吸，就這樣永遠都在原地踏步。關於我的心意，以及那個夜晚，允道知道些什麼呢？我看著允道白皙的手背，回答他：

「我喜歡純白的人。」

「嗯？」

「我的理想型，臉蛋、身體和心靈都純白無瑕的人。」

允道符合這樣的條件嗎？只有我們兩人在一起的時候，他看起來就像個無比潔白的人，但我總有一種感覺，也許我從未看過他真正的面貌。

太陽向著地平線另一邊下沉。我和允道從位置上站起來，這時我發現我的手背被蚊子叮了。允道看著不停抓癢直到滲血也不肯罷休的我，默默捧起我的手。

「別抓了，會流血的。」

我就像個幼稚園生，讓允道牽著前進，漫步離開壽城樂園。突然我感覺身後好像有人，轉頭一看。雲霄飛車那邊，一個孩子的身影一閃而過。我連忙鬆開允道的手。他回頭問道：

「怎麼了？」

「那邊有個孩子。」

「別鬧了。」

「是真的，你看那邊。」

然而當我再次轉過頭，孩子已經消失得無影無蹤。

「別鬧了，你竟然敢捉弄怪談狂熱粉。」

「真的啦，真的就站在那裡啊。」

回到家的時候，我的手心濕成了一片。洗完澡回到房間，我習慣性地從窗口俯視允道的家。燈火已經熄滅。雖然我們一整天都待在一起，但看到那黯淡無光的房間，我內心的火光彷彿也被捻熄了一樣。

•

翌日，我在早上七點左右張開眼睛。我拿來爸爸吃剩的早餐，隨便吃幾口後再次回到房裡，鎖上房門，倒頭睡回籠覺。就像走在全黑的走廊上，我沉浸在迷茫與壓抑的感覺中，最後終於入眠沉睡。沒有做夢，一次漫長而無趣的睡眠。

過了多久時間呢？媽媽急急忙忙敲響我的房門。我向媽媽發脾氣，問她為什麼要吵醒我，媽媽則是大聲重複說著我該去教堂的時間到了。雖然我死命抗拒說不去，但媽媽對於信教方面的事從不輕易放棄。正如往常一樣，結果以我抗議失敗告終。前往教堂的路上，我連連犯睏。媽媽還幫我準備好這星期的禱告內容了：祈禱爸爸事業東山再起，祈禱媽媽最近投資的未上市股票賺到天文數字的報酬，還有祈禱我的高中入學考能高分上榜。母親信仰的那尊名為耶穌的神，難道是什麼願望受理中心負責人嗎？爸爸的事業或股票之類的，不管怎麼祈禱都不可能成功的。但既然都要許願了，我想想，讓我和允道的愛情成真……這個願望如何？《聖經》中明訂禁止這種感情，所以我想絕對不可能實現吧。媽媽的神明已經把我變成這副模樣，為什麼連我的感情都得成為禁忌呢？難道我的存在本身就是罪過嗎？那我究竟應該要相信神，還是不相信呢？與其相信永遠都自相矛盾的神，還不如選擇無盡墮落的邪惡人生。

禱告結束後，出來就看見爸爸站在教堂前。不知道他是不是直接從公司過來，連外套都還穿在身上，一身乾淨俐落的西裝套裝。我們一家在壽城池附近的鱈魚湯老牌名店吃午餐，是我們家睽違許久的外食場合。媽媽問事情辦得怎麼樣，爸爸沒有任何回應，只是默默地把湯匙擺到桌上。我受不了這種尷尬的氣氛，於是先開口說話。

「之前我朋友告訴我，壽城樂園之所以倒閉，是因為有人死了。很好笑吧！」

「那是多少年前的事了？那個出事的小孩年紀好像跟你差不多大呢……」

「所以是真實發生過的事嗎？」

「嗯，你不記得了嗎？那時候整個社區鬧得沸沸揚揚的。」

竟然真的發生過那種事！忽然之間，我心裡生起一種奇怪的感覺。我們再次沉默下來，各自不發一語吃著鱈魚湯。店裡的電視正在播放總統發表演講的場面，餐廳裡的客人開始大聲罵起總統。我想起壽城樂園和那個讓我懷疑自己雙眼的孩子。

今日的訪客

十一月中的某一天，是發表預科高中入學考結果的日子，結果整個補習班亂成一團。除了A班的學生之外，大部分人都成功考上自己理想的高中。換言之，就是我們班的所有同學都落榜了。熙榮哭得肝腸寸斷，好像失去了國家一樣。我都不知道熙榮的得失心有這麼強烈，因此有些訝異。如果紋紋填志願時是寫D市的學校，那麼她的成績就有達到錄取分數，不過她執意要去首爾，因此最終還是沒考上。紋紋似乎也非常沮喪，索性直接缺席補習班。在外語高中考試裡大獲全勝的同學，都按照各自考取學校的等級，重新分配到哈佛班、耶魯班、普林斯頓班或哥倫比亞班。另一方面，考試失利的同學（亦即我們班的孩子們）所在的班級，則只是把班級改成「SKY班」，就這樣直接開始上課。

紋紋沒來補習班的一星期後，我接到陌生號碼打來的電話。一個明顯是成年男性的低啞嗓音，小心翼翼地叫出我的名字，問我是否認識李紋紋。我猶豫了一下才回答自己認識她，接著那名男子對我說——紋紋被送進醫院了。

我來到醫院，手裡抓著一個紙袋。本想我直接前往病房，又覺得既然是探病，還是應該買點東西過去，所以走進一樓的商店，一開始是考慮買台爾蒙[49]的果汁組合，但因為身上帶的錢不夠，最後是買了一箱巴卡斯[50]。

我一到病房門前，就看見一名臉色陰沉的男人站在那裡。那人似乎也認出我來，用壓迫感十足的表情擋在我面前。對方的身材較矮，所以不得不抬頭望著我。因為眼前這種狀態，就算他兩手抱胸、全身上下散發出敵意，我也不怎麼害怕，反而覺得他有些裝腔作勢。對方好像就是打電話給我的紋紋哥哥。他小心翼翼地開口問：

「你和紋紋是什麼關係？」

「什麼？」

「你是不是在跟我妹妹交往？」

我忍不住大聲笑出來。

「怎麼可能？我們是同一個補習班的朋友。」

「我妹妹一住院，就第一個說要找你，所以我才想問問。」

49 台爾蒙（Del Monte），美國加州的食品企業。
50 東亞製藥生產的能量飲料，在韓國算是能量飲料的先驅。

「啊，是……」（我？為什麼？）

「聽說你讀K國中，我也是那裡畢業的。」

「啊，是……」（所以你到底想怎樣？）

「那你進去安慰安慰她吧，你可是第一個來探病的人。」

雖然不明白對方是要我安慰什麼，我還是點點頭示意，然後走進病房。這間六人房裡，只有紋紋床位旁的窗簾是拉開的。紋紋看見我來，興高采烈地朝我揮手。原先只到下顎線的頭髮不知不覺長了許多，現在差不多變成中短髮了。紋紋有一隻手被厚重的石膏包起來。我才走近床邊，她就用有些沙啞的聲音問我：「你都還好嗎？」我點了點頭，一屁股坐到床邊的椅子上，然後把紙袋和裝巴卡斯的箱子放在地上。

「妳哥哥那麼急是要去哪裡啊？」

「不知道，跟女朋友講電話？不然就是去抽菸吧。啊，我也好想抽菸。」

數日未見，紋紋的嘴變得更閒不下來了。問到她這身傷是怎麼回事時，紋紋一臉無所謂的樣子回我：

「我自殺未遂。」

我忍不住瞠目結舌，紋紋卻依舊一副「這有什麼好驚訝」的樣子，自己繼續這個話題。

當初，紋紋如此拚命進學就是為了「前進首爾」，即使在高中入學考裡一敗塗地，紋紋也始終沒有放棄這個目標。紋紋向父母提出要求，既然她已經考出可以上外語高中的成績，父母就應該讓她去首爾念高中。這邏輯任誰聽了都覺得莫名其妙，對她的父母來說當然也毫無說服力。後來，紋紋又提出至少取消現在對她的監視與禁足令，試圖降低談判條件來進行協商。紋紋的父親聽完這些訴求，卻只是一邊乾咳、一邊翻著報紙。紋紋是很懂「極端」為何物的女人，為了吸引父親的注意力，她展開近乎表演的示威行動：直接跑去陽台，爬到欄杆上。

「如果不讓我去首爾，我就直接跳下去！」

這時，她父親才把視線從報紙上移開，轉頭看向紋紋。然後，他大聲叫喚紋紋的母親，用一副古代私塾老師訓斥學生的語氣，當場斥責她：「妳是怎麼教小孩的，這孩子怎麼變成這副德性？」她母親反過來大發雷霆：「難道孩子要我自己養的嗎？我們倆平常都要上班，就你一大早在那邊胡亂使喚人！」父親哼了一聲，瞥了紋紋一眼，說道：

「李紋紋，妳再不從那裡下來，然後滾到我面前，我就打死妳。」

不愧是生出紋紋的人，行事作風可謂極端異常。然後，她父親再一次若無其事地一頭栽進報紙裡。看到事情完全不照自己的計畫進行，紋紋一下子慌張起來。一觸即發的心理戰大約持續十分鐘左右。讀完報紙的最後一頁，她父親闔上報紙站起身。紋紋焦慮到不行，生平頭一次賭上性命（反正從三樓掉下去也不會有生命危險，總之重點是）嘗試起身反抗父母，不能就這樣無疾而終。紋紋從欄杆上爬下來，以迅雷不及掩耳的動作跑向廚房。她推開忙著準備早餐的管家，抄起砧板旁邊的大菜刀。紋紋將菜刀抵在手腕上，嘴裡還不停大聲叫嚷，叫到整間屋子都聽得一清二楚。

「再這樣下去我沒法活了。好啊，我就如爸爸所願，死給你們看。」

紋紋氣勢豪邁地劃破她的手腕。

「本來想隨便流一點血，然後收拾一下場面就好，誰知道一不小心就太用力了。」

血液從割破的手腕上噴湧而出，這景象讓紋紋驚訝萬分——沒想到自己體內竟有如此大量的血水在流動。接著，她立刻失去意識。後來，她被救護車送到父親擔任教授的K大學附屬醫院，接受了長時間的縫合手術。當紋紋笑著說自己差點割斷神經、導致那隻手從此報廢時，我覺得自己真的敗給這個人了。真的，紋紋不愧是紋紋。

「對了，你哥說我是第一個來探病的人，怎麼偏偏叫我來啊？妳不是有很多朋友嗎？」

「你也知道，我同圈子的朋友早就都拋棄我了，但是要叫學校的其他學生來，又覺得有點丟臉。我的名聲本來就不太好，傳出去就是火上澆油。不管我怎麼想，都覺得你是最好應付的人。」

「是啊，現在看夠了吧？那我走了。」

「去哪裡呀，我開玩笑的。其實我最想見的人是姊姊……她已經很久沒回我的訊息了，知道我們故事的人也只有你……」

什麼呀，結果不就是把我當成奈美惠姊姊的替代品嗎？雖然覺得荒謬無比，但紋紋的眼神就跟在夢遊一樣，又恍惚又惆悵。我趕緊轉移話題。

「你哥還問我們是不是在交往。」

「神經病，只要看到女人跟男人說話，他就覺得一定是在交往。他是那種想到什麼就說什麼的人，跟爸爸一模一樣的小老頭。」

不同於有反社會傾向的紋紋，紋紋的哥哥是會服從權威與制度的性格。他從小就接受父親在韓國畫與陶藝方面的訓練，後來考上父親任教大學的東方美術系，甚至在不久前被任命為父親的技術助教，正式開始追隨父親的步伐。他就像他父親的年輕版，假如父親到了退休年齡，哥哥很有可能就直接繼承他的教授一職。紋紋用不太正經的口氣告訴我這些事。

「教授的職位可以這樣明目張膽讓給小孩喔？」

照紋紋的說法，這個行業本來就是這個樣子，大家都靠著人脈關係來安排職位。紋紋就是基於這個原因，才痛下決心絕對不繼承家業（當然，就算用體罰讓她乖乖就範，也會因為體罰的疼痛讓她連毛筆都握不住）。

「所以，妳爸會讓妳去首爾嗎？」

「你覺得有可能嗎？」

不過即便如此，也許是紋紋孤注一擲的行徑，使紋紋父母折服於她的骨氣（？），又或許是已經半放棄這個不懂事的小女兒，總之紋紋成功解除了禁足令，門禁時間也放寬到凌晨一點（實質上等同於廢除）。但紋紋在成功一半的抗戰成果面前，心情似乎十分複雜，因為就算門禁時間往後推，她也還是必須活在保守父母的陰影下，扮演聽話女兒的角色。此外，紋紋對奈美惠姊姊的感情也還沒有消失。

沒想到，允道打來的電話在此時響起。我莫名有些在意紋紋的目光，所以飛快把掀蓋手機打開，再立刻闔上。紋紋明明不是貓咪，動態視力卻相當驚人，立刻開口問：

「你和都允道已經是互通電話的關係啦？」

「這根本算不上什麼吧。」

「看你一副沒什麼事的樣子，嘴巴還那麼緊，看來你們發展得不錯？」

「什麼狗屁發展，我們只是上同一間補習班，所以才有聯絡的啦。」

彷彿被揭穿什麼內幕似的，我的聲音抖個不停。

「還在說這種話？你真是一點都沒變。」

紋紋似乎不想繼續聽我任何辯解，嘖了一聲，接著說：「你趕快把漫畫拿出來。」我提起放在地上的紙袋，將裡面的漫畫倒在病床上，全都是紋紋拜託我帶來的《近所物語》。紋紋宛如在沙漠裡找到綠洲似的，急忙翻開漫畫讀了起來。友情算個屁，這才是紋紋的真正目的吧。我也拿起散落床上的其中一本漫畫，開始隨意翻閱瀏覽，然後一台摩托車突然映入眼簾。那是男主角阿勤用來代步的 Honda Cub[51]，外形和允道騎的那輛外送摩托車幾乎一模一

51 本田技研工業生產的輕量型摩托車，後來授權給韓國摩托車製造商 DNA Motor。

樣。

回到家後，我一頭栽進網路尋找資料，才發現允道的「大林城市」正是模仿 Honda Cub 的車型來製造的。突然發現自己和允道有了新的聊天話題，我為此露出心滿意足的笑。

那個週末，我在為前往游泳池而整理背包時，發現家裡的洗髮精和化妝品全都換成了不知明品牌的產品。以前習慣使用的產品，其實也都只是賣場的低價商品，但至少不是完全陌生的品牌。如今家裡出現的洗髮精和化妝品是用白色容器包裝，我從出生以來頭一次見到這個牌子。我問媽媽這是什麼，媽媽不以為然地回答：

「這些產品都是美國製造的，品質也很好，現在起你就用這些。」

與同齡人相比，我的膚質比較不容易長青春痘或粉刺，但相對來說，我的皮膚也比較乾燥。但我還是把媽媽從某處買來的美國製沐浴乳、乳液裝進游泳包裡，動身前往游泳池。

和允道碰面後，我們就開始游泳，游完之後也一起洗了澡。允道什麼盥洗用品都沒帶，於是我幫他在臉上塗抹我帶來的新乳液。由於允道喜歡戶外活動，讓他一直曝曬在陽光之下，皮膚乾燥得好像隨時會裂開，這時在我的手指撫搓之下變得柔軟滑嫩。

離開游泳池後，我們一如既往騎著摩托車奔馳在街道上。等潮濕的頭髮接近全乾時，我們也正好抵達貨櫃屋，開始盡情閱讀借來的漫畫。允道專心讀著我介紹他看的《近所物語》，我還告訴他漫畫裡出現一台跟他的外送摩托車外形相似的車子。我們或並排躺臥，或枕著對方的膝頭，一起閱讀《海賊王》、《貧窮貴公子》、《花樣少年少女》和《火影忍者》。明明都是看過兩次以上的漫畫，但這次是和允道一起看，所以感覺十分新鮮。我讀完的漫畫，允道就接過去看。這樣瑣碎細微的時光珍貴無比，我甚至希望時間能在這裡停下。

•

泰瑞突然闖進我家來，是在天氣突然變冷的某個晚上。

結束補習班課程回到家時，一雙沒看過的鞋子放在門口，我心裡頓時出現不祥的預感，果不其然看見媽媽和泰瑞並肩坐在電視機前。他們倆一邊看著日日劇[52]、一邊吃草莓，這個畫面讓我幡然醒悟，稍早的預感並非杞人憂天。我開口問泰瑞怎麼突然過來，媽媽立刻跳出來解釋。米菈阿姨要和公司的人一起去峇里島參加研討會，因此拜託媽媽幫泰瑞準備三餐。接著，泰瑞說會在我們家住幾天。所以我說，吃飽飯後乖乖走人不好嗎？非要留下來睡覺不可？我大膽推測，這是泰瑞本人的誠摯請求。

泰瑞的性格天生十分敏感，即使有一點點風吹草動也能吵醒他。而且，和一般情況下都獨自睡覺的我不同，泰瑞是只要沒有人陪在身邊就睡不著覺。從本質上來看，泰瑞無法忍受

52 通常指周一至周五，在八點的晚間新聞開始之前播放的帶狀連續劇。

的是獨自一人這件事，嚴重程度會讓人懷疑他有分離焦慮症。泰瑞甚至還向我們坦承，他直到小學六年級為止，都和米菈阿姨睡在同一張床上。反觀我從四歲就開始自己睡，我媽媽則是十分吝於對子女表現愛意，因此我們倆都嚇了一跳。自從泰蘭姊姊離家前往首爾後，這個狀況就愈發嚴重，每當米菈阿姨不在家，住同一個公寓社區的我就會成為代罪羔羊。遇到這種時候，我心裡都會出現「真是煩死了」、「這人都沒有青春期嗎？」的念頭。

日日劇播完後，媽媽走進小房間裡，八成會像往常一樣，將手機連接到電子鋼琴，然後盡情彈奏她的聖歌。她準備好的飯菜，我挑挑揀揀吃了一些後就把碗洗了。這段時間裡，泰瑞關掉電視，走進我的房間。我把溼答答的手隨意往褲子上擦了擦，趕緊跟著泰瑞走進房裡，把散落床上一片的《NANA》收起來。

「那是什麼？漫畫？」

「有幾本是。」

「哥，你在看純愛漫畫嗎？」

「不是。」

「不然《NANA》是什麼？」

「只是音樂漫畫，我不是喜歡一些樂團嘛！」

說出這種話，連我自己都覺得荒唐。把純愛漫畫稱為純愛漫畫有什麼不對，為什麼我非要否定這個詞彙，還硬要講成是「音樂漫畫」？從我們家窮困潦倒的情況到我神經質的個性，泰瑞全部都一清二楚，而我還想用這種方式自導自演、維護形象，這舉動著實令人發笑。泰瑞用一種發現有趣事物的表情，出神地看著手裡拿著《NANA》的我。

「我以為你每天看的都是一些認真的書呢，好神奇。」

泰瑞搶走我手裡的《NANA》，翻來覆去地打量內容，我卻開始煩躁起來。泰瑞總是想模仿我的一切。如果我買了樂高積木，他會跟著買；如果我開始玩迷你玩具車，他也會跟著買玩具車；如果我玩打畫片，他也會要求一起玩。國中一年級時，泰瑞看我參加了電影社群活動，便跟著加入那個同好團體，結果在社團裡大鬧了一場。甚至，泰瑞以前對遊戲絲毫不感興趣，但是當我跟班上同學開始玩《暗黑破壞神II》後，他也跟風說要玩遊戲。由於《暗黑破壞神II》需要花錢，只能在網咖裡玩，於是我用要跟學校朋友一起去網咖的說詞來勸退他，結果泰瑞表示他已經背下米菈阿姨的信用卡號碼，說可以用他的帳號結帳，到時候就能一起培養角色了。這個提案實在讓人很心動，因此我們倆一起玩過幾次遊戲，但他玩不到半個月就膩了，甚至完全不連線登入。泰瑞雖然好奇心旺盛，做任何事情卻都是三分鐘熱度。果不其然，《NANA》在他手上只停留了三分鐘左右——大概是對漫畫沒什麼興趣——就被扔到桌上了。接著，身上穿著運動褲的泰瑞準備往床上坐，我立刻高聲大叫起來。

「沒有洗澡，不准上床！」

泰瑞不以為意地脫光衣服，逕自走出房間。我把泰瑞脫下的衣服撿起來，平整地掛到椅背上。浴室裡響起水流聲。我也脫下外出服，穿上暫時代替睡衣的無袖背心和內褲，然後將不久前謬思合唱團[53]發行的新專輯放進光碟播放器，戴上耳機後坐到床上，總算才有種活過來的感覺。我像往常一樣打開窗戶，開始低聲唱起歌來。一首歌還沒結束，泰瑞就打開房門，身上只穿著一條內褲，手上正在用毛巾不停拍打溼淋淋的頭髮。

「喂，水都滴下來了。」

泰瑞依然故我地站在床前，用毛巾擦完頭髮後，緊接著繼續擦身體。他的身體就像一張紙面般扁平瘦弱，而且幾乎沒什麼毛髮，看起來就像一片紙娃娃。泰瑞頂著還溼漉漉的身體，自動往我旁邊一坐。

「不要爬上來啦，你去地上鋪棉被。」

泰瑞說睡地板會背痛，堅持要睡床上，然後用肩膀摩搓我的左臂。我如果在這裡對他發脾氣，總覺得最後吃虧的人會是我，所以還是忍了下來。反正我的床是Queen Size尺寸，兩個人睡一起也不會很擁擠。一年前，爸爸看了電視購物頻道後，衝動買下這張床，後來又說不管怎麼睡都覺得腰痠背痛，於是才用了兩個月就丟給我睡。泰瑞坐在我身邊，拿著手機跟教會的姊姊用簡訊聊了許久。我偷偷瞥了幾眼簡訊內容，像是「才分開一下下就好難受」，還有「夜晚太漫長，我要受不了了」。這聊天內容還真是大膽。這時，我彷彿變成一個媽媽，不由自主開始對他嘮叨。

53 謬思合唱團（Muse），一九九四年創立，英國搖滾樂團。

「每天拿著手機不放，網路流量才會不夠用啊。」

泰瑞絲毫不服輸，立刻反駁說：

「哥，你既沒有交往對象，也不常發簡訊，乾脆把你用不完的網路流量送我吧？我要是你的話，看在對方可憐的份上，一定會送他的。」

我確實沒有交往的對象，可是我能用簡訊聊天的朋友也不少好嗎！只是我不像你一樣巴不得昭告天下，這個小蠢蛋！這些話都已經湧上喉頭了，但我還是選擇吞回去。

跟泰瑞說這些話，讓我覺得頭昏腦脹，於是我將心思再次轉回耳裡的音樂，拿起被扔在書桌上的「音樂漫畫」《NANA》重讀。在我全心投入漫畫內容之際，突然聽見細微的鼾聲。我抬頭一看，只見泰瑞已經雙臂大張、用萬歲的姿勢酣然睡去。我靜靜看著泰瑞熟睡的臉，心想即使發生核子戰爭，他大概也還是可以睡得很香甜吧。泰瑞的眼睫毛很長。聽說生活在沙粒與灰塵很多的國家裡，人的睫毛都長得很長。住在十號洞這些年，山上飛過來的沙子很多嗎？我不禁胡思亂想一通，並伸手輕碰了一下那一叢叢眼睫毛。如果要問泰瑞長得帥不帥，確實可以算長得帥，但是這張臉用「漂亮」來形容似乎更加合適。

關燈後，我在泰瑞的身邊躺下。他的睡覺習慣不太好，老是翻來覆去，不斷進犯我的空間。我輕輕推了一下泰瑞，沒想到他直接轉身面向我，靠到我的肩膀上。甚至把一條手臂和一條腿搭在我身上。泰瑞的氣息撲面而來。他正在做夢嗎？泰瑞的身體時不時會突然抽搐，呼吸和體溫傳導到我身上。我雖然感覺胸口很悶，又擔心把他吵醒，所以一直不敢動作。

這時，泰瑞放在我左胸口的手忽然向下移動。他全身上下只穿了內褲，我可以感覺到他的下體愈來愈沉重，而我的下半身似乎也跟著躁熱起來。我咬緊下唇，把泰瑞的手臂拿開，輕手輕腳移動身體，起身離開床上。月光穿過窗戶映射進來，讓我可以看清泰瑞纖長的睫毛，以及被雙眼皮覆蓋住的眼睛。那對眼皮的背後是透明且毫無惡意的瞳孔，感覺似乎正在凝視著我。

看著這個孩子時，我老是覺得心亂如麻。泰瑞說話的尾音總是充滿鼻音，袖口永遠往下拉到指尖位置，有一副嬌小的體格和一張雪白的臉龐。其他同齡的男孩子在玩《星海爭霸》時，我和泰瑞是一起玩姊姊留下的咪咪人偶[54]，而他總是認真地幫公主娃娃化妝。泰瑞和其他同齡男孩子身上擁有的溫度截然不同。每當我心想「難不成泰瑞……」時，腦中就會浮現他華麗的戀愛史，於是只能搖頭否認自己的猜想。只是這孩子格外依賴我，也喜歡跟在我身邊，這一點讓我很介意。我有時會猜測，他是不是從小就把年紀較大的我當成父親代理人。但無論如何，我和泰瑞不一樣。他跟竭盡全力掩蓋某些事物、戰戰兢兢活著的我不同，是可以坦然接受自己、暴露自己一切的人。他們家沒有做出偽造戶籍之類的事，他本人也很樂意去郊區的國中念書，也會把朋友帶回自己家裡玩（也就是宮廷公寓的十號洞）。走在路上，他會勾著我手臂不放；而不論是對於自己沒有父親的家庭背景，或是喜歡聽福音歌曲的愛

54　韓國版的芭比娃娃，盛行於一九九〇年代。

好，他也從不避諱談論。所以說，他真的對自己與他人都非常誠實。學校這個小型社會無異於野生世界，倚靠多重層次的權力關係來維繫，他卻對此毫無概念。人生只要走錯一步，就會墜落懸崖——這種現實的自覺他也沒有。他只是保持著清澈的面容，那種在純真年代才能保有的模樣。而他這種透明無暇，總是讓我覺得不舒服。那張清澈的臉龐，好像總是反射出我醜陋無比的內在。

沉睡的泰瑞縮成一隻蝦子的樣子。我把被子蓋到他身上，坐到書桌前打開筆記型電腦。登入 Cyworld 之後，我在日記裡寫上兩句話。

我的不幸都是有原因的，
卻沒有出口。

將日記設定成「好友限定」然後上傳，我鬱結的心情似乎也有些好轉。從「迷你小窩」上端的訪客計數器來看，今天的訪客只有一個人。也許是允道，大概是允道。我無法自制地深信，唯一能理解我的人只有他。可是，即使我內心是這麼想的，也無法改變任何事。我決定再次嘗試讓自己入睡。

被寵壞的孩子

新的一年到來，這天是萬眾矚目的日子，也就是普通高中的放榜日。學校裡一陣騷動，因為比起這個地區裡水準較高的K高中與S高中，我們學校更多人上的是成績表現相對落後的T高中。我的第一志願是填K高中，但最後去的也是T高中。說到T高中，它是這一區裡唯一的男女合校，有不少傳聞說校內的學習氣氛不好。此外，這所學校位於行政區的分界線，實際上沒有學區優勢，甚至有人認為它不屬於壽城區。前往補習班的路上，我的心情很低落。我一直渴望逃離D市，但是再繼續這樣下去，我的人生似乎會永遠被埋沒在這裡。這時，媽媽打了通電話來。

當初她不惜偽造戶籍也想送我進K高中，聽到我是上T高中的消息，似乎為此深受打擊。但不知她是不是立刻就振作起來，緊接著就說「這是只要總統做得好，人人都能考上大學的時代」，又說只要拿到優良的內申[55]成績，會更有利於我進入大學。不知道這是從哪裡

55 這種說法源自日文的「內申書」，一種類似學生紀錄本的資料，用於升學或就業之前，讓學校或企業考察學生的在校表現、成績與品行。

聽來的小道消息，她用堅定的語氣如此安慰我。我只回答說我知道了，便掛斷電話。

抵達補習班後，我走進「ＳＫＹ班」，將背包放到座位上。全班同學都安分坐在自己的位置，但總覺得所有人都一臉愁容。我輕輕捅了一下允道的肋骨。

「大家怎麼了？」

允道告訴我，雖然很難相信，但班上所有人都被分發到Ｔ高中。根據熙榮的說法，今年開始學區劃分標準有所改變，住這個地區的學生，倘若沒有分配到當初填寫的第一志願，就會全部被送進Ｔ高中。我不知道這說法是否屬實，但是不管怎麼樣，我和允道又能在同一所學校了，讓我感到無比安心，儘管我也不確定這件事是否值得令我安心。

下課回家的路上，泰瑞打電話來。

「哥，你被分配到哪裡？」

「Ｔ高中。我完了。」

「我也是分到那裡，太好了。」

「這有什麼好的，我們倆都掉進化糞池了。」

「總比自己一個人掉進去強吧。」

一起掉進化糞池裡，會比只有一個人掉進去更好嗎？真的是這樣嗎？忽然間，我很想提出這個問題。

「泰瑞，你有什麼話都可以傾訴的對象嗎？」

「幹嘛？哥，你覺得我有祕密沒告訴你嗎？」

「不，我不是那個意思。」

「祕密啊，這個嘛，硬要說的話……耶穌？」

「啊……」

我完全失去繼續對話的慾望，於是搪塞了幾句就掛斷電話。對於一般的國中男生來說，這是不可能答得出來的問題，泰瑞的回答也符合他的個性與狀況。即使我和泰瑞一樣都有母胎信仰，但我們接受宗教融入生活的方式有些不同。我們上小學的時候，米菈阿姨為了衝薈銷售的業績，從天主教改信了基督教。她說去基督教會的人比天主教堂多。不同於個人主義氾濫（？）的天主教堂，基督教會的團結力量不同凡響，對於推銷更加有利。於是，泰蘭姊姊和泰瑞也自然而然開始上教會。等到我們的翅膀長硬了，我和泰蘭姊姊便與父母親展開宗教戰爭，然而泰瑞不一樣，他會順從米菈阿姨的意志來行動，甚至比米菈阿姨更虔誠地參與教會活動。

我不禁思索，宗教對泰瑞來說到底是什麼呢？想著想著，突然有人拍了拍我的肩膀。我回頭一看，竟然是泰蘭姊姊。

「姊姊！」

泰蘭姊姊跟念大學之前相比，沒有什麼改變，一樣是不施粉黛的臉，一雙大眼同樣咄咄逼人。彷彿我們上週才見過面一樣，讓我感覺依舊十分熟悉。如果要說有哪裡不同，就是長度本來在耳下、幾乎及肩的中短髮，如今已經長到腰際，還戴著一條顯得有些累贅的紅色圍巾。

「我剛剛才在跟泰瑞講電話。」

「是嗎？真有意思。」

「姊姊是今天回來的嗎？」

「不是，昨晚就回來了，現在只是有事出門一下。」

「妳要去哪裡？」

「我要去市區一趟。話說回來，我們真的好久沒見了。你還是一樣，泰瑞倒是長大很多。」

「是嗎？我沒什麼感覺。」

「你當然沒感覺，我偶爾見你們一次，才能看出來。」

「這麼說來，我們真的很久沒見了。」

「嗯，我離開這裡已經一年多了。」

「這麼久？時間過得真快，但妳為什麼這麼久才回來一次？」

「不知不覺就變這樣了。」

「看來首爾的生活很不錯喔？」

「確實比這裡好多了。」

我心想，這是無庸置疑的。這時近看我才發現，姊姊的紅圍巾似乎是純手工編的，因為織線看起來有點鬆散。這是自己親手織的？姊姊以前可不是這種可可愛愛的性格。

「姊姊，妳不熱嗎？今天有冷到要戴圍巾嗎？」

感覺姊姊好像想說什麼，雙唇微微蠕動了一下，卻又立即緊閉起來。我在這陣沉默中撐了一下，然後決定換個話題。

「我和泰瑞上了同一所學校。」

「哪間？」

「T高中。」

「啊，最後上了那裡啊。我們社區確實很多人去了那裡。」

「我搞砸了對吧？」

「說什麼搞砸不搞砸呢。不管上哪所學校，只要努力讀書不就行了。比起其他學校，這間學校的內申搞不好對你更有利。你倒還好，我更擔心我弟。」

「我也是，很擔心他。」

我們同步笑了好一會兒。泰蘭姊姊的聲線偏低。在兩人同聲爆笑的時候，我忽然感覺我們的笑聲很相像，而我跟真正有血緣關係的爸爸、媽媽卻找不到任何共通點。泰蘭姊姊忽然收起笑容，壓低聲音問我：

「你最近有感覺到什麼奇怪的地方嗎？」

「奇怪的地方？泰瑞嗎？」

「唔，泰瑞也是，還有我媽媽也是……」

「這個嘛，泰瑞這人本來就很好看透，米菈阿姨我就不太清楚了，要我去問問我媽嗎？」

「不用了，不是什麼大不了的事。」

「嗯，看起來沒什麼特別的事，應該吧。」

「那就太好了。」

泰蘭姊姊果然和我一模一樣，跟血親之間沒有特別緊密的交流。她對我說「我現在好像該走了」，接著轉身就走，紅圍巾在半空中遲了半拍後輕輕甩動。我注視著泰蘭姊姊漸行漸遠的背影，以及隨著腳步律動搖盪的圍巾。

回到家的時候，媽媽正忙不迭地準備晚餐。爸爸說會比較晚下班，媽媽抱怨「工作忙得要死要活，結果也沒賺到幾個錢」，我則拿出兩個飯碗來盛飯。

「我的飯只要半碗。」

媽媽朝我喊道。我在餐桌上放了兩副餐具，逕自坐下。我告訴媽媽，泰蘭姊姊回來了。我裝出剛好想起這事的樣子，順便問一下米菈阿姨的近況，同時確認最近有沒有發生什麼不好的事。

「哪有什麼不好的事？米菈最近可是賺得口袋滿滿。」

「是嗎？」

「嗯，生意好像做得不錯，聽說她還要在社區服務中心前面開一間代理店呢。」

「蘆薈公司還可以開代理店啊？」

「喔，你還不知道啊？除了賣蘆薈產品，米菈還同時在做很多事，保健食品、生活用品啦，什麼東西都賣。我們家現在用的乳液和洗髮精，也都是從米菈那裡買的。」

「是喔？什麼都有賣，那應該很忙吧。」

「肯定是呀。我不久前還跟米菈買了一罐蛋白粉，聽她說平常把飯量減少，用蛋白粉來代替減少的飯，一個月就能減掉五公斤。不過你怎麼突然問起米菈？泰瑞說了什麼嗎？」

「沒事，我只是好奇而已。」

媽媽接著補充說，米菈阿姨一家人都有誠心禱告，所以事業肯定能順順利利。

米菈阿姨的代理商店開業當天，我和媽媽一起買了一盆蘭花送去店裡。那個位址原本是一間牛奶供應商，現在好像也只是換了一面招牌而已，招牌上寫著「米菈美體」這個商號名稱，櫥窗貼著減肥食品牌子的標誌，下方則寫著「改善顧客的 Life Style」。Life Style。我覺得這個詞彙很新穎很時髦，所以反覆練習它的發音。

店裡目前仍然一片混亂。鐵製層架上有減肥蛋白粉、牙膏、牙刷、化妝品等商品，全都毫無章法地隨意擺放著。米菈阿姨收下蘭花盆栽，露出燦爛的笑容。

「怎麼還買這種東西呀。」

「米菈，這輩子能夠看到妳事業有成，我真的死而無憾了。」

「什麼成功？這都是多虧有妳，知道吧？」

「胡說八道，這是妳努力的成果。」

為什麼說多虧了媽媽呢？回家的路上，我問了這個問題，媽媽說米菈阿姨的店面收購資金不足，所以她也投資了一些錢在這間店上。我曾經多次目睹爸爸生意倒閉的下場，所以聽到「投資」這兩個字時，出於本能地覺得膽戰心驚。

一回到家，我馬上上網搜尋米菈阿姨經營的品牌。很多部落格都有刊載販售減肥蛋白粉的廣告文章。我也去查了其他文章，發現有些人對這個品牌的產品功效給予負面評價。然而除此之外，似乎沒有其他奇怪的地方。我決定不要太過在意這件事。

沒多久後就到了分班考試的日子。我和泰瑞一起搭車前往T高中。從家裡坐公車到學校的路程，大約花了四十分鐘左右，一種不是非常遠但離家一點也不近的尷尬距離。我們一到學校，看見所有人穿著五顏六色的便服，也都各自醜得五花八門。拿到寫著應試號碼的通知書後，我們確認了考試地點，我該去的是一樓，泰瑞要去三樓。我照通知書上的指示走進一年三班，立刻看見允道坐在最前排的位置上。我一言不發用眼神打招呼，允道卻猛地舉起手，結果我們還來不及說到話，考試就開始了。第一節的國文考試及第二節的數學考試中，我們在天花板上暖氣機吹出的熱風中答題；到了第三節的英文考試，為了英語聽力的環節，必須關閉所有暖氣設備，因此連寒冷耐受度頗高的我也覺得膝蓋冷到發麻。在考試接近結束的時刻，我沒有足夠的時間閱讀文章，最後幾題就隨便選了答案。考試才剛結束，泰瑞就打電話給我，但我沒有接起來，只發了一封簡短的訊息，告訴他我要去別的地方，讓他自己先回家。我一把手機放進口袋裡，允道就來到我的座位旁。

「你要去哪裡嗎？」

「我？沒有，直接回家吧。」

「那我們一起回去吧，摩托車就停在這前面。」

「好啊。」

我和允道並肩同行，嘴角微微上揚。走出大樓後，我看見一群學生像螞蟻大軍一樣往正門走去。允道說摩托車停在後門那邊，於是我跟著他一起經過體育館往後門去，卻發現後門緊閉著。

「鎖住了耶？」

「沒事，我有辦法。」

我跟在允道身邊走近後門，看見另一道必須壓低身子才能穿過的小門。這扇門就沒上鎖了。推開那扇小門，我們進到一條巷子裡，當中可以看到文具店、小吃店等，遠處是允道那台紅色摩托車，一台任誰來看都像是來自中餐館或麵食店的外送摩托車。不過對我來說，那輛摩托車就像《近所物語》裡阿勤騎的 Honda Cub 一樣酷炫有型，讓我有一種阿勤與實果子的戀愛故事以幸福結局落幕之後，由我和允道繼續寫下去的感覺。我們兩人一起坐上摩托車，允道抱怨安全帽很悶熱，直接把安全帽罩到我頭上。雖然知道這是沒有特殊意義的行為，但我還是為此心動不已。

•

國中畢業典禮上，我的家人都沒來，父母親都忙於工作。由於我家裡只有大象造形的三星膠捲相機，於是我向泰瑞借來他的 Olympus 數位相機，一個人前往學校。家長與學生把校園塞得水洩不通，感覺好像只有我一個人獨自到校。我用泰瑞的相機和班上不怎麼熟的同學拍了幾張照片後來到操場，一眼就看見站在遠處的允道。雖然我也想跟他合照，卻因為害臊而沒能提出這個請求。我站在稍遠處，拉近相機鏡頭的焦距，將手拿花束跟朋友一起笑鬧的允道拍了下來。

然後，突發事件登場。

我在分班考試中超常發揮，榮登全校第一名。而且彷彿事前串通好一樣，我和紋紋竟然是並列第一名。原本可以成為牛尾的紋紋是這裡的雞首，拿第一名似乎是理所當然的事情，但我竟然能拿到第一名？我想都沒想過這種事。當我一得知消息，馬上發訊息給紋紋。

—妳用一條手臂就拿全校第一？

——我都痊癒多久了？你才是吧，一副隨便考考的樣子，結果得第一名？

入學典禮那天，在我沒有提出要求的前提下，媽媽、爸爸都來到了學校。一般而言，父母親不太會參加子女的高中入學典禮，所以我覺得他們的出現有些煩人。你們要來的話，應該挑別人家都到場的畢業典禮來啊！不然就乾脆維持一貫的行事風格，連入學典禮都別來參加。但算了，我爸媽什麼時候有尊重過我的意願？我看見爸爸用膠捲相機拍下我和紋紋一起登台、從校長手中接下成績優異獎的場面。光天化日下，膠捲相機的閃光燈瘋狂閃爍。我難為情地低著頭，急忙走下講台。

入學典禮結束後，我走到一班。允道坐在教室後方的座位，也許是因為他特有的懶散個性與厚臉皮，已經在跟好幾個同學談天說地了。我看著這樣的他，心中獨自歡欣鼓舞。

終於，我和允道成為同班同學。

他的附近沒有空座位，我只能坐在講桌前方，但光是成為同班同學這件事，就讓我感覺向前邁進了一步。

一名身材高瘦的男人打開教室門走進來，介紹他自己是我們的班級導師。他給人非常謹慎細心的印象，看起來似乎三十五歲上下，說自己負責數學這門科目。從經驗上來看，數學老師的性格通常都不太好，總是依賴體罰來管教學生，因此我非常緊張。今天由於是開學第一天，所以沒有要上課，班導發下兩張Ａ４紙給大家，第一頁上就寫滿了輔助教材清單。

我們究竟得消化多少份量的課業？高中生活才剛開始，我已經覺得茫然了。我翻到下一頁，上面印著一份家長同意書，內容是詢問是否有意願讓孩子參加到下午六點為止的課後輔導，以及延續到晚上九點為止的晚間自習。

「同意書只是一種形式。課後輔導就跟上正規課程一樣，會依照課程進度繼續講下去，所以我們班所有人都必須強制參加。如果沒有特別的原因，晚自習也是各位同學的義務。所以請各位務必好好跟父母說明清楚，請父母在同意書上簽字。」

隨後，班導表示接下來要選拔班級幹部，問班上是否有人自願擔任班長一職，結果當然沒有任何人舉手。然而，當班導問「有沒有人在國中當過幹部」時，以前跟我念同一所國中的同學自作主張告訴班導，我在國中時連續當過三年的班長。我感覺若干同學望向我的視線，而這讓我不知所措。上了高中後，我本來是不想再擔當任何幹部職位，只想降低自己的存在感，像空氣一樣無聲無息地度過高中生活，但這個計畫似乎要化為泡影了。班導當然不會在意我的意願，只是語帶輕鬆地宣告「那我們班的班長就決定囉」，接著又問「誰要當副班長」，這次有四、五名同學一齊舉手。不想承擔責任，又想在幹部名單中占據一席之地，好讓自己的學生檔案上可以多記一筆優良事蹟，這狡猾的心理著實讓人厭惡。副班長的選拔和選任班長不同，是以民主（？）且公正的猜拳方式來決定，不知是偶然還是其他什麼緣分，成績第二名的鄭東勳當上了副班長。鄭東勳的身形又瘦又小，臉上還架著一副眼鏡，根本就長了一張第二名的臉。講完該傳達的事項後，班導便點名班長，我反射性地起身大喊：「立正，敬禮。」

本來我打算和允道一起回家，結果當我隨著他離開教室、來到走廊上，卻看見我的父母親就站在那裡，手裡還捧著一大把豔麗又俗氣的花束。爸爸把花束塞進我懷裡，說道：

「走吧，大人都在等你呢。」

爸爸、媽媽說要在附近的餐廳辦家庭聚會。什麼家庭聚會？之前都沒聽說。我看著允道逐漸遠去的背影，最終只能跟著父母親一起走向停車場。

爸爸把車子停在市中心的P飯店停車場。這是D市為數不多的高級飯店，最高樓層是頂樓休息室兼韓式餐廳，每當我們家族有重要活動，都會選這間韓式餐廳。走進餐廳後，爸爸報上訂位姓名，服務生便帶領我們進到包廂中。打開包廂門，我看到家族親戚齊聚一堂，圍坐在長長的餐桌邊。到場的人除了奶奶之外，還有姑姑、姑丈和叔叔、嬸嬸。所有人都穿著正式套裝，背對窗戶而坐。我們一家人坐到親戚的對面。他們以D市全景為背景，那樣子彷彿他們就是D市本身的一部分。每次見到這些親戚，我總會被這種令人窒息的空氣壓扁，全身上下都下意識地蜷縮起來。這麼說來，我媽媽身上穿的是平時不會穿的兩件式象牙白套裝，脖子上還戴著珍珠項鍊，爸爸也穿上熨燙過的 Burberry 襯衫，手腕上戴著勞力士手錶，看起來俐落又清爽。

餐點很快就開始依照套餐順序端上桌。我心想，這麼多親戚聚在一起，是為了慶祝我上高中嗎？應該不是吧？果不其然，這次聚會的主題是奶奶的六十七歲壽誕。吃完主菜的醬燒鯛魚和燉排骨後，接著送上來的甜點是以白米糕[56]為基底做的蛋糕。點燃蠟燭後，所有人露出燦爛的笑容，高唱生日快樂歌。奶奶表現得跟平時一樣，嘴角微微上揚。大家忙著切蛋糕吃的時候，叔叔突然對我說：

「你的外語高中考得怎樣？」

我正要回答，爸爸插進我們的對話。

「不管怎麼說，還是普通高中的內申來得更容易一些嘛。我兒子可是說過想去念首爾的大學呢。」

我想起就在不久之前，叔叔的大女兒（亦即我的堂姊）從科學高中跳級畢業、考上常春藤盟校的事，不由得有些退縮。爸爸像在垂死掙扎似地，努力想扳回一成：

「這小子可是在這次入學考試中拿到全校第一。」

叔叔似乎十分詫異，說道：

「最近的學校還有入學考試啊？」

我連忙擺手解釋那只是分班考試罷了，也不會反映在內申成績上。一旁的大姑姑漫不經心地問：

「你被分發到哪間學校？」

56 韓國年糕的一種，中間不包任何餡料，外觀如名稱一樣呈現白色。

我囁囁嚅嚅地回答：「T高中。」

我的答案似乎也讓奶奶嚇了一跳，放下準備放到嘴裡的蛋糕，問道：

「那裡不是女校嗎？」

「好幾年前就改成男女合校了。」

「是嗎？哎喲，看看我這記憶力。奶奶還以為你會去K高中，誰教你爺爺、你爸爸、你叔叔都是那裡出來的呢……」

奶奶若無其事地拿起叉子，繼續吃著蛋糕，臉上卻難掩失望的神色。在政府實施高中平準化政策[57]之前，我們家的親戚都畢業於K高中和K女子高中。這件事從我還在吃奶嘴的嬰兒時期就一直聽到長大，因此不令我驚訝。名牌學校K高中在本市中是歷史最悠久的學校，培養出許多政府高官、國會議員、醫生與法律界人士。二姑姑的性格和藹可親，還是一位國文老師，出面說明最近已進入平準化時代，所以壽城區的學校水準都差不多，接著又補充道：

「你這次可不是第二名，而是第一名吶，應該起來跟大家說幾句感想。」

是能有什麼感想？又不是當選總統。雖然我心裡這樣吐槽，但大人們都一邊鼓掌、一邊盯著我看，我只好充分發揮平時的演技，從座位上起身，笑盈盈地說：

57　為了平衡學歷主義與補教風氣，一九七四年南韓政府開始推動的教育政策，以「學區」來劃分所有高中，用抽籤的方式來分發學生。

「我以後會更加努力的。」

當我坐回位子上，我不是感受到自豪或喜悅，而是滿滿的羞愧，感覺自己就像他人可以隨意擺布的棋子一樣。快吃完飯後甜點時，奶奶忽然開始啜泣。

「我們第一千金太可憐了，該怎麼辦喲！」

其他人都去牽車了，整桌只剩下奶奶一個人在喝酒。這是眼前的問題所在。即使總統大選已然結束一年之久，奶奶依然只要喝了酒，就會提起某位女議員的故事。她既是前總統的女兒，也是保守黨的有力候選人。奶奶家裡甚至還掛著爺爺、奶奶跟那位「第一千金」的合照。

「小小年紀就經歷父母早逝的傷痛，這輩子該有多辛苦吶……」

接著，奶奶開始批判當今的執政黨和政策失敗之處。她前後提起稅金、房地產與教育政策等施政敗例，並言之鑿鑿地表示我們國家明顯已經出現滅亡的徵兆。這場岌岌可危的生日聚會，最終在奶奶放聲痛哭中一場糊塗地落幕。

小姑姑的住處離奶奶家最近，因此擔起載奶奶回家的責任，叔叔與其他姑姑則是各自駕車鳥獸散去。上車後，爸爸完全掩飾不了他的憤怒。

「他們全都故意無視我對吧？」

媽媽安撫著情緒激動的爸爸，說沒有人無視你，今天只是跟往常一樣的普通聚餐而已。

我突然疑惑起來。奶奶的生日還有半個月才到，為什麼特地選在今天，而且還是平日的中午，舉家上下排除萬難在這裡聚餐？我沒理會忿忿不平的爸爸，問媽媽究竟是怎麼回事。她若無其事回答：

「因為你拿了第一名，爸爸在社區裡到處宣揚這件事，事情就變成這樣了。」

原來如此。今天聚會的主辦人是爸爸。他一得知我在分班考試名列前茅，當下立刻預約了飯店的餐廳，然後通知自己的母親和弟妹生日聚餐的消息，順便告訴所有人我拿到全校第一名的消息。收到爸爸聯繫的叔叔、姑姑們，全都表示願意出席。雖然他們彼此間的關係不壞，但也沒有什麼向心力，手足之情更是不鹹不淡，因此這些親戚如此聽從爸爸的話，其實有其他原因。奶奶不久前出現輕微心肌梗塞的症狀，以此事為起點，圍繞著奶奶名下的兩棟公寓和商業大樓，子女之間隱隱約約展開了激烈的角力。爸爸完美利用了這個情況。奶奶的生日和自己獨生子拿到全校第一，這兩個絕佳的時間點交織在一起，成就了今天這個場合，而我就只能安靜待在原地等候發令。

這確實是爸爸的作風。

爸爸是那種典型被寵壞的孩子。他出生於一九五〇年代中葉，是高階官員家族裡的長子，對上一代人普遍經歷過的經濟困難一概不知，因此也沒有從底層開始往上爬、終於取得成就的強烈自豪與自負。在他空空如也的經歷中，反客為主的是他面對從名牌大學畢業的弟妹們時產生的自卑感，以及因為讓父母失望的罪惡感。在日本殖民統治的時代下，爺爺、奶奶接受過典型的精英教育，因此不會露骨地忽視被所有人視為家族之恥與瑕疵的長子，而是選擇用金錢來解決爸爸的一切問題，因為這是最容易隱藏自己對孩子漠不關心的方法。得益於此，爸爸享受著近乎放縱的自由，獨享全世界最優哉游哉的生活。

爸爸的人生由一連串的失敗點綴而成。不論是考高中還是考大學，都屢屢慘遭滑鐵盧。好似在嘲笑他的失敗一樣，弟弟妹妹們都一次就成功考上大學。爸爸甚至經過三次大學考試——在那個年代十分罕見——才勉強考上一所地方私立大學（其實是仰賴爺爺的人脈關係），而且是以吊車尾的成績草草畢業。當時是經濟起飛的年代，各大企業爭先恐後招募應屆畢業生，爸爸卻始終找不到工作，最終是拿著爺爺的財產，涉足各式各樣的事業。以這種路線開局的事業不可能成功，所以爸爸是在父母援助下才得以填補財務上的漏洞。

後來，才五十歲出頭的爺爺突然溘然長逝，爸媽再也不能像以前一樣，在爺爺的保護傘下享受財富權勢。這時剛滿三十歲的爸爸才深切體會到自己過去有多放蕩任性，變懂事……什麼的就別提了，因為爸爸很快便找到另一個可以依附的對象。

那個人，正是媽媽。

她出身經營大規模水蜜桃農場的「地方名望氏族」，是家族裡二男四女中的小女兒，過著相對富裕滋潤的生活，也有受教育的機會（雖然與兄長們相比，獲得的支援確實較少）。她的姊姊與哥哥們都受過大學教育，其中有一半以上從事醫生、護理師與藥劑師的工作（考慮到當時的大學升學率，特別是女性的大學升學率，這幾乎可以說是奇蹟）。但是，由於外公在媽媽出生那年猝然去世，因此她在幼年時期一直被冠上「剋死父親的女兒」這個修飾語，導致她成年後多少有些情感缺乏的傾向，也養成隨時自我檢討的習慣。媽媽考上姊姊們畢業的名門女子高中，搬進D市的多戶型公寓裡，與哥哥、姊姊生活在同一個屋簷下，並且包攬所有的家事。就這樣，她必須同時兼顧家務與學業。然而，即使她不遺餘力地完成學業，卻依然沒能考上國立大學，而她也沒膽要求重考或直接去念私立大學，因此她在畢業後便到大哥（亦即我大舅）的醫院做一些櫃台打雜的工作。媽媽認為這樣下去不行，於是在次年進入空中大學的初等教育系就讀，開始白天工作、晚上念書的生活，最後終於取得準教師資格證。由於「準」教師的特性，是必須先投入教師資源短缺的地區工作，於是媽媽任教的地方不在都市，而是K區的一間小學校。媽媽每天都要搭長途巴士去上班，往返時間超過三個小時，下班後還要做飯給哥哥、姊姊吃，過著一天比一天還要疲憊的日子。

當時，身為媽媽摯友的米菈阿姨在市中心的貿易公司擔任經理一職。不同於只為他人獻身、宛如古代夫子的媽媽，米菈阿姨忠於自身慾望而且懂得享受生活，讓媽媽很嚮往這樣的米菈阿姨，所以兩人每個週末都泡在一起。當時的法律對於長髮和迷你裙的管制十分嚴格，但媽媽依舊躲開兄姊的視線、穿上迷你裙和皮靴，與米菈阿姨一同流連在喫茶店、電影院，以及音樂鑑賞室[58]。她就這樣享受著偏離正軌的生活，直到某一天，米菈阿姨對媽媽說出令

58 專門供人欣賞音樂的空間，過去多以古典音樂為主，通常設立在大學裡，如今已十分少見。

人震驚的自白。

「我有個想結婚的男人。」

「誰？」

「不過……現在發生了一點問題。」

「為什麼？是上街示威遊行的人[59]嗎？還是那人被關在牢裡？」

「不是，他沒被關在任何地方，而且手腳正常到處亂跑……問題是，這個男人不只一個，而是有兩個人。」

聽完事情的原委，媽媽得知米菈阿姨目前正掙扎在兩個人選之間：在市政府上班的公務員金先生，以及經營小型建設公司的姜先生。媽媽認為沒有比穩定更重要的人生價值，因此建議米菈阿姨選擇公務員金先生。可是，如果米菈阿姨是會做出這種決定的人，當初就不會為此苦惱了。喜歡冒險的米菈阿姨在跟姜先生——身高比金先生還要高十公分，眉毛濃密且性格自由奔放——交往的過程中突然懷孕，第二年生下了長相酷似姜先生的女兒（也就是姜泰蘭）。摯友離開自己、踏入已婚的世界後，留下媽媽獨自停在原地。雖然在大哥的引介下，媽媽也曾經和幾位醫生相親過，但那些人都是自視甚高的蠢蛋，沒什麼吸引人的魅力。

就這樣搞砸幾次論及婚嫁的關係後，媽媽失去了結婚的意志。在哥哥、姊姊都結婚離家

59 一九八〇年代的韓國曾實施戒嚴令，禁止民眾罷工與示威遊行。

後的某日，媽媽忽然產生一個想法：現在這樣每週的平日間去K區學校教書，到了週末就獨自在家切西瓜吃的生活，其實也很不錯。媽媽也夢想過像電影裡的西方女性一樣，或許在夏天，也或許在冬天，隨時來場說走就走的海外旅行。

然而，即使迎來暑假、有半個多月的休假時間，媽媽也只能開著電風扇，躺在房裡無聊度日。當時的人不能自由到海外旅行，年輕女性獨自出國旅行更是一件無法想像的事；就連國內旅遊，能用大眾交通工具到達的地方也十分有限，而媽媽連駕照都沒有，更不用說生出一台車子。於是媽媽下定決心，等定存到期之後，她一定要去考駕照，然後買下屬於自己的車子。覺得煩悶的媽媽，吹著電風扇，聽收音機播放的音樂，而當電台播到羅美[60]〈悲傷的緣分〉這首歌，她突然很想聽外國的音樂，而且是古典音樂，於是她急急忙忙換上一件連身裙，套上亂塞在抽屜角落的咖啡色長筒襪，噴上大姊買來的香水，把腳擠進閒置在鞋櫃裡好幾個月的深紫色高跟鞋，走出了家門。

她的目的地是過去經常跟米菈阿姨一起去的文藝復興音樂鑑賞室。媽媽對於獨自一人進去其實有些擔心，因此在門口徘徊了好幾分鐘才終於鐵了心，打開鑑賞室的大門。值得慶幸的是，鑑賞室裡有很多像她一樣單獨前來的年輕男女。緊張的心情緩和下來後，媽媽點了一杯冰咖啡，坐下來欣賞蕭邦的鋼琴樂曲。在幽靜的氣氛中，不知從哪裡傳來吸鼻子的聲音。

60 羅美（1957-），韓國女歌手。

到底是哪個笨蛋在夏天得了感冒？每次她正要投入音樂中時，就會有人發出吸鼻子的聲音。為了尋找聲音的來源，媽媽轉頭張望四周，只見一個頭髮半長不短的男人面前的桌上放了一朵花，同時不斷吸著鼻子，分不清到底是因為他在啜泣還是流鼻水。雖然她很想直接忽視這個人，吸鼻子聲卻還是一直傳進耳中，結果媽媽連咖啡都沒喝完，就從座位站起身，走出鑑賞室。媽媽一邊整理著儀容，一邊心想果然一件好事也沒有，這時突然有人拍了拍她的肩膀。原來是那個剛才一直在吸鼻子的男人。他面露悲傷，像條被雨淋濕的流浪狗。對方遞出手心裡的花，自顧自地說著沒有人問的答案。

「很抱歉，妳因為我都沒聽到音樂吧？為了表示歉意，我想把這個送給妳。」

「不必了，謝謝。」

「原本要收這朵花的人消失了。」

這就是爸爸和媽媽第一次見面的情景。

你要說這是浪漫，確實有點浪漫，若是要說它荒謬，確實頗讓人啼笑皆非。後來在爸爸單方面堅持不懈的追求下，最終促成了這段婚姻。結婚以後，媽媽考到駕照也有了車子，卻仍舊沒有得到她夢想的假期。她在產後毫不猶豫辭去學校的工作，而爸爸一直在外投入新事業、大肆揮霍金錢，讓她不得不一肩擔起育兒的責任，直到我上小學後才可以喘口氣，但在金融風暴以後，我們家完全跌落谷底，媽媽也被迫再次踏入職場，擔任社區K書中心的輔助老師。

爸爸做生意沒有賺到錢，也不知道每天在忙些什麼，總是到夜半子時才回家。也許對爸爸的朋友來說，他是個無比豪爽、義氣十足的人，但對於家人而言，他是最失敗的父親，根本就是典型的韓國中年男子。而且他渾身是小時候當富家少爺時累積下來的習慣，例如餐桌上沒有湯就不吃飯，海鮮或豬肉只要有一點點腥味就拒絕入嘴，還有我們家已經夠小了，他還買一堆沒人要吃的餅乾囤在（連他自己都不常待著的）家裡，或是添購只會出現在音樂鑑賞室的豪華音響設備，最後同時惹怒我和媽媽。

往後想起那段時光，媽媽都會說出下面這樣的話：

「如果當時米菈是跟那個公務員結婚，就不會變成這樣了。」

每次聽到媽媽講這種話，彷彿把自己的錯誤選擇忘得一乾二淨，我會不厭其煩地提醒媽媽這個現實。

「媽媽也一樣，做了最糟糕的選擇。」

我在說爸爸壞話的時候，媽媽會表現得非常開心，對我的話語拍手叫好：「對，你說得很對。」對此，我反而覺得不能理解，便反問道：

「到底為什麼是爸爸？他這種被逐出家門的富二代，怎麼看都是最糟糕的對象。」

「那時，我以為救得了你爸爸。」

母親在童年時期經歷過的語言暴力，以及受到家庭冷落而形成的「善人情結」——原來才是這一切故事的開端。都說人類是無法改變的生物，媽媽在關鍵時刻卻沒有聽取這條祖先流傳下來的箴言。她會講一些積極正面的話，比如「我們現在身在底層，所以也只剩下變好這條路了」，但依舊無法改變爸爸鋪張浪費的本性，還有他立基於自卑感的自我中心主義。於是，隨著令人厭煩的貧窮生活持續推進，媽媽積極樂觀的心態也逐漸消失。

我們一家人在生活中學會了疏遠彼此的方法。我們對這個世界豎起利刃，結果愈是靠近彼此，能留在對方身上的東西也只剩下傷痕。因此，經過今天的聚餐之後，更鞏固了我的決心：我一定要離開這個令人憎惡的家。二十幾歲那年夏天，媽媽夢想著像電影中的女人一樣，踏上獨自旅行的路途——我也懷抱著與這份心情頗為相似的渴望。

白色情人節

開學後大約一星期，新學期的水深火熱漸漸消去，我慢慢適應了高中生活。本來我以為與國中時期相比，高中只是放學時間比較晚而已，事實卻完全相反。首先，學生面對學習的態度就跟以前截然不同。上課期間毫無自知之明大吵大鬧或是大張旗鼓反抗師長的人大幅減少。

中午時分，國中時期會有餐車配送午餐到各個班級，高中生的午餐及晚餐則都是在學生餐廳解決，這也是一大不同之處。「跟誰一起吃飯」變成同學之間最重要的事。我時常和副班長鄭東勳一起吃飯，倒不是我自願變成這樣，而是每當我自己一人坐在位置上吃飯時，他就會神不知鬼不覺地坐到我面前。鄭東勳總是窮追不捨地問我一些問題，例如「你都是看什麼參考書」，或是「預習的時候會看到什麼進度」等等，讓我很頭痛。我把飯塞進嘴裡，滿滿的一大口，藉此化解鄭東勳的問題攻勢。

泰瑞偶爾也會坐到我面前。他所在的四班和我們班的用餐時間不一樣，偶爾遇到同時放飯的話，他會坐在我面前的位置，說一些無關緊要的話題。

成為高中生後，泰瑞產生了一些變化。他不再講自己的風流情史，反而會表現出沒什麼精神的樣子，說著最近看的電視節目或是喜歡的歌手，但不管他說了什麼，看起來都不像真心喜歡那些話題的樣子。他變得不冷不熱的溫度，跟我的生活態度十分相似，所以我不禁這麼想：泰瑞（比別人遲到好一段時間）的青春期終於到來了嗎？他不顧時間地點、不分青紅皂白隨便說話的習慣，似乎也改正了一些。當然，早在入學之前我就明確警告過他，不要再繼續叫我「哥」，也不要提起我們住在同個社區的事。看到泰瑞跟過去大相逕庭的模樣，我驀然想起不久前泰蘭姊姊提到的問題，我也想過泰瑞身上是不是發生了什麼事，但想當然耳，我的關心沒有持續太久。

好像只有允道和國中時期相比完全沒有變化。第四節課的鐘聲一響，允道就風也似地跑向餐廳。當我才剛打好飯，他已經吃飽了，往運動場狂奔而去。大家都在昂首闊步往前邁進，好像就只有允道還留在原地，保持著同樣的樣子，而我沒有來由地喜歡這一點。

有一次，就這麼一次，我、允道和泰瑞坐在同一張桌子吃午餐。不知怎麼回事，泰瑞一直表現出焦慮的神態，不停開啟各種話題，而我就像往常一樣，嘴裡塞滿了食物，只用點頭回應他。允道坐在桌子的另一頭，跟（大概又是一頓狼吞虎嚥後，要一起去踢球的）小夥伴們一起大口扒飯。允道永遠精力充沛的世界，和我那宛如深夜廣播般的世界，明確地一分為二。

「看什麼看得那麼認真？」

泰瑞不太開心地問。我又無意識地盯著允道那邊看了嗎？

「我只是覺得，我們班的同學真會吃啊！」

一個蒼白無力的辯解。我把頭轉回來，默默無言地嚼著米飯。這麼看來，允道和泰瑞有許多相似之處：天真的性格，白皙的臉龐，比我嬌小的身形——但也僅止於此。對我來說，允道和泰瑞是完全不同世界的人。從家裡的湯匙數量到偏好的內褲顏色，我對泰瑞的一切瞭若指掌。允道完全不一樣，他的存在就像純白圖畫紙的背面，我無從得知上面描繪著怎樣的圖案。我深深沉醉在這種捉摸不透的感覺中，也相信這份源自未知的心動，或者說緊張，也是屬於愛情的一部分。不論名為允道的圖畫紙背後是多麼醜陋的圖畫，我都有信心去愛它。

允道的心意顯然與我不同。我們單獨在一起時，兩人間的距離趨近於零，但有其他人在的時候，他不會騰出屬於我的位置。這個差距讓我心焦如焚。而且，或許就連這個想法，都是我的過度自我意識造成的誤會。

•

三月份的第二週，學生會首次召開定期月會，一年級與二年級的班級幹部都必須到本館二樓的小禮堂集合。我在新大樓的一樓遇見紋紋，便一同前往本館。紋紋在分班考試中表現優異，果不其然被她們班導相中，成為十班的班長。抵達小禮堂之後，我看見熙榮站在一個小角落，我和紋紋朝她揮了揮手。熙榮說她是為了讓學生紀錄上有加分項目，所以才自願擔任班長。熙榮的頭髮比國中時期長了許多。這是我們時隔許久後再次相見，笑著向彼此問候近況，周圍的氣氛卻有些怪異。我環顧一下四周，發現大家都盯著我們看。小禮堂被當成視聽教室使用，室內設有階梯型座位，但沒有人坐在位置上，將近五十名班級幹部全都站在講台附近。我靠近一看，只見二年級的學生正姿勢各異地站在講台上，一年級學生則像朝會時那樣，以班級為單位排列成整齊的隊伍。二年級的學生會長大聲喝斥，要所有人快點站到自己該站的位置，於是我們急忙回到各自班級的列隊中。

「各位只需要知道，國中的學生會跟高中的學生會完全不一樣就行了。」

學生會副會長這麼說。她的校服外套與西裝背心上的鈕釦全都一絲不苟地扣上了。她接著說，佩戴黃色名牌的人都是學生會的學長姊，所以無論是在校內還是校外，只要遇到身上有黃色名牌的人，都必須九十度鞠躬問好，而且嚴禁「哥哥」或「姊姊」這類稱呼，全部都統一稱呼「學長」或「學姊」。然後從下週開始，學生會的幹部要輪流擔任早晨的風紀委員，七點之前必須到校，抓出服裝不整、儀容不良的學生，並且給予相應的處分。結束這段說明之後，她發下印有服裝規定的紙張給我們：穿冬季校服時，必須穿上外套與背心；學生證必須配掛在脖子上；禁止在室外穿著室內鞋；禁止燙髮或染髮。此外，絕對不允許把褲筒改窄，校服的裙子必須蓋住膝蓋，搭配不透色的全黑長筒襪。再者，室外鞋只能是純白運動鞋或低跟包鞋，書包則是……

這麼繁雜的服裝規定，根本不可能立刻背起來。看著手上這張紙，我只覺得喘不過氣。而且在讀這些規範時，我發現自己也違反了儀容規定，一時間覺得有些緊張。

「身為全校榜樣的學生會幹部，現場違反服裝規定的傢伙也不少啊？嗯？」

學生會長突然厲聲怒吼，所有一年級同學頓時渾身一僵，只能呆呆看著站在講台中央的人。

「看什麼看？」

這次是副會長用尖銳的聲音高聲說道。台下的我們動作整齊劃一地低下頭。她繼續接著說：

「女生都把窗簾掀開。」

一開始我還沒聽懂，因為小禮堂裡一扇窗都沒有，是要掀什麼窗簾？結果我瞥了旁邊一眼，看到女生紛紛把垂落的頭髮撩到耳後。不同於困惑不解的我，女生對這種用語似乎都很熟悉。

二年級的學生竊笑私語，我可以感覺到所有人都在打量我們。學生會長忽然點名紋紋。她沒有露出半點驚慌失措，只是用平靜的聲音應答。學生會長讓紋紋到講台上，她便以悠哉的步伐走上講台，站定在學生會長面前。副會長一下子猛地靠近她，伸手去碰紋紋及肩的長髮。

「妳的頭髮有燙過嗎？」

「沒有，我本來就有自然捲。」

「一點都不自然好嗎？妳也染頭髮了吧？」

「沒有，我的眼睛和頭髮本來就比較亮。學姊，您的髮色好像也跟我差不多耶。」

和平時一樣，紋紋不甘示弱地回應問題，現場氣氛瞬間冷了下來。學生會長又一次發難，提高聲音說：

「誰敢把頭抬起來？」

我們收回望向紋紋的視線，趕緊低下頭。副會長再次對紋紋說：

「妳，明天之前，給我把頭髮染成黑色。」

「可是一個星期後，棕色的頭髮又會長出來耶？」

「妳現在是在跟我頂嘴嗎？」

「怎麼敢呢？我說的都是實話。不信的話，學姊來我家看看吧。我媽和我哥的頭髮都是這種棕色自然捲。」

副會長怒氣沖沖地罵「這個瘋女人是怎麼回事啊」，隨手抓起什麼東西扔了過來。一個紫色皮夾落在我的腳邊。我微微抬頭一瞧，紋紋臉上不帶任何嘲諷的笑意，兩眼無所懼地直視副會長。紋紋從國中開始就跟著一些成年的姊姊遊歷市區的酒吧，對她來說，一介高中學生會的幹部根本不是她的對手。總而言之，學長姐似乎挑錯了殺雞儆猴的範例。我緊緊咬住下嘴唇，以免自己忍不住爆笑出聲。

每月例會結束後，二年級的學生率先離開小禮堂。剩下來的一年級女學生上前圍住紋紋，擔心地問：

「妳沒事吧？」

紋紋若無其事笑著，同學們的擔憂顯得毫無意義。

「看來他們今天是想拿我來警告大家。高中生也沒有想像中了不起嘛。」

我體驗了一場過度認真而顯得滑稽可笑的儀式。這同時也讓我感覺到，高中生活雖然不容小覷，但也充滿各種雞毛蒜皮的小事。

•

三月十四日，學校裡發生了一件說大不大、說小不小的騷動。由於情人節遇到春假期間，所以日子落在學期中的白色情人節當時，校內舉行了頗為盛大的交換禮物儀式。尤其我們學校是地區內唯一的男女合校，這天的重要性幾乎等同於國家紀念日，因此才有如此隆重（？）的禮物交換活動。

我的桌子抽屜裡，也出現一個小小的盒子，盒子上貼了一張明信片。

謝謝你讓我學會作夢，一直讓我待在你身邊，陪伴在我的生活中。白色情人節快

樂。——T

光看落款的字母，就知道這個人是泰瑞。明信片上飄散著微妙的草莓香味，看來似乎是用有香味的筆寫出來的信，一字一字認真而工整。他是什麼時候把東西放進抽屜裡的？萬一被人看見的話怎麼辦？

就在這時候，鄭東勳搶走我手中的盒子。

「喂喂班長，這是什麼？買來要送給誰的？你在談戀愛嗎？」

值得慶幸的是，鄭東勳似乎沒看到我另一隻手上拿著的明信片。我朝鄭東勳大發脾氣，從他手中搶回盒子。鄭東勳大驚小怪地叫著，聲音響遍半個教室。

「哇，我以為班長只會念書，沒想到該做的都做了，還真羨慕你啊。」

他沒有發現我其實是收件人，而不是送禮人，這讓我鬆了一口氣。然而我一轉頭，立刻感覺到允道注視我的直白視線。我覺得自己像個罪犯，於是連忙把頭轉回，將盒子塞進書包裡。

•

三月底舉行了一場全國成績評量。這是分班考試以來的第一場考試，所以令人格外緊張。不少老師都會用話來威嚇學生，例如「高中第一次模擬考的分數通常會直接反映在大學考試上」，卻只是證明高中教育其實毫無價值。我可以預見自己跌落神壇的日子即將到來，儘管如此，我卻還是坐在書桌前度過焦慮的每一天。允道和國中時沒什麼不同，依舊不把考試放在心上，依然如故地調皮搗蛋，每天笑鬧度日。我們倆的關係跟國中時期一樣。全校榜首兼班長的我，和成績馬虎的允道，是屬於截然不同的類型，合得來的朋友也不一樣。但我們在某些瞬間，會在同一個「點」上相遇。在餐廳裡排隊打飯，我們偶然前後排在一起的時候，允道會把手輕輕放在我的肩上。剎那中的一瞬間，卻是能夠明確感受到允道重量的——瞬間。那麼短暫的一瞬間，似乎就是我一天的全部。

我就這樣感受著允道留下的餘熱，將餐盤放到桌上後坐下。鄭東勳一如既往坐在我面前，接著低聲說：

「你和都允道很熟嗎？」

「沒有，我們不太認識，只是念同一所國中，所以知道對方的存在。」

反射性的謊言有如滔滔江水，流暢地從我口中吐出。鄭東勳把聲音壓得更低，跟我說悄悄話。

「你知道他爸爸是混黑道的吧？你最好跟他保持距離，那種人不適合班長你。」

想起媽媽與米菈阿姨的對話，我驟然陷入不安也很不快的心情中。

成績評量結束的半個月後，學校在中央大廳張貼了全校學生的成績列表。從第一名到第五百二十三名，所有人的成績都在上面。當時，大家都還沒拿到個人成績單。我也擠進熙熙攘攘的人群裡，以確認自己的成績。成績表第一列的位置被紋紋穩穩占據，而我的排名雖然有所下降，卻比預想中還要好一些，努力過後平安待在前十名。

午休時間剛結束，就有人把那份成績表撕成一堆碎屑。第二天，中央大廳重新貼上經過護貝的成績列表，還在正前方安裝了監視器，並且貼上碩大的警告標示，上頭用正紅色的字寫著：

若有損毀，必定嚴懲。

李紋紋與殷炯旭。全校學生都記住了第一名與第五百二十三名的名字，也在我心中留下某種無法抹去的痕跡。

從那以後，我過著往返學校與補習班兩點一線的單調生活。晚自習結束後，我會和紋紋、熙榮、允道一起在校門口搭乘補習班的接駁巴士，直接前往補習班的「ＳＫＹ班」上課。補習班的課一直持續到午夜。下課後，我們收拾好書包，離開座位並踏上回家的路，每個人都已經精神恍惚到不知道自己是否還活著。不要說聚在一起玩耍嬉戲，我們就連好好聊天的時間都沒有。

某個星期五晚上，日照時間一下子拉長了，微風也開始吹來暖意。我克制不住想見允道的心情，發出一封簡訊。

—在幹嘛？

簡訊沒有收到回覆。我鼓起勇氣，再發了一封簡訊。

—明天補習班自習結束後，要出來見個面嗎？

之前不管何時，就算時間稍微遲一些，允道都會回覆我的訊息。是發生什麼事了嗎？我用被子蒙住自己，努力讓自己入睡。

第二天，我也沒有收到答覆。失落的情緒籠罩著心底，我逕自前往補習班的自習室。自習室裡只有三三兩兩的人，紋紋和熙榮的熟悉背影也在其中。她們倆隔著一段距離並排而坐，耳朵都戴上耳機，努力在寫習題。我坐在她們後面，翻開書本。我時不時就想確認手機，卻始終沒收到允道的回覆，最後我把電池從手機裡拔掉。

我收拾起混亂的心情開始念書，忽然間有人拍了一下我的肩膀。我抬頭一看，是紋紋。紋紋沒有經過我同意，伸手在我的參考書角落寫下東西。

—我們去吃飯吧。

—兩個人？

—嗯

—熙榮呢？

—她說不吃。

—ＯＫ。

熙榮依然戴著耳機專心念書。紋紋提議去前面的「張烏龍」。在我因為手頭拮据而猶豫的剎那，紋紋便開口說要請客。我嘴上說著「沒這個必要」，內心還是鬆了一口氣。

我們抵達「張烏龍」，點了套餐來吃。我問紋紋何時開始重新上自習室讀書，紋紋回答她從這學期開始，每個週末早上都會跟熙榮一起來念書。

「妳們有那麼要好喔？」

「嗯，從國中起關係就很好啊！畢竟上同一所學校，又上同一間補習班。」

「真意外。」

「有什麼好意外的？熙榮這個人還不錯，從國中就很受老師的疼愛。」

「是嗎？」

「嗯，她拿過不少獎狀，國中時還得到全額獎學金，由校長推薦的。」

「國中有全額獎學金之類的東西？只要成績好就可以了嗎？」

「我也不太清楚，應該是她的家人對國家有所貢獻，或者是低收入戶吧？」

紋紋沒有將兩者間的差異當一回事，我很羨慕她這種單純的思考模式。本來我以為熙榮只是一個普通的模範生，現在莫名讓人覺得有些親近，雖然只是一剎那的感覺。

「不過，都允道呢？你怎麼把你的死黨放一邊，自己來自習室？」

我哪知道啊？我用連自己聽起來都很神經質的口氣回她。紋紋看著這副模樣的我，笑出聲來。我突然有種被紋紋牽著鼻子走的感覺，趕緊換一個話題。

「看妳平日和假日都這麼努力，全校第一名確實不一樣。」

紋紋馬上露出真摯的表情，說自己還差得遠。雖然校內成績很好，但是如果換算成全國成績百分比的話，就只是非常不起眼的成績，所以還不能掉以輕心。紋紋補充了這段話。

「什麼話？以妳這樣的成績，念首爾的學校絕對沒問題。」

紋紋像在嚼口香糖一樣嚼著嘴裡的烏龍麵，說她父親已發出最後通牒，只要沒考上首爾大學或梨花女子師範大學，就絕不會讓她去首爾。首爾大學或梨花女子大學，還真是符合D市中年人風格的選擇，甚至還限定了師範大學。我完全無法想像紋紋教導別人的樣子，因為她根本是站在世界的規則和紀律對立面的存在。我吞下嘴裡的炸蝦，問道：

「不過熙榮為什麼不吃飯？」

熙榮說她要拚命念書，食物也是從家裡帶便當來加熱。由於她數學比較弱，又相對擅長背誦的科目，所以比起全部押在大學考試上，熙榮訂下以內申為主軸的學習策略。

「熙榮的目標是哪裡？」

「教大，她想當老師。」

「原來如此，已經都決定好了啊。妳們真是厲害，竟然有那麼明確的目標。」

「選擇大學志願有什麼了不起的？目標就只是目標而已，考得上才最重要。」

「我沒有任何想去的學校，也沒有那種意志。」

「真好笑，要是別人聽到你講這種話，不罵死你才怪。而且，你不也是在珍貴的週末假期來念書嗎？」

我沒辦法把真相說出口——是因為允道沒能跟我一起玩，我實在沒事做才來的。

吃飽飯後，我和紋紋繼續聊天，還免費續了兩次可樂。我們從「張烏龍」出來後，再次朝補習班走去。正當我覺得有哪裡不對勁時，才突然意識紋紋這次沒有進行「飯後菸」這個神聖的儀式。

「對了，妳真的戒菸了？」

「姊姊我最近不但戒菸還戒酒，你都不知道我最近過得有多踏實，肺和肝全都煥然一新呢。」

「我聽說如果一下子做出太劇烈的改變，是會死人的……」

我們回到自習室的時候，熙榮依然維持著同樣的姿勢在念書。我小心翼翼拉開椅子，以免發出任何聲音，坐定後翻開我的參考書。接著，一股倦意向我襲來，我傾身趴到桌上。

當我再次抬起頭，太陽已經完全沉入地平線，自習室裡空蕩無人。紋紋和熙榮，還有其他人的私人物品都不在位置上了，我也趕緊收拾起書包。我把手伸進書包裡，摸到電池被拔掉的手機。我拿出手機插上電池，緊張地按下開機按鈕。一條訊息跳了出來。是允道。

—我整天都忙著踢足球。

允道告訴我，他在附近的國中認識了可以一起踢足球的夥伴，也提到以後每個週末都會去踢足球。只要想到穿著愛迪達運動服和足球鞋奔馳在運動場上的允道，還有踢完球之後，背著 Nike 鞋袋、吵吵鬧鬧地離開運動場的允道，我心中就充滿失落感與憤怒。

該死的足球。

該死的都允道。

回到家後，我連衣服都沒脫就直接坐到電腦前，習慣性地登入 Cyworld 確認「我們的日記」。我們已經快一個月沒寫日記了。允道甚至都沒有登入的痕跡，他的「迷你小窩」也沒上傳新的文章，只剩下荒廢長草的主頁。我不由得嘆了口氣，然後換掉自己的「迷你小窩」背景音樂，改成「藍色清晨」的〈二十歲〉、「紫雨林」的〈戀人 2/3〉，還有艾薇兒·拉維尼的〈超複雜〉。接著，我將整個版面換成深藍色，然後點進相簿裡，上傳了一張什麼都沒有的黑色照片，在下面開始寫下：

> 有時候，愛情會驟變為極度暴力且直接的感情。
> 因為他，我學到了這件事……

我寫了一則篇幅冗長的文章，網頁拉條需要滾動很久才能看完，接著我毫不猶豫地按下上傳鍵。

我是什麼時候開始，嗅到允道身上散發出跟以前不同的味道？又是什麼時候開始，他的體格開始變得跟以前不同？

允道的身材開始拔高，手臂與大腿上也長出一層肌肉。我能感覺到，過去我像熟悉自己身體一樣對允道的身體瞭若指掌，那具身體卻正在前往我不知道的陌生世界。

改變的不只是允道的身體。允道跟新交的朋友們似乎一下就變得十分親近。一到下課時間，允道會和那些朋友一邊嬉鬧，一邊離開教室。他們口中討論的話題，大部分都是我聽不懂的東西。也是，畢竟打從一開始，我和他之間就存在著某種無法拉近的距離，這跟我們兩人單獨相處的時間長短無關。

在補習班裡，我也同樣有這種陌生的感覺。我像往常一樣坐在自己的座位，不知道從哪裡依稀飄來一股淡淡的菸味。那股氣味愈來愈濃，然後我發現味道的源頭來自我右邊對角線前排的位置——允道。高中生抽菸不是令人吃驚的事，但這個人是允道讓我非常震驚。允道是從什麼時候開始抽菸的？一切到底是從哪裡開始、以什麼方式開始改變的？

下課後，我連跟允道說話的時間都沒有，他就直接離開教室。我失神地注視著允道的背影。

直到那時，我才真正感覺到我們之間的距離變得遙遠。這是理所當然的事嗎？我們最初就是完全不同類型的人，是視線所望之處都截然不同的兩條線，只不過偶然在同一個點上交會，然後隨著時間的推移，漸漸遠離彼此不是天經地義的事嗎？也許有人會稱之為成長，又或者是自然的離別。然而，對此我只感到混亂與痛苦。雖然很想找人傾吐這份混亂的心緒，但我身邊沒有可以傾訴的人。所以，我毫無疑問是孤獨的。

我覺得自己像一具木乃伊，又或者像一根鹽柱[61]，一直保持著原來的形態，然後日漸乾枯。其他人都在按照自己的成長速度，逐漸長大成人。除了我，所有人都在以自己的速度往前邁進。

61　一種地理現象，多形成在死海附近。《聖經》中計載，羅德之妻因未聽天使勸告，最終成為鹽柱。

最親密的朋友

隨著期中考的逼近，班上的氣氛愈來愈浮躁。會反映在內申成績的英聽考試當天，考試一結束同學就開始忙著互相對答案。我直接把考卷塞進桌子的抽屜裡。這時，泰瑞走進我們班。他時不時會來跟我借教科書或運動服，說忘記把上週借走的運動服還我，對於沒有早點歸還覺得很抱歉。我說沒關係，接過他手裡的運動服。幸好，衣服上沒留下汗味或其他味道。我看著走回自己班級的泰瑞，忽然有些慶幸他是不怎麼喜歡運動的人。正打算整理好運動服、放進置物櫃裡時，我忽然發現衣服背面畫著什麼圖案。那是一個手掌大小的男性生殖器。除了器官的外貌形態，連體毛都一根根畫了出來。如果這塗鴉是個玩笑，它流露出滿滿的惡意。這時，鄭東勳拿著試卷向我走來。

「班長，第七題的答案是什麼？」

「應該是三號吧？」

「真的嗎？媽的，我寫錯了嗎？你確定？」

「我聽到的是這個答案，但也不能肯定。」

雖然我這麼說，但三號確實就是正確答案。鄭東勳正在證明一個東沾一點、西沾一點的傢伙連一件事都做不好。他露出失望的表情，看到我拿著運動服，便問道：

「我說，你是怎麼認識姜泰瑞的？」

「就……從小住在同一個社區裡。」

「真好笑。」

「哪裡好笑？」

「因為我覺得你跟他有點不搭。其他人都會避開他，你的脾氣倒是好。」

「嗯？那是什麼意思？」

「我跟他同一所學校畢業的，他從國中開始就很有名，不但來自不健全的家庭，家人還去做直銷。」

不健全的家庭，還有直銷？這些話從鄭東勳口中說出來，讓我簡直快失去對話的耐心。我努力保持平靜的態度，回答他：

「真的假的。」

「真的。他沒有爸爸，媽媽做直銷維持生計，而且還不光這樣，他是全校最有名的『死同性戀』。我們學校的人都知道他的事。」

同性戀，竟然。這一瞬間，我雙腳立足的土地開始動搖。明明身在和平時一樣的教室、一樣的座位，地面卻似乎被劈成兩半，然後無限向下坍塌墜落。到目前為止我所知道的泰瑞，跟鄭東勳口中描述的泰瑞有著雲泥之別，令我覺得非常遙遠。

「還有一個祕密是，之前有人因為他而被強制轉學。」

「姜泰瑞讓誰轉學了？憑什麼？」

「一個叫崔晟振的人。那小子的爸爸是律師，他非要一直欺負姜泰瑞，不停罵他是『死同性戀』、『死 Gay』，還朝他吐口水，甚至把人滾來滾去。」

「把人從樓梯上滾下去？」

「沒，那樣會死人吧。他會把人放進垃圾桶裡，在教室後面滾來滾去。這做法在我們學校很流行。」

這種事情能稱之為流行嗎？竟然給這種行為賦予「流行」的正當性？在我念的國中裡，也有身材矮小或是言行特別突出的同學成為暴力或排擠的目標。但是國中二年級時，附近幾所學校接連發生自殺事件後，學校暴力監管委員會就應運而生，校內到處都設了檢舉信箱，校園暴力的頻率也跟著減少。不過，鄭東勳說他們學校不一樣。據說，那些不良少年以崔晟振為首一起行動，引發了大大小小的暴力事件。這時候，跟教育部、警察局有密切往來的崔晟振父母就會出面平息騷動。崔晟振那票人的最後一個目標，就是泰瑞。他們幫泰瑞取了「細菌[62]」這個蔑稱，說幫他找到適合細菌住的房子，然後把泰瑞塞進垃圾桶裡。他得意忘形地

62 細菌的英文為「bacteria」，中間兩個音節發音接近「泰瑞」。

歡呼「這個房子太適合死同性戀了」，接著欣喜若狂地——沒錯，就是欣喜若狂——用腳踢垃圾桶，讓垃圾桶滾過來滾過去。這種事發生了無數次，有好幾個同學用手機內建相機拍下來，向老師舉發這些惡行惡狀，於是校方決定強制已經罄竹難書的崔晟振轉學。為此，崔晟振的父母親大發雷霆，把整間教務處掀了個底朝天。後來崔晟振沒有轉去市郊的學校，而是逃去美國的寄宿學校，美其名為「留學」，這件事才終於告一個段落。

「這些人雖然本來就是垃圾，但是人滿搞笑的。」

鄭東勳嘖舌，看起來似乎有些遺憾地說。泰瑞看起來總是有些畏縮的樣子，還有上次泰蘭姊姊問我的問題，所有的線索宛如拼圖一般，開始找到自己的正確位置。一下子太多資訊向我砸來，讓我的太陽穴一抽一抽隱隱作痛。我按耐住心底的情緒，問道：

「但為什麼說他是同性戀？姜泰瑞，我聽說他有女朋友欸……」

「我沒聽說過這種事，你真的不是泰瑞的死黨嗎？」

「就說不是……我只是聽別人提過而已。」

「我知道你不是他的死黨啦，只是說說而已，不要太在意。」

鄭東勳若無其事地走回自己座位。你以為你說不要在意，別人就真的有辦法不在意嗎？這種話聽在對方耳裡，反而像是在說：「拜託，請你一定要在意。」

我拿起運動服直奔廁所，拚命用肥皂搓洗塗鴉的地方。黑色墨水的痕跡往外暈染擴散，醜不堪言。在污漬被搓乾淨之前，我一刻都不曾停手。

仔細回想的話，我確實從未在學校裡見到泰瑞跟其他人走在一起的樣子。泰瑞跟我在一起時的開朗神情，都是他努力擠出來的嗎？雖然我之前一直覺得泰瑞有些煩人，但我也無法否認他是構成我生活的重要一員。

他深入到我的生活之中，是從什麼時候開始的呢？

在我的記憶中，對泰瑞的第一個印象是在六歲的時候。

從幼稚園回家後，我發現床上躺著一個小孩，正抱著我像生命一樣珍惜的鱷魚玩偶沉沉入睡。我一看見他，立刻放聲大哭。聽到哭聲的媽媽趕緊跑來，然後我對著媽媽大呼小叫：「那個小孩搶走我最心愛的東西！我絕對、絕對不會原諒他！」媽媽揍了我的屁股一頓，罵我說：「你這麼自私，要怎麼當人家哥哥啊？不過是個玩偶，都不能讓給弟弟嗎？」

弟弟。

我意識到自己就是從那天開始，一直把泰瑞當作弟弟，也就是當作家人來看待。想到這裡，憤怒和埋怨同時湧上心頭。所以啊，我不是說過了嗎？你要藏好一點啊！我是不是叫你穿上厚厚的盔甲，讓所有人都看不到你的黑暗面嗎？我是不是說過，你要是累了就躲到陰暗的地方，別讓任何人發現你？都是因為你老是輕舉妄動，才會發生這種事情。你全身上下都是弱點，被人揭穿一點都不奇怪。到底是誰給你的信心，讓你這麼大意？又是誰給你的勇氣，讓你如此毫無防備？最重要的是，泰瑞你都已經遭受這麼悲慘的對待，為什麼還能露出什麼事都沒有的神情？你為什麼、你怎麼可以做到這個地步？

我以後該如何面對泰瑞？未來的日子裡，在我的人生中，我該拿泰瑞如何是好？即使知道不能這麼做，可一旦我有能力做到，我就會用雕刻刀把泰瑞這個人的存在挖掉。我應該遠離他，絕對不能扯上關係，也不能被任何人發現我和泰瑞的關係。為了我自己。只為了我自己的安危。當我的想法走到這一步，我感覺泰瑞就像一個圈套，把我深不可測的黑暗面，以及我一同拖進深淵中。

那一天，我沒參加晚自習就直接回家。隨便你們要怎樣就怎樣吧。我身上還套著校服，就這樣鑽進被子蒙住身體。身體就像生病似的，我短暫入睡後又忽然醒來，起身一看，已經晚上了。我苦惱要不要去補習班，這個問題在心中盤旋了幾百次。我打開電腦開始看美國情境喜劇，還吃光一整桶冰淇淋。

儘管如此，我還是離開電腦前，背起了書包。比起想封閉自己的渴望，想要見到允道的心情更加強烈。

抵達補習班、打開教室門後，一股驚慌不安包圍在我。其他人都像往常一樣嘰嘰喳喳地聊天，唯獨一個空位孤零零地混在其中，就像是被拔掉牙齒的牙床。那是允道的位子。

「允道去哪裡了？」

我低聲呢喃，像在自言自語。熙榮聽到了，轉頭對我說：。

「聽說他不來了。」

紋紋接著用平靜如水的口氣補充說明，因為允道的模擬考成績不佳，所以決定放棄上補習班，請大學生來當私人家教。

騙人。

我根本沒聽說過這種事。為什麼所有人都知道，就只有我一個人不知道？

我快步走出補習班，打電話給允道。只有來電答鈴聲持續響個不停，允道沒有接起電話。

「受傷」二字遠遠不足以形容我的心情，一種空虛感緊緊攫住我。我繼續打電話給他。

允道現在人在哪裡？他正在做什麼？烏雲盤旋在我的心間，讓我透不過氣。我連一刻都無法冷靜下來，焦慮的心幾乎要從咽喉裡衝出來。我放棄找他，朝補習班的後巷走去，開始爬上那條走過好幾次、日漸熟悉的山坡路。

我雙腳駐足的地點是白楊商行。拉開老舊的鐵製拉門走進店裡，我沒有絲毫遲疑，直接打開冰箱拿出兩瓶燒酒。因為覺得應該要有下酒菜，於是我順手抓了一包蝦條，遞給老人一張一萬元紙鈔。對方跟往常一樣，動作慢吞吞地找錢給我。我像強盜搶劫一樣奪過銅板，離開這間店。我想不到自己還可以去哪裡，乾脆坐在商行前面的平床上。當我把燒酒、蝦條放到平床上，這才發現自己身上還穿著校服。我連忙脫下校服襯衫，把衣服綁在腰上。然後我把燒酒瓶湊到嘴邊，一口氣灌下一大口。苦澀又微微泛甜的滋味。除了祭祀後的飲福[63]活動，這是我平生第一次喝酒。書籍或電影中總是可以看到，人喝醉的時候會比平時更鬆弛、也更吵鬧，總之就是一副精神失常的樣子，但是我完全沒有這種變化。只喝一口的份量根本輕如鴻毛，於是我像在喝礦泉水一樣，豪邁地把酒送進嘴裡。液體順著喉嚨像瀑布一樣傾瀉而入。我感覺到食道和胃都在隱隱發燙，手心和臉頰也似乎有種搔癢感，使我一直不由自主用手掌搓臉。我的胸口好像有一塊石墩壓著，沉重的心緒依然如故，而且就算繼續牛飲好幾口，心情還是沒有好轉。我偶爾會拿起手機確認，但不論電話還是簡訊，一通都沒有進來。我放棄喝酒，扭緊燒酒瓶蓋，然後把另一瓶燒酒和蝦條放進書包，從平床上起身。風漸漸轉涼，我重新穿上校服襯衫。

走著走著，酒勁似乎才漸漸湧上。平時我一口氣就能走完的距離，此刻沉重的腳步卻讓我走走停停。在這條熟悉的道路上，我懷著陌生的心情回首一切，最終到達的地方是「桃源烤腸」。雖然時間已經很晚，店前仍然停著許多車輛。我低頭彎腰穿梭在汽車之間，好像什麼罪大惡極的犯人一樣。走到停車場盡頭，我看見停在貨櫃屋前的摩托車，但貨櫃屋裡面黯淡無光。我失望地嘆了口氣。好不容易走到這裡，允道卻不在。我正要轉頭離開時，窗內洩出一束微光。我上前緊緊挨著門，聽見隱約的音樂聲。深怕是自己聽錯，於是我把耳朵貼在

63 指祭祀結束後，參與祭祀的人食用祭品的行為。

門上。吉他彈奏的旋律清晰可辨。我小心翼翼打開門，令人意外的光景展現在我眼前。

剛才看到的光線，是桌上檯燈發出來的光。檯燈旁邊的筆電正在播放著音樂。允道甚至沒用枕頭，就那樣呈大字形躺在地上呼呼大睡，身上穿著Nike背心。我端詳允道那張白皙的臉，跟第一次見面時沒有太大不同。除此之外，我看到比以前還要寬闊、厚實的胸膛，以及稍微變長的手臂。奇怪的是，我的心情平靜下來了。現在躺在我面前的人，是我認識的允道，同時也是我不認識的男人。他的枕邊是一件皺巴巴的Nike夾克，上頭放著一支手機。手機的外部螢幕上，顯示著「13通未接來電」字樣。難道是因為睡著了，才沒接到我的電話嗎？還是明明看到有電話進來，卻故意視而不見呢？話說回來，他是死了嗎？一個外人進來之後，發出一堆聲音，允道還能這樣一動也不動。我靠近允道一看，幸好還能感覺到他在吸氣與吐氣。這一瞬間，我聞到一股不知道是發自我還是允道的酒味。我一陣噁心反胃，不由得乾嘔起來。允道不是單純睡著而已，他是喝了酒才睡倒的。頭暈目眩向我的腦袋襲來，於是我坐到桌子前的椅子上。為了不讓自己當場吐出來，我輕輕拍打自己的胸口，把頭往後仰，讓我突然有種自己正在忍著不掉淚的錯覺。眼前是一堵天花板，陳舊泛黃的天花板，濕氣散盡後爬滿乾燥痕跡的天花板。

別害怕。現在的我不是一個人，允道就和我在一起。

我小心翼翼地按下筆記型電腦的電源鍵。筆電的螢幕開始閃爍，啟動以後跳出的畫面是我的「迷你小窩」視窗。仔細一看，允道似乎正在「我們的日記」分類裡上傳文章。奇怪的是，當中有好幾個字只有輔音與元音，無法辨認內容是什麼。這些無法知曉其中含義的文字排列，讓我開心得幾欲落淚。這時我終於明白，我心裡的苦悶原來是因為擔心害怕自己再也不能待在允道身邊。對我而言，這是最悲慘的事。而就算只是趁著酒意隨便打下的文字，光是他也想要寫些什麼東西給我，哪怕只是在剎那間想到我，也讓我心滿意足了。矗立在我們之間的牆壁，不代表永遠的隔絕。確認這一點對我來說無比重要。

不過，我也忍不住感到好奇：允道是不是跟別人一起喝的酒？他最近跟誰比較要好？我把手指放在軌跡板上，移動游標的位置，開始瀏覽設定為非公開的 Cyworld 好友列表。他大部分的好友都是名字十分熟稔的班上同學，也有幾個我不認識的名字。金民俊、崔荷娜、趙允權、千多敏和方哲鎮，我依次進入這些人的「迷你小窩」。他們好像事先講好一樣，每個人都把褲腳或裙襬改窄，制服緊繃到擠出幾百道皺紋。男孩子都是一字瀏海的狼剪頭，女孩子則戴著彩色瞳孔放大片，嘴巴用愛心形狀的貼紙蓋住。他們就像在修學旅行[64]時，霸占遊覽車後排位置的那種同學。最後，當我進入一個名叫閔慧琳的女生的「迷你小窩」時，我的呼吸被迫暫時停止了。相簿裡上傳許多一對男女勾肩搭背的照片。兩人的鼻子和嘴唇部分用粉紅色線條的塗鴉遮住，但我還是可以看出那個男生是允道。他穿著運動服、戴棒球帽，閔慧琳穿著J商業高中的校服。我仔細翻遍她的「迷你小窩」，認真得像在看參考書。從自我

64　提供學生實際體驗及累積團體經驗的校外課程，通常會在校外住宿一、二天。

介紹上的出生日期來看，她的年紀比我們大兩歲。相簿裡還有很多六、七個人群聚在一起、直接在路邊喝酒抽菸的照片，其中幾張也有允道一起入鏡。我煩惱著該怎麼做，最後決定再開一個瀏覽器視窗，將這些我所不知道的允道好友和「迷你小窩」網址複製下來，寄到我自己的信箱。登出後，我把網站訪問歷史記錄全部刪光，並且讓畫面回到跟剛開始一樣。

我從椅子上站起身，蹲到允道身邊。我覺得自己實在太可悲了。要不要就這樣逃跑算了？然而，我突然想對允道說些什麼。允道依舊酣然沉睡著。我輕手輕腳地打開窗戶。外頭還是停著許多車，烤腸店裡門庭若市、人聲鼎沸。我害怕被人發現我們在這裡，於是立刻把窗戶關上。霎時之間，裡面的空氣似乎變得更加悶熱。我彷彿被關在巨大的魚缸裡，變成一條逐漸邁向腐爛的魚。

我在允道的旁邊躺下。淚水一直要流出眼眶，因此我緊緊咬住下唇。我若無其事地侵犯他的私人空間，試圖支配他的一切。然而，即使我深知這一點，卻還繼續待在他身邊，這樣的自己讓我無法忍受，而且感到十分厭惡。為了忍住眼淚，我的嘴裡漏出野獸呻吟般的哽咽聲。

允道不停翻來覆去，最後終於把身體轉過來面向我。他的眉頭緊蹙，眼皮掀開一半，看到我的這副模樣卻一點也不驚訝。即使我的臉亂七八糟，他也只是慢吞吞地打哈欠，然後把一條手臂和一條腿搭在我身上。就像以前一樣。就像往常一樣。我不發一語，躺在他身邊思考著。

為什麼？為什麼你人這麼好？為什麼可以對我這麼放心？我為什麼變成這樣？到底為什麼我天生是這種樣子？我想破頭也找不到答案，眼淚終究還是流了下來。允道看見流下淚水的我，把手伸到我的脖子後，充當我的枕頭。他靠過來貼緊著我，並且用力抱住我，像哄慰孩子一樣輕拍我的背。

「怎麼哭了，發生什麼事了嗎？」

我該如何解釋今天一整天裡在我身上發生的事呢？我勉強止住哭泣，吐出一句話。

「你為什麼一直躲我？」

「我哪有？」

「那你為什麼不去上補習班了？」

「因為錢都砸下去了，結果考出來的成績很差，媽媽就不讓我去補習班了，最後決定讓表姐來當我的家教。」

「為什麼不告訴我？還不接我的電話。」

允道伸出手摸索了一下。確認手機畫面之後，他的雙眼倏地瞪大。

「你有打電話給我喔！而且也太多通了吧？」

「因為你不接，所以我才打這麼多通。你酒是跟誰喝的？」

「哥哥們。」

「我操，他媽的哥哥們。他媽的混蛋哥哥們。」

「幹嘛突然罵人啊？好不適合你。我們哈利是瘋了嗎？本來就是個瘋子吧？」

他是這個地球上唯一會叫我哈利的人。允道昏昏欲睡的嗓音讓我不禁失笑出聲。才不久前，充斥全身的絕望和憤怒跑哪裡去了？就像允道說的一樣，我像瘋子一樣一直傻笑。這就是酒勁嗎？允道這時才從地上站起來，伸了一個懶腰。

「不知道我睡了多久。」

「為什麼喝那麼多酒？」

「哈利，那你又是去哪裡喝酒呢？味道好重，我還以為你是模範生呢。補習班那邊又怎麼了嗎？」

我不可能告訴他，我是因為他而生平第一次喝酒，所以只是回答「你沒必要知道」。允道可能也只是隨口問問，因此只回了一句「好吧」，接著再次打起哈欠，沒有追問下去。我們互相指責對方口齒不清，還針對「誰的酒量更好」這個問題爭吵了一番。我們鬥嘴了一下，汗珠從我的額頭緩緩淌下。允道見狀，說道：

「很熱喔？我們出去吧。」

「去哪裡？」

「不知道，去涼快一點的地方？我想騎摩托車。」

我拿起手機看時間，已經快十二點了。如果想趕上補習班結束的時間，現在我就得回家才行。只是這個時間太晚了，不管我跟家裡說我要去什麼地方都不適合。在無計可施之下，我發了一封簡訊給泰瑞。

—我和你一起在讀書室待到凌晨。

按下傳送後，我忽然想起白天在學校聽到的事，感覺像吞下一口玻璃碎片，心口襲來一陣刺痛。但我決定擺脫罪惡感，於是又馬上發了訊息給媽媽，說我在讀書室念書，應該會很晚回家。在醺醺然的狀態下，我竟然還能感受到百種千種的不同情感，還能口若懸河地說謊，編輯簡訊時甚至連一個字都沒打錯，對此我感到不可思議。允道套上Nike夾克，拿起摩托車的鑰匙。

「決定好要去哪裡了嗎？」

「還能去哪裡，當然是水星了。」

不知道的人聽見這個對話，大概會以為我們要去宇宙旅行吧！只不過，名字很好聽叫做水星，其實是摔一跤就能到達的距離。儘管如此，偏好這種表達方式的允道，依然是那個我認識的允道。這一點讓我覺得安心。所以，我情不自禁地跟著喊：我們去水星吧！用全力跑到最遠的地方吧！

我們迎風騎著摩托車，沿著壽城池狂奔。平日的午夜時分，壽城池附近沒什麼車，所以感覺我們就像把整條路包下來一樣。允道開始加快速度。落下的櫻花葉隨風飄揚。白天看上去好像正在腐壞的湖水，此時卻在星光下熠熠閃爍。允道回頭，對著我大聲吼出：

「不覺得很開心嗎？」

「嗯，我太開心了，眼淚都快要流出來了。」

「那我們來慢跑吧。聽說慢跑可以讓水分排出體外，這樣就不會流眼淚了。」

這是很久以前我們第一次見面時看的《重慶森林》裡的台詞，雖然有些幼稚，卻莫名地讓人感動。我在心裡反覆咀嚼這段台詞。

我們停下摩托車，在壽城池周圍散步。允道把手夾在他的腋窩下，有些大驚小怪地直喊「好冷」。我伸長手臂，摟住允道的肩膀，心裡為現在的一切感到慶幸。他的身體被圈入我的懷抱裡。我們就這樣，以合為一體的姿勢坐在附近的長椅上。

「冷死我了。」

本來就很白皙的允道，這時的臉龐變得更加蒼白。我咕噥著有沒有什麼可以蓋在身上的東西，正在翻找書包時，發現裡頭的蝦條與燒酒。我拿出燒酒，晃了晃瓶身，說道：

「覺得冷的時候，喝酒不是正好嗎？」

我們打開蝦條的外包裝，輪流喝起同一瓶燒酒，嘴巴直接對著瓶口，你一口我一口。允道的臉頰開始出現一點血色。我感覺鼻子山根那裡癢癢的，忽然很想用言語來表達現在這個瞬間。

「心情真好，對不對？」

「嗯，真的很棒。」

允道一邊附和我說的話，一邊指著湖水中央的人工小島。

「對了，你知道那裡埋著屍體嗎？」

顯而易見，這大概又是他在某個怪談網站看到的傳聞。看我沒有想要認真回應的意思，他抓住我的肩膀，一臉認真地說：

「我是說真的。真的有人死在那裡，所以那裡才會不讓任何人進去，不是嗎？」

我移開允道的手，說道：

「清醒一點，允道。都允道。嗯？都允道？」

「幹嘛一直叫我的名字。」

「你的名字不管順著讀還是倒著讀，發音都一樣耶。」

「你現在才知道嗎？」

「讓我想起《哈利波特》中的字謎。」

「那是什麼？」

「改變一個單字裡字母的順序，創造出新的名字。像『佛地魔』也是把本名湯姆．魔佛羅．瑞斗中的字母順序交換，才創造出來的名字。」

「你根本就是哈利本人吧？什麼稀奇古怪的東西都記得。」

「都允道，都允道，都允道……你的名字倒過來說，也還是允道呢。」

「那個叫『回文』。」

「回文？」

「嗯。就像我的名字這樣，從前面讀或是從後面讀，念起來都一樣的話，就叫做回文。我在漫畫裡看到的。」

「我還在想你怎麼會知道這麼難的詞呢，原來如此。這樣的話，都允道，不管你再怎麼為了擺脫我而掙扎，最後也會回到我身邊，就跟你的名字一樣。」

「啊操，你瘋了嗎？雞皮疙瘩都起來了。」

允道浮誇地抖了抖身體，接著一口氣乾掉剩沒多少的燒酒。我一把搶過酒瓶，把最後的燒酒喝得一滴不剩。我往後仰起頭，注視著夜空說道：

「好漂亮。就算是晚上，天空也是有顏色的呢，不是無止盡的黑暗，反而有點像深藍色，還有一點紫色。」

「所有的天空都是透明的玻璃，能將心靈的顏色原封不動地展現出來。」

「你最近在寫詩嗎？」

平常不是這種個性的人，此時一直說些令人心癢難耐的話，讓我也不知不覺跟著收斂表情，認真面對了起來。儘管如此，心情好的時候總是無法控制自己，微笑仍會自己爬到我的臉上。允道注視著我，他小巧而深邃的瞳孔上投射出我的模樣。這男孩看起來像得到了至高無上的幸福，臉上沒有一絲舉棋不定，也沒有一點猜忌懷疑。那是付出愛意，而且為人所愛的樣子。這麼說來，允道是不是也擁有玻璃色的眼珠呢？我想更仔細觀察那對眼珠，因此縮短我和允道之間的距離。他的臉龐愈來愈近。等我回過神來，他柔軟的嘴唇已經疊在我的嘴唇上。我的口腔裡是允道闖進來的舌頭，上面沾附著燒酒淡淡的甜味。我想我的嘴裡大概也是相同的味道，但是那一點都不重要。我們的體溫彼此交融，就像共同體一樣相互纏繞，就這樣竭盡全力緊擁著對方，這個事實才是最重要的。我們倆都盡可能地、以最急切的方式將彼此擁入懷中。

那個瞬間下的世界，我們存在的次元，停止運轉了。

那個瞬間，我們是一體的，我們就是我們，我們原本的樣貌成為永恆。對我來說，那個瞬間比任何事物都來得重要，甚至願意用它來交換我人生剩餘的一切。

•

那天以後，那個瞬間被我銘記了很長一段時間。

我心裡被信任與信心填滿。

只要和允道在一起，我什麼都辦得到。

•

超過凌晨三點，我才到達家門口。擔心酒味太明顯，我還把手圈在嘴邊聞了好幾次。我不敢相信，才沒多久之前，我竟然跟允道接吻了。我照著他提供的方法，從口袋裡拿出兩顆木糖醇口香糖，放進嘴裡咀嚼。但我的口腔來不及分泌口水，因此有點嚼不動。在原地深呼吸好幾次後，我才鼓起勇氣，在盡量不發出聲音的前提下，將鑰匙推進鑰匙孔裡。

我放輕腳步以降低聲響，往家裡面走去。在客廳裡影影綽綽的橙黃色燈光下，媽媽正跪在點著蠟燭的聖母像前祈禱。她究竟以那個姿勢祈禱了多久呢？這其實是我十分熟悉的景象。金融風暴襲捲全韓國，讓爸爸經營的企業破產的時候；爸爸在媽媽不知情的情況下，拿房子作擔保進行借貸，去買未上市股票的時候；當我表示不願再去教堂的時候——她總是坐在那裡，用同樣的姿勢祈禱。媽媽沒有回頭，說道：

「為什麼現在才回來？」

為了不讓酒味飄出去，我盡量收緊雙唇說話。

「媽媽，妳還不睡嗎？妳有看到我剛才發的簡訊吧？」

「你是不是有什麼話要跟媽媽說？」

為什麼媽媽每次有話要跟我說的時候，都要問我這個問題呢？我沒有什麼東西好說的。第二性徵開始發育成長之後，當我能夠將他人當作性對象之後，以及我自己欣然決定要放棄宗教信仰之後，我就沒有任何話想要對父母親說了。媽媽的表情非比尋常。難道是她察覺我和允道之間發生的事了嗎？也許有其他人在凌晨的壽城池附近散步，目睹了我們的行為。如果他們當中有人認出我，然後聯繫媽媽，而且把喝酒、接吻的事一一告狀的話……我很快就陷入妄想中，但最終還是決定相信這種事不可能發生。我露出泰然自若的表情，說道：

「看來我太晚回家，所以讓媽媽擔心了。對不起，我今天和泰瑞一起在讀書室裡念書。」

「看書了嗎？」

「嗯。」

媽媽突然站起來，往我臉上搧了一記耳光。有如轟雷一般的疼痛炸開。與其說是物理上的痛楚，不如說是正面遭遇她發自真心的憤怒所帶來的衝擊。我的下嘴唇開始顫抖不止。

「我已經打電話問過泰瑞了，他說他也不知道你在哪裡。你根本就不是去讀書室吧？」

姜泰瑞，連說謊都不會的廢物。我不由自主遷怒無辜的泰瑞，滿懷憤恨地對媽媽說：

「我離家出走了嗎？還是我殺人了？有必要這樣嗎？」

「你說什麼？你在媽媽面前說謊，還這麼厚顏無恥。你知道我們家現在是什麼情況嗎？還是你明知故犯？」

「不知道，我怎麼會知道？」

「我們家現在的狀況，是即使立刻被趕出去流落街頭也不奇怪。你不是也知道，自從搬到這裡開始，每一天都過得很辛苦。我心心念念要把你教好，把你栽培成一個堂堂正正的人，才好不容易一路撐下來，你竟然還做出這種事？你還搞不清楚狀況嗎？到底是去幹什麼，搞到凌晨才回家？你明知道你爸爸這輩子是怎麼折磨我，你說你這樣像話嗎？」

這種問題不應該問我，而是應該去問爸爸吧？我想把我和允道之間的事情鉅細靡遺地告訴媽媽，還有肯定在臥室裡聽見所有對話的爸爸。媽媽砸碎了爸爸珍視的唱片和音響，我多麼想嘶聲大吼「我也同樣厭倦這個家裡的一切」，但是我不能這麼做，所以我改變主意，露出可憐的神情和怯懦的姿態，對媽媽說：

「我心情很不好，所以去壽城池那邊走走。我一邊走一邊祈禱，沒想到時間就這麼晚了。我只是覺得媽媽會擔心，所以才拿泰瑞當藉口。是我錯了。」

即使沒有事先想好，謊言還是順暢無比地流瀉出來。裝出善良的表情，卻若無其事地說謊，我對於自己的表裡不一非常厭煩，簡直快要瘋掉。媽媽拍打自己的胸脯，提高聲量讓臥室裡的人都可以聽見，說我就跟我父親一模一樣，過著主耶穌眼裡一點也不良善的人生，而這就是我們家面臨這麼多不幸的原因。

「去悔改，然後請求原諒。在主耶穌面前懺悔，告解自己說謊的罪過。」

「我知道了，我不會變成爸爸那樣。週末的時候，我一定會去告解懺悔的。」

我說完媽媽最想聽的話後，就回到自己房間。媽媽又開始祈禱了，嗓音中帶著哭腔。她的祈禱就像埋怨的哭聲或驅邪儀式的念詞。我輕輕地把房門鎖上，把耳機塞進耳裡，播起獨立樂團的歌曲，我和允道曾經一起聽過的。聽著吉他演奏的樂聲，我決定遺忘今天降臨在我身上那些陳腐又老套的痛苦。關於泰瑞與父母親，關於這個世界與我之間錯綜複雜的問題。到現在為止，我一直為一些我無法自主選擇的事情受苦受難。這些不幸非常俗濫，但幸福是特別的。我決定繼續回想我和允道的吻，以及這份獨一無二，而不是我那無可奈何的不幸。此外，我也做好決定了。我一定要離開這裡，離開D市。我要跟允道一起離開這個地方，前進首爾的大學，在沒有任何人監視的情況下，以我們自己為重心，過自己的人生。

•

整夜輾轉反側，導致我第二天上課時瘋狂打瞌睡。體育課上，我以身體不適為由去保健室休息。我心裡非常清楚，成績好這件事，以及外型乖巧這件事，都可以成為一種特權。我躺在保健室的床上，但胸口十分沉重，心臟怦怦亂跳，讓我難以入睡。昨天晚上我發簡訊給允道，確認他有沒有安全回到家，但沒有收到任何回信。早上碰見時，允道就像往常一樣，給我一個跟其他同學一視同仁的問候，就在教室後面玩起騎馬打仗。雖然情境跟過去沒什麼不同，卻有東西跟以前不一樣了。我想知道允道是否還記得昨晚的親吻？那個舉動是在酒醉之下發生的偶然，還是完全基於自我意志的行為？為此，我全心全意集中在允道的表情與動作上，每一個身體動作我都不放過。然而愈是如此，昨天發生的事情就像一幅全景圖，生動地重現在我的腦海中。

我無法入眠，只能盯著保健室的白色天花板。突然間，有人掀開了隔簾。

「你在這裡幹嘛？」

拉開簾子的人是紋紋。我告訴她我得了重感冒，正在保健室休息。紋紋躺在旁邊的床上，像是想要看穿我似的，直直盯著我的臉，接著笑了起來。

「生病個屁，你這是宿醉吧？」

「啥？」

「看你臉色黯沉又浮腫，眼睛下面跟煤炭一樣黑。這種症狀只有兩種可能，不是急性肝炎，就是熬夜喝酒。」

這人要是穿上韓服，其他巫女就沒辦法混飯吃了。我努力壓下內心的慌張，問她為什麼會來保健室。

「姊姊我是因為自然法則，所以才過來休息的。」

紋紋把腳伸進被窩裡，在裡頭踢來踢去。我本來就心情七上八下、十分不平靜了，實在不希望自己獨處的時間被打擾，因此我說完「那妳好好休息吧」，就轉身背對她。紋紋朝著我的後背說道：

「我前陣子見到奈美惠姊姊了。」

這個發言就像一顆炸彈，讓人無法忽視。我下意識地用力轉過頭。

「妳瘋啦？是妳先聯繫她要求見面的嗎？」

「不是，姊姊去首爾之後連手機號都換了，我一直聯繫不上她。」

「那妳們是怎麼見面的？」

聽說是社群裡開始流傳，當時為了跟戀愛對象同居而前往首爾的奈美惠姊姊已經回到D市。得知這個傳聞之後，紋紋不願放棄任何可以見她一面的機會，於是只要一到週末，就會在羅德奧街附近徘徊，因為那裡是她們以前經常一起去的地方，結果還真的偶遇到她。

「見面之後感覺怎麼樣？」

「嗯，就還是很漂亮啊。」

紋紋說，真正見到對方後，什麼想說的話都想不起來，只能面紅耳赤地呆立在原地，但是在這短暫的時間裡，她確定了自己還愛著奈美惠姊姊。我本來心想「還真是了不起的愛情啊」，繼而想到自己對允道的心意，才意識到我自己跟紋紋也差不多，都深陷在強烈的感情中無法自拔。紋紋接下來補充說，本來她想打探奈美惠姊姊在首爾生活的情況，還有跟她一起生活的戀人，最終卻一個字也沒問。好不容易才見到面，卻連好奇的事情都沒辦法問出口。

紋紋竟然如此害羞，出乎我的意料。

「我想知道那個女人到底有多厲害，就算只是看看長相也好。」

我心想看到了又能怎樣，紋紋卻說她發現有個奇怪的地方。奈美惠姊姊最後在跟她道別之前，說了以後還要經常見面的話。

「如果她沒有要回來的話，就沒必要這麼說了吧？難道她們的同居生活結束了嗎……」

紋紋才說到這裡，保健室的醫護老師就朝我們大聲喝斥，叫我們不要在保健室喧嘩。紋紋連忙轉過身，然後把毯子拉到頭頂。十秒鐘還不到，我就聽見她規律的呼吸聲，像小荳娃娃[65]一樣，幾乎是瞬間就進入夢鄉。真要說的話，這也是一種本領。就算在情緒不安的情況下，紋紋也能夠安然入睡，這一點讓我非常羨慕。我覺得自己也該睡一覺，於是把頭埋進枕頭裡閉上眼睛。

就在我快睡著時，我聽見保健室的門匆忙打開的聲音，接著一個熟悉的聲音穿過門簾傳過來。

「老師，請您幫我消毒一下這裡。」

醫護老師大驚小怪地詢問對方受傷的原因。來人只是平靜地告訴老師，他在走廊上摔倒了。

「確定是摔跤嗎？那怎麼傷得這麼重？不是跟誰打架嗎？」

那個人回答說不是，之後我聽見鐵架嘎嘎晃動的聲響、撕開棉花包裝袋的聲音，以及來人的痛呼呻吟聲。傷口處置完畢後，醫護老師說：

「你一個男孩子，眼睛還真是漂亮。」

「謝謝老師。」

我聽到門再次被打開的聲響，保健室立即重回寂靜。不管怎麼想，那都是泰瑞的聲音。我更用力閉緊雙眼，最後乾脆用手背遮住了眼睛。

65 一九九九年由 Young Toys 製造並推出的人形玩偶，在兒童玩具市場上占據一席之地。

後來，泰瑞有時候會在休息時間來我們班上。我始終維持一如既往的態度，漫不經心地陪對方聊天，然後中途把視線轉回手上正在讀的書，或是轉頭加入其他同學一起聊天。如此一來，泰瑞就會一聲不響地回去自己班上。他的背影有些淒涼，但是我也別無他法。我必須成為跟他完全不同而且獨立的存在。泰瑞的班級和我們班的打飯時間重疊時，泰瑞一定會坐在我面前，嘰嘰喳喳說個沒完。我會留意四周同學的視線，對他的話題表現出愛理不理的態度，然後趕緊吃完飯、離開餐廳。

姜泰瑞同學，我光是解決自己的問題就已經相當疲憊了。雖然感到抱歉，但請你從我的生活中消失吧。算我拜託你。

或許，泰瑞也接收到我如此這般的心情。

幾天後，我目睹了一個有些異常的場面。

我收到老師的召喚而前往教務處，然後四班的班導要我把四班的班長找過來。我到四班去呼叫他們的班長黃宇益，他們班上的同學全用吃驚的表情盯著我看。當我正疑惑到底發生什麼事的時候，我看見教室後方有個巨大的垃圾桶倒在地上，垃圾散落一地。在那個亂七八糟的場景中，垃圾桶裡有什麼東西在蠕動。我仔細一看，看清楚那是某個人的頭頂。我心裡升起一種感覺，好像自己看了不該看的東西，因此我轉開視線，對著教室裡大喊「黃宇益，你們班導叫你去教務處」，然後飛也似地走出教室。我害怕那是我認識的人，心臟猛烈跳動個不停。我不想再知道得比這更多了。

•

期中考試結束後，將兩次模擬考與內申成績合併計算的「綜合成績單」被張貼在中央大廳。紋紋依然穩定霸占第一名，我也保持著前十名的水準。允道好不容易拿到靠近一百名的名次，但如果想考進首爾的大學，這個成績仍非常危險。一起考進首爾的大學、參加大學歌謠祭的（我單方面的）夢想會變成怎樣呢？泰瑞的成績一直徘徊在三百名左右，這種成績連想進入D市的四年制大學也岌岌可危。自己的姊姊考上首爾大學，反觀這人到底在想什麼，才能考出這種成績？想到這裡，我得出的結論是：先管好我自己吧。

成績單張貼出來以後，鄭東勳就急忙跑來找我。這位學校內的情報中心，很明顯又從哪裡獲得了最新消息。鄭東勳告訴我，以這次綜合成績為標準，從第一名到第二十名會被編成「青雲班」，第二十名到第五十名會被分到「加強班」。據說，青雲班和加強班的學生將會另外安排課後輔導，而青雲班的同學會擁有指定座位的晚自習室。鄭東勳遺憾地表示自己是第六十二名，所以沒辦法進入加強班。這種時候，我思忖自己是否該說「真是可惜」，但沒有表現出來。鄭東勳說我們學校有女學生，不利於男生取得較好的內申成績，才會變成這樣。然後他又後悔地表示，早知道自己當初應該選擇K男子高中。第二個找我的人，是出乎人意料的熙榮。她傳簡訊恭喜我，附帶補充說自己進了加強班，因為模擬考的數學成績不佳，她也知道自己不可能進得了青雲班。看完她的簡訊，我只覺得字句之間似乎隱含著失望與心死。

成績發表之後，我們隔週就立刻開始依照成績順位分班上課。青雲班的教室位於新建成的分館裡，桌子與椅子都是全新的。教室旁邊的自習室，配置帶有隔板的讀書用桌椅，每個座位都貼著所屬同學的名牌。負責青雲班的學務主任說，以後都會在各季度進行成績結算，組成新一批的班級，並鼓勵所有同學不要滿足於現狀，彼此要有激烈的競爭，才能實現平步青雲的夢想。

青藍色雲彩。這組詞彙包含著「往上爬到階梯的最高處，就能觸碰到藍天」的訊息，而且顯然是以「SKY」這個關鍵字作為概念核心而創造出來的名字。這所學校的升學率一直都比附近其他學校還要低迷，校方為了改善落後的數據表現，開始建立老派的精英教育系統。進入這種背景下組成的青雲班，我不認為自己變得多特別，反而覺得活得很簡陋卑微。況且，我們還要到其他教室接受課後輔導與晚自習，能夠見到允道的時間很明顯會因此大幅減少。

自從那天晚上的親吻之後，我們的關係產生了微妙的變化。

我本來以為那天的吻是一種感情的認證，因此開始享受起在鮮少更新的「我們的日記」裡上傳交換日記，再次跟他分享日常生活中的瑣碎小事。然而，允道和我不一樣。跟之前相比，我們之間的聯繫沒有顯著增加。面對我分享的日常生活，面對我「很想你」之類的露骨表達，他沒有（像所有人理應都會這麼做的那樣）回以「我也想你」這種答覆，而只是回覆一個愛心形狀或大拇指比讚的貼圖。我不禁認為這是一種委婉的拒絕，或者說是漠然的表現，讓我心情變得十分沉重。

每當我嘗試表現出想要談論那天的事情時，允道就會刻意轉移話題，或者裝作聽不懂，說些無關緊要的話，或甚至乾脆不回應我。

對我們來說，那時的事在不知不覺間變成一座孤島。這座島嶼分明就位處於我們關係的中間，卻沒有人能夠進入那裡，也不打算進到裡面，甚至連提都不能提。

那次之後，我就沒能再去允道的貨櫃屋。雖然我曾經多次表達想去玩的意向，但允道每每都會轉移話題來打發我。我能感覺到，事情開始往糟糕的方向發展。那天夜晚，我的嘴唇與舌頭所接觸到的允道體溫，至今依然記憶猶新，但我愈是想用力抓緊他，他就愈是從我指縫間溜走。我們倆彷彿從未認識的人一樣。

夏季校服的季節

暑假近在眼前，第一學期末的成績單被貼在中央大廳裡。允道的成績稍微下降一些，而泰瑞的名次從下面開始找搞不好更快。我和紋紋在第二學期也繼續維持著青雲班的身分，熙榮則以分毫的差距與青雲班失之交臂。

幾天後，發生了意料之外的事。青雲班的李錫亨、趙允珠同時離開了學校。本來以考進醫大為目標的李錫亨，以內申成績不佳為由轉學到市郊的高中，趙允珠則是計畫前往紐西蘭留學。多虧於此，熙榮得以進入青雲班。紋紋表示這個安排很棒。在她眼中，熙榮是世界上最誠實的人，也是世界上最想進來的人，因此熙榮是最適合青雲班的人。

熙榮抱著堆滿的習題本的箱子走進自習室時，我向她表示祝賀。熙榮對我說了「謝謝」，接著從箱子裡拿出習題本，有條不紊地收進自己的置物櫃。那些整齊立起的習題本書脊上，無一不寫著「贈品」的字樣，可見都是補習班或是學校老師專用的教材。那一瞬間我心想，熙榮家裡有親人是老師嗎？然後我想起不久前紋紋提到的故事，讓我久久地注視著習題本。

看見穿著白色短袖襯衫的允道，我就會想起他冰涼的手臂、嘴唇柔軟的觸感等等。穿著夏裝的允道比平時更顯白皙，感覺哪天就會直接粉碎成一片白光，完全消失在我眼前。

當我注視著允道，心臟就會出現像是被尖銳細針戳刺的疼痛。我對他的肉體渴望愈具體、越鮮明，疼痛的強度就愈大。所以我必須竭盡自己最大的努力，不讓視線跑向允道。我跳過午飯不吃的日子也變多了，因為眼睜睜看著允道跟我以外的其他人嘻笑打鬧，就足以讓我痛苦萬分。我會忍著飢餓，埋頭趴在桌子上，或是去青雲班自習室裡看書。

那天，我也沒有去吃學校的供餐，只是在合作社買了一顆蘋果和一瓶巧克力牛奶，就直接前往自習室。我的座位在角落裡。我坐在自己的位子上，咬了一口蘋果後就放下。好苦的味道。我從口袋裡掏出ＭＰ３播放器，將耳機塞進耳朵，隨機播放了一首歌，沒想到淌流入耳的恰巧就是電影《重慶森林》的主題曲〈*California Dreamin'*〉。即使不願去想，我腦中也還是會浮現第一次見到允道的情景。我趴到桌子上。

不知道過了多久時間，一陣嘈雜的噪音把我吵醒。我抬頭環顧四周，發現自習室的門口似乎有一名成年男子跟女生在吵架。我屏氣凝神，側耳傾聽他們的對話內容。女孩子的聲音非常耳熟。

「怎麼可以到學校來啊？這次又怎麼了？」

「我也不想做到這種地步。令尊人在哪裡？」

「我不知道，我們已經很久沒聯絡了，上次不是也跟您說過了嗎？」

「請妳轉告令尊，如果不想要我們再來糾纏，就趕快還錢。」

「我說過我聯繫不上他。就算您這樣對我，他也不會出現的。您請快離開吧。」

「妳一定要轉告他。」

「您快走吧！」

女孩近乎嘶喊的聲音落地，我又聽見像是塑膠袋摩擦的沙沙聲響，還有皮鞋踏地的聲音。隨後，傳來女孩的抽泣聲。那女孩就這樣在原地啜泣了一下，然後不知道往哪裡走開，腳步聲漸漸遠去。我靜靜坐在位置上，在原地等了不知道多久，才慢慢站起身，往前門的方向走去。前門旁的垃圾桶裡露出一截什麼東西，我掏出來一看，是一朵用玻璃紙包裝的玫瑰花。我手裡拿著玫瑰花，仔細打量前門附近的座位。這一區是班上的女生指定座位。有的桌子上雜亂無章堆放著教科書與參考書，有的桌子上擺著紫色毛毯，而我視線停駐的地方，是前不久才掛上新名牌的位置：熙榮的座位。在整裡得井井有條的桌子上，我看到有水滴正一顆顆滴落。這場騷動的主角真的是熙榮嗎？我盯著水痕，想起整齊排在熙榮置物櫃裡的習題本，那些上面寫著「贈品」的本子。熙榮遇到什麼難以啟齒的事嗎？在我的印象裡，她沒那麼貧窮困苦。不過，就連我這樣的人，即使數次面臨流落街頭的危機，也還是帶著正常的表情來上學。

我把手裡的玫瑰放回垃圾桶，走出自習室。透過玻璃窗戶，黯然無光的自習室映入眼簾。木頭門牌上以藍字寫成的「青雲班」字眼，此時此刻讓人感覺很尷尬。

高中的暑假跟國中時期相比，色調有些不同。

國中時代的假期，不管我再如何認真準備外語高中的入學考試，也依然會把休閒娛樂放在首位。與此不同，高中的假期無異於前一個學期的延續。大家都會把握這段時間，努力補足前一個學期中由於時間不夠而沒能達成理想目標的科目。

我也會在學校上完課後輔導之後，下午直接去補習班聽升學預習班的課程。下課後，我、紋紋與熙榮會隨便找東西填飽肚子，然後留在自習室念書到深夜。紋紋永遠都比我早回家，熙榮則幾乎每天都會留到補習班關門為止。雖然我很好奇是什麼讓熙榮對讀書變得如此狂熱，但其實大多數高中生都沒什麼明確目標，只是為了考上大學在努力奔跑。我們也許跟那些蒙眼奔跑的賽馬沒有不同。

•

夏日的炎炎暑氣愈發盛氣凌人，我像往常一樣結束學校的課後輔導，搭上駛往補習班的接駁巴士。我面向比手掌還小的冷氣孔，把臉對著風孔想要吹乾汗水，此時手機震動了一下。是泰蘭姊姊發來的簡訊，說她的暑期課程結束了，所以已經回到D市。她想要見我一面。

—那等我補習班下課後，去姊姊家裡嗎？

—不，不要到家裡來。

—那要在社區裡見面嗎？遊樂場。

—我們約在市區見面，如何？

—市區？今天？

—今天不行的話，約別天也沒關係，只是我過幾天就要走了。

我苦惱了一下，回覆道：

—約今天的話，下課時間一定會超過七點。

—那就到時見吧。一起吃個飯，喝杯咖啡，姊姊請你。

怎麼突然要約在市區？我和泰蘭姊姊的關係頗為親密，不論約在何時何地見面都不奇怪，但社區裡也有很多可以碰面的地方，泰蘭姊姊卻堅持要約在市區，讓我有些訝異。看來是因為在首爾生活過，所以偏好也開始有些不同了。我一邊這麼想，一邊闔上手機。

補習班的課結束後，我直接搭上前往市區的公車。由於正值下班的尖峰時段，路上有點堵塞，最後是有驚無險地在約定時間抵達市區。我看見泰蘭姊姊站在韓日電影院前。許久不見的姊姊瘦了很多，好像很久沒見到陽光一樣，整張臉暗沉又蠟黃。姊姊身上穿的連身裙，布料上印染著華麗的碎花圖案，這些花紋跟姊姊的神色形成加倍鮮明的對比。我看著姊姊朝我揮手的樣子，不安的感覺向我襲來。是首爾的生活太艱苦嗎？還是發生了其他的事？

泰蘭姊姊帶我去的地方，恰巧就是曾經跟紋紋一起來過的西餐廳「蘇荷」。沒想到身為大學生的泰蘭姊姊也會來這裡，讓我覺得這家店確實十分熱門。雖然之前來過一次，但是看見它自帶庭院的高檔外觀，我還是會不由自主地畏縮。我壓抑著心底的尷尬不適，點了一份奶油培根義大利麵，泰蘭姊姊則是點了我從未聽過的品項，接著把我的單點換成套餐。我擔心價格太高，姊姊對我說：

「套餐反而比較便宜。」

「姊姊來過這裡嗎？」

「嗯，但是不常來，只來過幾次。」

「好神奇啊！總覺得這裡不像姊姊會來的地方。大學生每天都吃這種東西嗎？」

「其實我沒有很偏好西餐，是親友介紹才知道的。」

仔細一看，泰蘭姊姊的左手無名指上戴著沒有任何設計或紋路的戒指。我盡量表現出一副不以為意的樣子，向泰蘭姊姊問道：

「姊姊是不是有男朋友了？」

「不，也不是什麼男朋友……」

雖然我真的很好奇，可是姊姊似乎不想繼續這個話題，我也就不再多問。在我們對話的時候，食物也送上桌了。我肚子很餓，便開始狼吞虎嚥吸入義大利麵，期間我們也一直保持沉默。把義大利麵掃光大半之後，我才略微嫌遲地詢問米莅阿姨的近況。姊姊沉默了一會兒，放下手裡的咖啡杯，語氣略顯悲壯地說：

「最近媽媽給我太多錢了。」

「妳在炫耀喔……有那麼嚴重嗎？」

「她……給這麼多錢實在很奇怪，而且給過一次後，沒過多久又給一次，還會忘記之前給過了。她也不問我錢用在哪裡，這一點也不像平常的媽媽。真的很怪。」

「古話不是說『窮則獨善其身，達則兼善天下』？應該是因為生意很好吧！」

「你最近有來過我們家嗎？家裡都是箱子。」

聽說米菈阿姨販售的減肥蛋白粉在社區裡的阿姨之間掀起一股旋風，又說米菈阿姨的店面已經變成一種交誼廳。媽媽下班後，也經常在米菈阿姨的店裡待到很晚。我們家的櫥櫃和陽台上，也擺滿裝著減肥蛋白粉的箱子，可是媽媽似乎也沒在吃那東西，大概是出於對朋友的義氣才買的。我想起從鄭東勳那裡聽到的話。米菈阿姨真的在做直銷嗎？從我的角度來說，我並不清楚詳細情況，而且泰蘭姊姊看起來十分疲憊，因此我覺得先說點善意的謊言會比較好。

「看來是商品賣得很好，才會提前預訂這麼多貨來存放。而且大概店裡空間不夠用，才放在家裡吧。」

「真的是這樣嗎？你知道那間公司的情況吧？」

「大概知道，但不是太清楚……」

「像我媽媽這樣單打獨鬥的人，在這種社會結構下，是絕對不可能成功的。」

「阿姨本來就很誠實認真，在社區裡的聲望也很高，所以業績才會這麼好吧……」

姊姊發出不甚同意的沉吟，再次默默地啜飲咖啡。如果無法接受對方的說法，就絕對不會放棄自己的主見，泰蘭姊姊的個性還是跟以前一樣。米菈阿姨經常形容姊姊的性格是「連飛來的蟲子都能燒死的狠毒」，或是「像牛筋一樣固執」。

「對了，我最近在準備考試。」

「嗯？突然要考什麼試？」

「司法考試。」

「司法考試？要當律師還是法官的那個司法考試嗎？」

「嗯。」

「姊姊，妳不是經濟學系的嗎？」

「主修什麼不重要，只要有多益分數就可以考了。」

「是嗎？原來是所有人都可以挑戰的考試啊，但妳怎麼突然去考司法考試？」

泰蘭姊姊說：「上大學以後才發現，像我們這樣沒有靠山和能力的孩子，沒有什麼比取得專業資格更重要了。」她的語氣帶著一些心灰意冷。

「可是準備這個考試不是很累嗎？」

「很累啊，不是只有念書很累，還有其他很多方面。你知道準備司法考試的期間要花多少錢嗎？就算可以隨時跟媽媽拿零用錢，但只要拿去買法典、繳補習班學費後，就所剩無幾了。」

「好厲害。聽說那是天才也要經歷十次、二十次落榜的考試。我們公寓那邊的商店街裡，不是有個開『首爾年糕』的大叔嘛。他也是首爾大學法學院畢業的，四十幾歲了還是一直沒考上，所以才繼承家裡的年糕店。聽說這就是為什麼店名叫做『首爾年糕』的由來，牆上還貼著首爾大學的畢業證書……」

「我已經通過第一階段考試，前陣子去考了第二輪。」

「什麼？」

這個消息令我瞠目結舌。我早就知道泰蘭姊姊不是普通人，沒想到她竟然如此異於常人。淡定的泰蘭姊姊一副「這有什麼好驚訝」的神情，讓我回過神來，開始吃剩下半盤的義大利麵。

「阿姨應該很高興吧。」

「沒有人知道這件事，媽媽不知道，泰瑞也不知道。我現在還沒考上，所以你也不要告訴別人。」

聽了這番話，我突然有種消化不良的感覺了。姊姊要求跟我見面的原因，就是為了這件事嗎？但是，我光是保護自己的祕密就很吃力了。

「一定要當成祕密嗎？這又不是犯罪。」

「按照我媽媽的性格，如果我說要準備考試，她會坐視不管嗎？肯定會在我身邊煩我啊。我們學校的其他人也都在準備考試，這不是什麼大不了的事，我只是不想表現出來。」

「但是，姊姊，如果妳一次就考過第一輪的話，第二輪也能馬上就合格吧？」

「不，第一次的合格純粹是運氣。聽說從今年開始要看英語分數，所以報名人數減少很多。補習班那邊預測了第一輪的合格分數，我的分數正好在那條線上，但實際的合格分數線比預測的還要高一點，所以我真的是差一點點就沒辦法合格了。」

「原來如此。像姊姊這樣的天才，也要這麼努力才勉強考上的話，看來是真的很困難的考試。不過，第二輪考試已經考過了，現在應該可以鬆一口氣了吧？」

「現在才是開始呢。因為我第二輪也合格的機率幾乎是零，所以得開始準備下一次考試了。今年通過第一輪考試的人，可以直接再考一次第二輪。如果我下次也不能通過第二輪，可以說等於沒有希望了。」

原來在這個世界上，存在著我根本無法想像的激烈競爭。光是聽她描述，就已經讓我覺得厭倦。泰蘭姊姊也許是沒胃口，飯還剩一半就放下湯匙，然後用她獨特的犀利目光直直看著我的臉。即使是清白無罪的人（雖然我犯下的罪行很多），也會在這目光下無端感到畏懼。然而，不同於那個眼神，泰蘭姊姊用平淡的語氣問起：

「泰瑞最近是不是不太好？」

「沒有啊？他說了什麼嗎？」

我的心臟劇烈地跳動，反射性地說出否定的話，而姊姊似乎不很相信我的說法。她換上懷疑的表情，回答道：「總覺得狀況不太好。」

「不太清楚耶。我覺得跟平常差不多啊？他一直都很開朗樂觀。」

雖然學業成績不理想，但看上去好像沒有其他問題，還交到了新朋友，比起過去似乎更適應高中生活。我這樣說，謊言流暢地從我嘴裡傾瀉而出。雖然我說話的同時，聲音似乎也在微微顫抖，但愈是如此，我就愈努力用充滿信心的語氣說話。

「他其實沒那麼單純開朗……你應該知道吧？」

「是嗎？」

「泰瑞是怎樣的孩子、現在處於什麼狀態，你也知道吧！你很清楚不是嗎？」

我明確知道泰蘭姊姊的話中隱含著什麼意義，但正因為我太清楚了，反而無法給她任何答案。泰蘭姊姊目不轉睛盯著這樣的我。她平靜又淡然的表情，彷彿在一一清點我的錯。我的嘴唇乾得幾乎要裂開。可以的話，我想要立刻告訴大家所有的事情。我想要傾盡自己的一切，擺脫這份罪惡感。但是，一切事與願違。面對無法解決的問題，我永遠都是保持沉默的那種人。我就是那種想要掩蓋一切、任由傷口腐爛壞死的那種人。我知道這種個性正在漸漸蛀蝕我的生活，但這是我唯一的生活方式，沒有辦法改變。

我沉默不語，泰蘭姊姊嘆了口氣，以稍微輕鬆的語調問道：

「課業上還好嗎？阿姨知道你拿第一名，很為你高興。」

「我只是在分班考試時運氣比較好，但也就一次而已。接下來靠著原本的實力，成績就往下掉了。」

「在學校好好表現，內申成績才會好。現在開始，各大學自主招生的機會很多。」

「嗯。我現在還是班長呢，也要處理學生會的事。」

「嗯，那就太好了。你真的不用別人操心，我弟弟倒是個問題。」

飲料和食物都一掃而空後，我們也無話可說了，兩人在位置上發呆了一會兒。時間來到晚上九點，明明也沒待多久，我卻覺得筋疲力竭。這時泰蘭姊姊的手機響了，她小聲地講完電話，然後對我說：「我們走吧。」我心想：「太好了。」然後從座位上站起來。

我們一時無語，同行走在馬路邊。走到公車站時，泰蘭姊姊說自己還有約，讓我先回家。我回答我知道了。泰蘭姊姊一轉身，小碎花連身裙在空中飄揚起來，彷彿樹上搖曳不定的細長枝條。那副模樣看起來很冷，連我都覺得全身發涼。

來自過去的信件3

「您撥的號碼是空號，請查明後再撥。」

那號碼當然不存在了。已經過去十幾年，他不可能還使用這組號碼。我仍清楚記得允道的電話號碼，實在讓人覺得很可悲。

離開的事物，就應該把他們送走，不論是記憶還是人。

記憶的主人是我自己。

這也是我對諮詢者無數次強調過的話。然而，對於自己人生中的問題，我卻從來沒有做過記憶的主人，哪怕只有一瞬間。這無異於被自己的傷口像浮標一樣牽引與左右。

忽然間，手機震動起來，一明一暗的閃爍畫面上浮現了——是媽媽。我先緩了好幾口氣，才接起電話。媽媽告訴我，這星期內就接到三通房仲的洽詢電話。

「對方說會在市價上，再往上加一億五千萬韓元。真是哈利路亞！」

她接著還補充，我們家前面有全國規模最大的藝術中心即將竣工，預計會以慶祝開館的名義，邀請不久前在國際比賽中奪冠的鋼琴家來舉辦獨奏會。我機械式地回答道，太好了，真的辛苦妳了，媽媽。就在媽媽無聊的炫耀將要結束之際，我猶豫了許久才若無其事地問：

「媽媽，米菈阿姨沒有聯繫妳吧？」

媽媽用不同於前面對話的尖銳語氣，反問我：。

「為什麼突然提到米菈？你有聽到什麼消息嗎？」

「沒有，只是提到宮廷，我就突然想起米菈阿姨。」

「我只要想到當時，即使已經睡著也會驚醒……」

媽媽繼續一陣牢騷，我含糊其辭地說諮商時間到了，然後掛下電話。我低聲嘆息，用手抹了抹臉。

我拿出一把鑰匙，打開書桌最下層的抽屜，裡面是一個紙箱。我把箱子放到桌上，打開盒蓋之後，可以看到裡面有信件、貼紙照片、MP3播放器、電子詞典，還有我以前使用的手機。一直以來，我幾乎是在被迫之下背負著這些東西走過來的。箱子裡總共有七支手機，我拿起最舊的一支，它的四個角都磨損了。這也是我人生中的第一支手機。我掀開摺合的手機，用力按下電源鍵——當然無法重新開啟。這台手機就像死人的手一樣，握在手裡的觸感十分冰涼。

此時此刻，我應該聯繫誰、應該講些什麼事、應該怎麼做才好，我一點像樣的想法也沒有。我坐在座位上，咯吱咯吱啃著指甲。對於使用「1004」這個帳號的人，我沒有想說的話，也沒有可以說的話。可以的話，我想把由此引發的所有事物全都剜除，讓它們從我的生活中消失得無影無蹤。我想要迴避來自「1004」，不，是順著我的過去一路循線而來的晴天霹靂。我只想要無視這一切，但我也知道不能再這樣下去了。我必須接受的事實是，到目前為止我以為自己與過去已經完美道別，殊不知過去的橋樑卻在悄然無聲間與「現在」互相連接。我決心要面對過去，向前邁出一步。就向前一步。只要向前一步，往那個時候靠近吧。

我想到一個似乎能讓我傾訴這一切，又能解決這一切的人。

我在電腦網頁的搜尋欄位敲下「姜泰蘭法官」幾個字。除了四年前被調到水原地方法院的報導之外，沒有其他關於她的更新消息。

當年我除役時，聽說了她被任命為法官的消息。媽媽告訴我，在她畢業的K女子高中大門前，還依次掛著寫有「司法考試合格」、「錄取法官」等字樣的橫幅。這次，我改而在搜尋欄鍵入「姜泰蘭律師」，馬上跳出一間著名的律師事務所，也在事務所網站裡很快就找到她的照片。照片中，泰蘭姊姊的樣子跟以前沒有太大的改變，「代表律師」這個職稱也非常適合她，我心想，只有她抿起的嘴角邊多了一些皺紋，可以推測出過去的歲月。我猶豫了一會兒，撥打了網頁下方記載的電話號碼。

第3章

HAPPY TOGETHER

第二學期開始後，學校裡的氣氛變得愈發低落。據說，今年六月的模擬考試中，東部教育廳下轄屬的高中裡，我們學校的成績是最差的。本校由於是區域內唯一的男女合校高中，因此經常被貼上（例如本校是「學區內懷孕率最高的學校」等事實與真相不明的）各種污名化標籤，但是連跟大學升學率直接相關的成績指標都差強人意，校方似乎也感覺到採取特殊舉措的必要性了。

其中之一是校規被修訂得更加嚴格，對於髮禁的態度更是強硬，當中又以（成績相對較低的）男學生受到更嚴苛的要求：瀏海不能蓋住眉毛，兩側頭髮必須剪短到不碰到耳朵。本來，「校內禁止使用手機」只是形式上的規定，如今也擴大範圍到除了上課時間，連下課時間和午餐時間也適用。

生活變得更為沉重與煩悶。當然，這並非只是我的個人感受，一股微妙的煙硝味瀰漫在同學之間。修訂後的校規才實施半個月，校內各處就已經發生各種衝突事件。

例如英語老師要求沒收七班學生的手機，學生奮起抗議卻被老師搧耳光。以前被老師打耳光的事情比比皆是，這次事件的狀況卻相當不妙。那名學生的耳朵鼓膜當場破裂，直接被送往急診室。孩子的父母來到學校，二話不說就掀翻英語老師的桌子。又比如十三班有位同學後腦勺的頭髮十分蓬鬆，他們的班導反應過度，直接拿文具剪刀把那位同學的頭髮剪掉，讓那位同學的後腦變得像狗啃過似的，旁人拍下的照片在同學之間像怪談一樣四處流傳。

九月模擬考成績公布的當天，五班的同學全都爬上桌子，曲膝跪在桌上。這個班級的成績在一年級裡平均分數最低，一直以來，五班的班導就經常失心瘋似地體罰學生，所以那天也變成這種局面。考試成績不足平均分數的部分，會轉換成打屁股的次數。五班班長拿自己的手機拍下照片，上頭都是同學屁股、大腿上的紫紅色淤青。他說他打算以此作為證據，向警方告發老師的惡行。實際上，雖然警車確實來過學校，五班的班導與班長也曾被叫到校長室，但沒有人知道事件後來的發展。

我們班導也做出相同的事。教務會議上，年級部長指責一班是髮禁違規最嚴重的班級，因此在會議結束後，班導立即衝進我們教室，手上拿著一台電動理髮器。同學們見狀頓時都緊張起來。他命令所有人起立稍息，然後從第一個同學開始，依次觸摸、拉扯學生的頭髮，以檢查頭髮的長度和是否使用了髮類產品。檢查結果表示，違反規定的總共有兩人。

鄭東勳和都允道。

他們兩人的鬢角與瀏海都比規定來得長，而且還抹了髮蠟。

班導命令班長——也就是我——把教室後面的垃圾桶拿過去，於是我提起垃圾桶走向他們。班導讓我舉著垃圾桶，並要求鄭東勳、都允道靠著垃圾桶邊緣低下頭。他打開電動理髮器，毫不猶豫地從他們頭髮的正中間推去，讓頭髮撲簌簌地掉進垃圾桶裡。我覺得自己正在旁觀一場近似砍頭的酷刑，不禁緊緊閉起眼睛。幾個同學發出唉聲嘆氣，也有幾個同學在竊笑。班導用和平時一樣的平靜聲調說：

「大家現在仔細看看站在前面的班長。他的頭髮才是學校規定的標準，其他同學全都給我按照這個頭髮的長度去剪。」

我感覺到全班同時投向我的視線，悄悄睜開眼睛。一直低著頭的允道瞥了我一眼，布滿血絲的泛紅雙眼裡堆滿憤恨的神色。難不成他哭了嗎？鄭東勳避開班導的視線小聲喃喃自語，看唇形是在罵「操你媽」。然後隔天，鄭東勳和都允道雙雙剃成光頭出現在學校裡。

但是跟泰瑞的遭遇相比，他們倆受到的處罰簡直就是貴族待遇。英語老師金浣秀說得一口道地的慶尚道方言，臉上戴著過時的飛行員眼鏡，身上永遠帶著一支指揮棒。那根棒子就像他的分身一樣形影不離。這老師以喜歡無故對學生進行體罰與言語汙辱而聞名，這次他喊到的人就是泰瑞。

「你是不是化妝了？臉怎麼這麼白？」

幾個同學忍不住放聲大笑。

「還是混血雜種？看來是祖先裡有蘇聯人啊。」

其他人的笑聲愈來愈大，泰瑞什麼反駁也說不出來，呆若木雞地站在原地。這件事傳到我這邊的時候，我臉上是滿不在乎的平靜表情，但一股無法按捺的強烈怒氣在我心底翻騰。我很想衝去痛打金浣秀一頓，卻也知道這股怒火超出我應有的反應，因為我自己對待泰瑞的態度更冷酷無情，也更泯滅人性。我徹底逃避泰瑞歷經的所有暴力事件，還有他伸出的求助之手，裝作什麼都不知道的樣子，用毫不知情的表情過著正常的生活。這樣的我比任何人都還要醜惡。我就這樣一點一點積累對自己的失望，繼續度過每一天。

學校繼強化校規之後，又取消了兩週一次的「玩樂星期六」。本來隔週放假一次的星期六，現在必須來學校進行課後輔導。

每週六的十二點半，第四節課的下課鐘聲一響，班導便會走進來。我心焦地咚咚咚跺腳，以最快的速度喊出「立正、敬禮」。動作一結束，所有人的腳就像裝上馬達一樣，有如事先約好似地往教室外狂奔而去。我也不例外，跟著班上的幾個同學一起往外跑，目的地是網咖。因為我不能去從事體能遊戲的場所（比方說，球類項目），所以像有強迫症一樣逼自己去「精神層面」的遊戲場。雖然我會跟其他同學一起離開學校，但有一次我不知不覺落單了。這時泰瑞走到我身邊，提議我們一起坐公車回家。

「我還沒要回家。」

「你要去哪裡？」

「跟我們班同學去網咖。」

「我也要去。」

「不行，遊戲是兩人一組，沒有人可以跟你搭檔。」

「那我就在旁邊做自己的事。」

即使我表現出如此強烈且明顯的拒絕之意，泰瑞也始終學不會放棄。你沒有朋友也沒有自尊心嗎？這句話已經卡在喉嚨，但我還是吞了回去。我實在想不到其他說詞了，於是只是定定看著泰瑞，然後大喊一聲「抱歉了」，接著拔腿就跑。我的跑步速度之慢，可以說是全校倒數的水準，但泰瑞的體能比我還差。我目不斜視全力奔跑，渾身汗流浹背來到學校前面的網咖。我一邊擦汗，一邊入座，其他同學立刻笑說：

「甩掉累贅了嗎？」

「嗯，終於。」

我面露微笑，一副什麼事都沒發生的樣子，加入同學的遊戲局。我打死螢幕中存在的所有存在。一想到獨自往回家方向而去的泰瑞，心底的某一角就像被倒進沙石一樣難受無比，但我束手無策。

我只能跑。

愈是靠近他，我就愈容易成為其他人的目標——我出於本能地預知了這個走向。長年以防衛性的姿態生活，讓我可以從心底深處內建的第六感，預見自己從接近他的那一刻起，就會跟著他一起往下滑落，而且是比獨自一人時，還要加倍高速滑落。

我本身就喜歡秋天，但秋天之所以有特別的意義，是因為有允道的生日。雖然不能像以前一樣親密相處，至少我不想讓這天像普通的日子一樣，就這麼平凡地過去。

允道生日前的那個週末，我去了一趟市區的唱片行。我百般思索，有什麼東西對我們來說很有意義呢？我在新歌專區裡認真搜尋，但沒有看到特別喜歡的唱片。某個牆面上的二手唱片區也被我翻找了一輪，最後在那些老舊專輯間，一張用塑膠套仔細包裝的專輯映入眼中。「朴孝信出道專輯初版」——這是最適合在十七歲生日時送給他的禮物。跟其他只有幾千韓元的二手唱片不同，這張專輯的價格有額外加價，結帳金額接近五萬韓元，但我仍然甘願花光所有錢來買下這張專輯。

然後為了見到允道，我發了好幾封簡訊。

—今天要一起玩嗎？

他沒給我任何答覆，但我沒有放棄，繼續傳送簡訊。

—要去水星樂園嗎？

—還是一起喝酒？我去買燒酒和啤酒。

允道還是沒回覆這些簡訊。

允道生日那一天，我把朴孝信的專輯放進書包裡。本來想再包裝得漂亮一點，但是基於各種層面的理由，感覺好像會變成一種累贅或負擔，所以我決定用便利貼寫下簡短的訊息就好。一開始我有些苦惱要寫什麼，接著想起朴孝信第一張專輯的主打歌〈不能為你做的事〉。

> 不能為你做的事有很多，能為你做的也只有這個而已。
> 那就是留在原地，做我自己。

哈利

本來打算在學校當面交給允道，卻終究提不起勇氣。早上朝會時間結束後，我偷偷把專輯放進允道桌子的抽屜裡。無論在上課時間還是休息時間，我好幾次偷偷望向允道，卻無從得知他是否看到我的禮物、是否讀過我的訊息了。

第五節課結束時，教室後方變得吵鬧不已。經常跟允道玩在一起的五、六個不良少年從後門走進來，手裡端著點燃蠟燭的巴黎貝甜[66]鮮奶油蛋糕。允道似乎有些不好意思，磨磨蹭蹭地從座位上起身，靠站在桌子邊緣。眾人唱完生日快樂歌後，直接把蛋糕蓋在允道臉上。失去平衡的他往後摔倒在一旁，反作用力讓抽屜裡的教科書、專輯一齊掉落在地。摔倒的允

66 Paris Baguette，韓國的連鎖麵包店品牌。

道抬起頭，滿臉的蛋糕就像一堆穢物。允道邊笑邊罵「媽的臭小子！」，那群人其中一人撿起掉在地上的專輯。

「都允道，這是什麼啊？」

那個人用卡著痰液的沙啞聲線，仔仔細細讀出便利貼上的每個字。

「瘋了，你談戀愛啦？哈利？哈利是誰？」

允道困惑不解的視線慌不擇路地轉向我。他臉上沾滿鮮奶油，冰冷的目光直直盯著我。

那一剎那間，我能感覺到他對我的埋怨。他對於我充滿愛意的禮物、我的疏忽冒失，甚至是對我的存在本身，產生了強烈敵意。那票人一邊翻看專輯，一邊發出刺耳的譏笑聲，允道搶回專輯，神情略顯緊張。我假裝與這一切毫無關係，撇過頭不去看，後頸卻流下冷汗。

下課後，我沒去補習班，而是直接往家的方向走。一躺到床上，允道緊迫逼人的尖銳目光總是在我腦中閃現。我感覺到一種壓迫感，好似天花板正沉甸甸壓在我身上。還要承受這種折磨多久？手機震動起來。是允道。來自允道的聯絡從未讓我如此抗拒。他告訴我，等一下在貨櫃屋那裡見個面吧。我考慮了一下，起身把衣服換上。

當我打開貨櫃屋的門，看見允道披著被子蹲在地上。他抽出嘴裡的香菸，丟進裝滿菸頭的塑膠瓶，一言不發。我小心翼翼地開口：

「對不起。」

「為什麼道歉？」

這樣說來，我也不知道自己為何要道歉。

「應該是我要向你道謝吧？為什麼你要覺得抱歉？」

是啊，我沒有做錯事。送禮物不是什麼該道歉的事情啊。但是，允道的語氣和表情分明就是在審問我。

「你知道不能做這種事吧？」

允道此刻的語氣，跟平時與我相處時的語氣截然不同。這是他在操場上或是教室後面，跟我不太認識的朋友一起混時，才會劈哩啪啦出現的攻擊性語調。因為這句話，我早前感受到的歉意全數消失，猛烈的怒意開始沸騰。我雙手緊握成拳，幾乎克制不住想上前揍人的想法。這股敵意將我緊緊攫住。

「你把我當成什麼？」

允道看著我繼續問。這個問題就像我一次也沒答對過的習題。這個問題也是我最想問允道的問題。我盡量若無其事地回答，聲音卻在顫抖。

「朋友。」

「只是朋友？」

我僵在原地，無法回答任何質問。如果只是朋友，我就不會懷有這種感情。如果只是朋友，就不會嘴對嘴親吻，也不會親密地躺在房間裡，交換彼此的體溫。這種事情，我知你知，所有人都知道。所以，我們處在不只是朋友的關係中，我不應該讓當中發生的一切洩漏到我們倆的範圍之外，但是我沒有做到，因此使得我們的關係變得搖搖欲墜。

滾燙的水不自覺地順著我的臉頰滑下。那不知是汗水抑或眼淚的液體。允道久久注視著滿臉水痕的我，接著好像拿我沒有辦法似地嘆口氣。

「你用那種表情哭，我都不知道你是想要找我打架，還是想要我安慰你。」

這是跟平時一樣輕柔又和緩的口吻，溫暖又柔軟的表情，讓人幾欲窒息一般想要依靠的，我的允道。允道離開被子的包裹，伸手抱住我。他溫熱的臉觸碰到我的脖子和肩膀。允道的手指伸進我的髮絲之間，我也撫摸著允道的頭髮。剪得極短的頭髮摸起來觸感很怪異，但也讓人覺得安慰。

我正面擁抱著允道，心想還不如讓允道直接對我發火好了。如此一來，我就可以狠狠痛扁允道的臉，把他打成一團爛泥，盡情地大聲咒罵他，將我們分享過的一切全部摧毀。我曾經相信能把我們倆繫在一起的那條紅線，可以就這樣切斷就好了。如果我們可以成為什麼都不是的關係，讓彼此成為死物一樣的存在就好了。我就不必體會如此迂迴曲折的感情起伏，更不必感受這種近乎痛楚的感覺。

我更用力地抱緊允道。

•

關於送允道生日禮物之人的真實身分，出現了奇妙的傳聞。傳聞的內容認為該紙條的主角不是哈利而是泰瑞，說泰瑞對允道有一廂情願的單相思之情，那個署名也許只是兩個人之間的愛稱……諸如此類的謠言四起。聽到這個傳聞時，我第一時間是感到安心，因為這樣就能隱瞞送禮物的人是我，以及允道和我的關係。不過，我馬上又被罪惡感攪得心神不寧，因為我為了逃避對自己的厭惡，對與泰瑞相關的一切漠不關心、置若罔聞。允道可能是由於被捲入醜聞中心，開始表現出顯而易見的攻擊性。在走廊上或教室後面時，他會從牙縫中吐口水；下課時間裡，他比任何人都凶猛地大聲嚷嚷、跟其他人打鬧。有時候，他會用奇怪的眼神看著我，接著出其不意地挑釁別人。看到這樣的允道，我只能盡可能與之保持距離。在學校時，我為了不讓自己的視線時不時就跑到允道身上，費了九牛二虎之力。我全心全意等待週末到來，就這樣堅持了一星期。

轉眼間，星期六到來。我睜開雙眼，感覺胸口的鬱結幾欲爆炸。我躺在床上，沒有起身也沒有盥洗，就先發了簡訊給允道。

—可以去你房間開冷氣、看電影嗎？

等待遲遲不來的答覆時，自己彷彿成了毫無底線的可悲存在——這個想法揮之不去，接著產生無比失落的情緒。就在失落即將轉變成埋怨之際，允道的簡訊終於傳來了。

—看《Happy Together》怎麼樣？

我連忙爬起身，重讀簡訊的每一個字。H.A.P.P.Y. T.O.G.E.T.H.E.R。下午我又收到一封簡訊，叫我到貨櫃屋去。我本來一度跌落到地函的心臟，一下子飛越平流層。我飛快奔入浴室，認真洗漱的程度超越以往任何時刻。洗完澡後，我挑了一件乾淨的運動服，甚至還噴了香水。

到貨櫃屋時，大約下午一點半左右。我走到門前輕輕敲了敲，看到開門出來的允道，忍不住笑起來。允道那頭沒經過任何打理、向四面八方延伸的髮型讓我覺得十分可愛。我伸手撫摸他的頭頂，他露出不滿的表情。

「好笑嗎？」

「嗯，非常好笑。」

「因為這顆頭，我哪裡也去不了。我要殺了班導。」

允道的樣子實在太搞笑，我必須努力控制嘴角，才好不容易忍住笑意。

允道已經先在筆記型電腦裡下載好電影，並且設定成隨時可以播放的狀態。我趴在筆電前，用手撐著下巴。允道緊貼在我身邊。

據我所知，《Happy Together》是王家衛拍攝的電影，主角是兩名男性。這部電影正是這兩個男人的戀愛故事。寶榮與阿輝。從第一個場面開始，就是兩人只穿著內褲扭纏在一起的樣子。我感覺有如自己的什麼被暴露出來似的，不由自主縮起身體，允道則是用平靜的聲音說：

「原來的名字是《春光乍洩》。」

「是啊，這個名字才有味道。王家衛的電影名稱都是四個字。」

「是嗎？」

「我看到的好像都是這樣：《阿飛正傳》、《重慶森林》、《墮落天使》、《花樣年華》……不過，『春光乍洩』是什麼意思啊？」

「從雲層間隙中短暫照射出來的春日陽光。」

「好酷喔。」

「是啊。」

允道知道《春光乍洩》是這種……類型的電影嗎？他明明知道電影的內容，還提議要跟我一起看？這到底是什麼意思？千思萬緒一併湧現，讓我腦子裡一片混亂。看到允道一動不動投入電影中的樣子，我也若無其事地重新專注於電腦畫面。

我們從頭來過吧。

既然他說要重新開始，那我就會一直陪著他。

我們總是反覆重演短暫地在一起然後分手的過程。

我們想去看看檯燈上描繪的瀑布。

我們打聽到那裡就是伊瓜蘇瀑布。本來只想去看看那裡，然後就回香港，我們卻在途中迷了路。

寶榮和阿輝來到布宜諾斯艾利斯，期間兩人僵持著將彼此導向毀滅的瘋狂愛情。他們痛罵對方，扭打痛毆彼此，相看兩厭，然後再次滾到床上接吻。兩人最終都沒有抵達想去的地方，也沒有實現盼望中的愛情。他們只是不停重蹈爭執打架的過程，甚至彼此見血才肯罷休，然後讓兩具身體重新交融。允道對我說：

「他們為什麼要吵成這樣？」

「看來是真的很愛對方吧。」

「真的相愛的話會吵架嗎？」

「嗯，聽說是這樣。」

「所以……我們也要每天吵架嗎？」

「我們……常常吵架嗎？」

「是啊。」

雖然臉上不動聲色，但是在觀賞電影的期間，我的下體變得硬挺，聽到允道說的這番話後，我更是感到呼吸困難。允道專注盯著電腦畫面，我輕輕把手放在允道的脖子上，觸碰到的地方感覺像火燒一樣燙，比我熱血沸騰的手還要燙。我懷疑允道會不會就這樣起火燃燒，最終被燒成灰燼。他抓住我的手，一起垂放到地上。我們拉著彼此的手，維持這個姿勢好一會兒。允道開口對我說：

「你跟這個叫張宛的男人有點像。」

張宛是電影裡另外一個接近阿輝的男人。

「嗯？我不覺得，那個人的雙眼皮很深耶？而且還長得很帥。」

「真的啦，你們的皮膚都很黑，眉骨和顴骨這種地方也很相似，看起來也都很陰沉。」

「你是在罵我吧？」

「才不是，臉上要有一點陰影才有味道啊。這是稱讚啦，張宛。」

「不是哈利嗎？現在又變成張宛？」

「你是哈利也是張宛啊。」

允道說以後都要叫我張宛，我也一邊笑著、一邊幫允道取了暱稱。

「那你是寶榮。」

「寶榮？張國榮才是真的跟我一點都不像吧。」

「除了長相之外，性格簡直一模一樣。你隨心所欲來了又走掉，還總是不回我訊息，可是又會忘掉這些事，然後打電話給我。」

允道不知道是覺得難為情，還是被我擊中要害而心情不好。他沒有回應我的話，只是默默地看著畫面。電影快結束的時候，允道對我說：

「我們也一起去伊瓜蘇瀑布吧。」

允道，你說這句話的時候，知道它是什麼意思嗎？他讓我變成口渴的人；他總是讓我心生期待，懸懸而望。讓我即使看著他，也總覺得以後再也見不到。這樣的允道對我來說，算是好的對象嗎？我喜歡上他不會有問題嗎？我也知道不該輕信他的這些話，卻依舊想要不顧一切相信他。就算知道每次都會帶來失望，也像個傻瓜一樣產生期待，使我更加討厭這樣的自己。

再次前往坎莫爾

學校梧桐樹上那些喬木葉片紛紛掉落、將操場弄得亂七八糟的時候，校園裡發生了翻天覆地的變化。

青雲班是以男女合班的形式上課。那天我們正在上英文課，金浣秀發現來自十一班的申友美正在打哈欠，然後滿不在乎地這麼說：

「友美嘴巴小，妳老公一定會很喜歡。」

坐在我旁邊的紋紋忍不住咕噥。她的音量雖小，但十分清晰。

「神經病吧。」

不只我聽到了，全班同學都轉頭盯著紋紋。金浣秀的眉頭皺起來，接著敦促紋紋把她剛才的話再說一遍。紋紋這廂也沒有退縮，回答他：

「老師，您知道那是性騷擾吧？」

金浣秀慢條斯理地往紋紋走過來，用那根永遠常在的指揮棒敲了敲紋紋的桌子，說道：

「李紋紋妳呢，因為成績還過得去，全世界都把妳捧上天，養出妳這天不怕地不怕的膽子。但是像妳這樣的小孩，我了解得很。一年級還能仗著成績好蹬鼻子上臉，接下來就會像破爛舊車一樣後繼無力，最後只能考上K大學。」

金浣秀堆著滿臉笑，得意洋洋地奚落紋紋。紋紋什麼反駁都說不出口，只是漲紅了臉。K大學是座落於D市中心的國立大學，我們學校有一半左右的學生，是以升入那間大學為目標。此外，那間學校也是紋紋父親任教之處。金浣秀用簡單幾句話，就將以考入首爾地區大學為目標而全力奔跑的紋紋，跟那些以K大學為目標的同學混為一談。過去二十年間（他如此盛氣凌人）的教學生涯，似乎只讓他學會如何用最有效的方法來羞辱他人，而不是修養自己人品或精進教學方式。

就這樣，這件事表面上看似以紋紋單方面的敗北畫下句點。

問題是在其他地方爆發：打哈欠的當事人，同時也是被金浣秀侮辱的受害者申友美。當時她正好跟大她一個屆的黃泰勳結束一年多的戀情；另一方面，由於她的父親搞不倫，讓她們家面臨四分五裂的危機。這些事對她產生了影響，使她這半個月來持續飽受長期失眠的折磨，加上她害怕黃泰勳那些壞朋友會到處散布謠言，把自己的形象塑造成隨便的女人，於是陷入不安情緒的陰影下。金浣秀的言論就在這個時間點上變成申友美爆發的導火線。當天晚上，她服用過量的處方藥——她母親用來治憂鬱症與心血管疾病的藥——造成生命危險，被送往醫院。

翌日，無辜的紋紋被叫到教務處，要求說明與自己無關的事情。同學之間開始以申友美、李紋紋和黃泰勳這三人為主角，編造毫無根據的八卦並廣為流傳。甚至還有人將傳聞加油添醋，說李紋紋從國中開始就以「蕾絲」身分聞名，她的愛情之箭總是往四面八方胡亂掃射等等，故事被扭曲到分辨不出原貌。這種情況下，紋紋還是一副沒事人的樣子，踏著自信滿滿的步伐到合作社買草莓牛奶，午休時站在教室後面的鏡子前，用電熱棒幫自己的頭髮做造型，晚自習時則拚命念書，跟她平時的樣子毫無差別。黃泰勳對於自己成為這段三角戀的中心，似乎隱約也有些得意忘形。他在 Cyworld 上寫了一則暗示分手內幕的文章，而這種加油添醋的行為讓傳聞加倍膨脹。然而，為這一切亂象點燃導火線的真凶金浣秀，卻一點事都沒有。他一如既往地用他油腔滑調的表情咧嘴微笑，然後對學生口出惡言。

紋紋對於自己認為正確的事，擁有堅持到底的自信與膽量。她還有路見不平、拔刀相助的正義感，甚至把別人的事當作自己的事挺身而出，這是我一直憧憬紋紋的地方。但在另一方面，我也覺得她是個危險人物，而且這個結論就某種程度上來說是正確的。中友美直到最後都沒能回到學校。

•

期末考結束後，我們有整整一個月不需要上課後輔導的寒假。聽說補習班也會放假，放到聖誕節那星期結束為止。同學們似乎都已經有各自的安排，比如參加家族旅行或是報名單科補習等。我沒有想做的事情，也沒有要見面的人，所以決定每天都待在家裡睡覺。

自從一起看過《Happy Together》後，我就沒有單獨見過允道。嘗試聯繫了幾次，但仍是無消無息。我暗自期待聖誕節也許可以一起度過，發送出去的訊息卻沒有得到任何一點回響，讓我感覺自己很像那種單方面寄信給偶像的粉絲。我決定將這個無聲的分手信號當成我的報應，並且接受它。然而，就算有這樣的決心，也不代表寂寥的心境會跟著消失。

另一方面，跟國中時期相比，我與紋紋重疊的課程和活動更多了，所以一起度過不少時間。也因為如此，學校內經常流傳我們倆的緋聞。對此，我們會一起嘲笑韓國人的落後成見——只要有一對男女走在一起，就會被視為情侶——並且互相協議：為了我們雙方的利益（？），決定對這些傳聞袖手旁觀。

跟我建立起這種同盟關係的紋紋，在平安夜的前一天聯繫了我。我躺在床上，感覺憂鬱像空氣一樣包覆著我。

—看電影嗎？《霍爾的移動城堡》，一點在韓日電影院。

—沒錢。

—我已經買票了。

—妳是不是被誰放鴿子，需要有人來填補空位，才突然來找我？

—到底看不看？

說到《霍爾的移動城堡》這部新作，導演是憑《神隱少女》創下超高人氣的宮崎駿，而且大家都在討論它，是我本來就想看的電影——現在還不用花錢買票，對我來說是求之不得。於是我假裝思考了一會兒，大約隔了十五秒才回覆她。

—OK。

•

直到片尾的電影工作人員名單都跑完了，紋紋和我都沒有從座位上起身離去，問題出在痛哭失聲到有如失去國家一樣的紋紋身上。往電影院出口走去的路人一直回頭看我們，我舉起手中的可樂杯遮臉，但要完全遮住是不可能的事。

「喂，妳哭什麼啊，夠了吧。」

我一邊躲避路人的側目，一邊不動聲色斥責紋紋，但她好像沒有要停止的想法。我們就這樣坐在原地，直到最後一位觀眾都離開為止。電影院裡變得空無一人，我才開口問她：

「電影是還不錯啦……但妳有必要哭成這樣嗎？」

「不是因為電影。」

「那是為了什麼？」

「其實，我今天本來是跟奈美惠姊姊約好一起看電影的。」

「妳說什麼？」

聽紋紋說，這是她從半個月前就開始準備的約會，甚至可以說她從幾年前就一直夢想著這樣的約會，所以她想到，現在如果是跟姊姊在一起，該有多開心啊，因此流下了眼淚。紋紋語帶哽咽繼續說下去。

奈美惠姊姊不是暫時回到D市，而是打算返鄉定居。之前聽到的坊間傳聞是真的，也聽說她在首爾與戀人的同居生活並不順利。奈美惠姊姊雖然回到D市生活，卻仍舊無處可去，只能回到以前住過的破爛租屋處落腳，到咖啡廳打工來維持日復一日的生計，跟她十幾歲時的處境一樣。

得知這個情況，紋紋心生惋惜的同時也覺得激動不已。她滿懷著「這次終於輪到我了」的心情，信誓旦旦地向奈美惠姊姊提出約會邀請，計畫在平安夜一起看電影，接著去有格調的餐廳吃飯。奈美惠姊姊露出她特有的那種欲言又止神情，然後搖了搖頭。她說那天是星期五，必須早點去咖啡廳幫忙。然而，紋紋才不會輕易屈服於這種理由。「不然約星期四怎麼樣？那天剛好是《霍爾的移動城堡》首映日。」在紋紋步步緊逼之下，奈美惠姊姊才終於首肯。紋紋於是興高采烈地訂電影票，還安排了當天的約會行程。但就在今天早上，紋紋突然收到奈美惠姊姊的訊息。

—紋紋啊，我家裡突然有急事，我們下次再約吧。真的很抱歉。

不但取消當天的約會，還拿家裡有急事當成藉口？她挑了所有藉口中最差勁的那種，甚至連編一個像樣謊言的意願也沒有！聽完紋紋的話，我反而覺得來氣。

「別哭了，快起來帶路。」

「要去哪裡？」

「還能去哪裡，當然是那個姊姊的家。妳知道地址吧？」

「不要，去那裡幹什麼。姊姊都說有事情了，她不會在家的。」

「有事？連『有事』這種話都說得出來！我用生命跟妳打賭，她一定還躺在家裡。現在只有兩種可能性，不是那個女人把妳當成一坨屎，就是跟別人在一起。」

「不管怎樣，我們去那裡能怎樣？去幹嘛？」

「什麼幹嘛，當然是去問清楚啊？就算問不出為什麼，至少要搞清楚狀況吧？這是什麼情況？現在到底怎麼回事？這些才是重要的。」

面對他人事務時，紋紋可以非常有邏輯，也可以理直氣壯，卻無法好好處理自己遇到的問題，不禁讓人產生憐憫之心，但也令人怒火中燒。紋紋彷彿一面鏡子，反射出單方面喜歡著允道、被他任意擺布的我。我拉起猶豫不決的紋紋，一起前往奈美惠姊姊的家。

去奈美惠姊姊家的途中，紋紋一直念念有詞說著「沒關係嗎？這樣不行吧」，不知道是在自言自語，還是在對我說話。我也不確定自己這麼做是否正確，但紋紋的躊躇成為我的燃料，我加快前進的步伐。

我們進入D車站的後巷，視野中高聳的建築物逐漸變成低矮的房屋，道路寬度也開始變狹窄擁擠。經過三、四條狹窄的小巷後，出現了一片棚戶[67]，四道外觀極度相似的門出現在眼前。紋紋伸手指向最左邊那扇門。

「那裡。」

我們走到門前。這裡雖然是單層樓建築，門上卻分別寫著一〇二、二〇二、三〇二、四〇二的號碼，實在有夠怪異。我不由自主地把頭擺橫九十度，歪著頭觀察這棟房子。為什麼要這樣子編房號？根本沒有其他樓層啊，而且尾數還都是「二」。我的腦袋裡浮現一個畫面：窄小的房間裡，兩個人蜷縮在一起。屋裡不是一個人，也不是三個人，剛好就「二」個人將身體交疊在一起的房間。打開那扇房門之後，也就是說，當我們跟那個叫做奈美惠的女人面對面時，應該說些什麼呢？為了平息不安的心情，我握緊拳頭，又往前踏出一步。

此時，不知道是什麼樣的巧合，一〇二號門稍微打開了一道縫隙，從當中可以瞥見一隻提著運動鞋的手，看上去十分白皙。穿著白襪子的腳跟著出現，套進一雙 Nike 運動鞋裡。接著，門敞開了，一個女人的頭頂冒了出來。黑色的長髮，紅色圍巾在脖子上繞了幾圈，腿上穿著褪色牛仔褲。這女人的模樣十分眼熟。隨後，一個淺棕色頭髮的女人將一雙平底鞋放到地上，脖子上也圍著一條紅色圍巾。黑髮女子站起身時，我感覺有如當頭棒喝。那是我熟識的面孔，而且是我認識很久的人。

67 多半出現在城市裡的建築群，沒有附帶任何居家設施，結構簡陋且空間狹小的居宅。

「泰蘭姊姊。」

姊姊本來就很大的眼睛睜得更大了，眼珠子好像要掉出來一樣。

「你怎麼會在這裡？」

「姊姊又為什麼會在這裡？」

褐髮女子問泰蘭姊姊發生什麼事。她們倆穿著相仿的服裝，戴著同樣的紅色圍巾，看起來就像一對雙胞胎，只是頭髮顏色不同。紋紋看著褐髮女子，嗚咽地叫了一聲「姊姊」。我無法理解我眼前的狀況，不停左右來回轉頭。

泰蘭姊姊似乎是想安撫我們，以她特有的沉穩語調先開口：「我們不要站在這裡，找個地方坐下來慢慢說吧。」於是我們再次往市區走去。紋紋時不時會停下來哭泣，奈美惠姊姊走在她身邊，見狀便輕拍紋紋的肩膀。結果是泰蘭姊姊和我並肩走在前頭，根本搞不清誰和誰才是一起的。

雖然這天是平日下午，但我們所到之處都座無虛席。也許是恰逢聖誕節的檔期，大家都往市中心聚集。後來我們選擇的地點是坎莫爾，本來以為這裡一定也不會有空位，但是當我們一進門，就看見中央的鞦韆座正好空著。我頭也不回，直奔那個座位。當我苦惱著我們四人該怎麼坐的時候，紋紋識相地坐到我旁邊，泰蘭姊姊和奈美惠姊姊一起坐在我們對面。

「他是我媽朋友的兒子，就像我的親弟弟一樣。然後，這邊這位是羅敏慧。」

聽到奈美惠姊姊本名的瞬間，我就知道這個外號的由來不全然與外形有關，忍不住笑出來。如果說紋紋的外表具有強烈且炫目的魅力，奈美惠姊姊則是有一張柔滑、可愛的臉蛋。她跟安室奈美惠長得不像，反倒是跟一旁的泰蘭姊姊有些相似的地方。泰蘭姊姊的長相總給人略帶冷漠的印象，而奈美惠姊姊大概就是泰蘭姊姊的長相再升溫十度C左右的感覺吧？尷尬的靜默令人難以忍受，於是我開始用不知道算敬語還是平語的語氣自我介紹。

「我現在就讀T高中，她是跟我上同一所學校的李紋紋。」

奈美惠姊姊問我們：「你們倆為什麼來我家？」

「因為奈美惠，啊不，因為羅敏慧小姐本來跟紋紋約好要見面，但聽說今天臨時取消了……身為朋友，我認為應該確認一下事情的原委，所以就過來了。」

針對我的回應，泰蘭姊姊搶先代替本人解釋說：

「對不起，那都是因為我，我今天突然回來一趟。紋紋，我很抱歉。」

「跟泰蘭姊姊見面根本不算是家裡的事吧！喂，李紋紋，妳倒是說話啊……」

明明是我把紋紋拉來的，但是在兩位姊姊的面前，我的聲音卻總是下意識地變微弱。

「看來敏慧好像把這事說成家裡的事了。不過，這話倒也沒有說錯，因為我們倆在同一個屋簷下住了很長一段時間。」

「妳說什麼？」

驚訝的我不禁提高音量。

「傻瓜，這女人就是那個人啊，以前就跟奈美惠姊姊交往的人。」

霎時間，世界上的聲音都消失不見了。為了念大學而前往首爾的奈美惠愛人，泰蘭姊姊戴在無名指上的戒指，現在在我眼前圍著相同紅圍巾的兩個女人。分散四處的拼圖終於完整拼在一起。奈美惠姊姊的她，讓紋紋變得悽慘可悲的她，這個人就是姜泰蘭。

到目前為止，我所認識的泰蘭姊姊從未脫離社會建好的跑道，是只會以快速向前奔跑為目標的人。對於銷售未經檢證商品又盲目迷信宗教的米莅阿姨，泰蘭姊姊會輕蔑地稱其為無知，卻也會為了辛苦的母親竭盡全力跑向功成名就。這個人十二年來從來不曾錯失全校第一名的位置，而這種人其實比任何人都擅長地下戀情。

「嗯，我們正在交往。已經交往很久了，從我高中開始。」

「所以姊姊跟她一起住嗎？在首爾？」

「嗯。直到第一輪考試為止，我們都住在一起。」

二〇〇三年的春天，奈美惠姊姊追隨泰蘭姊姊來到首爾，接著一起住在新林洞的一間小套房。終於實現盼望已久的夢想，兩人對此都滿懷感激之情。如果是不必付出代價的人生，她們就不用如此迫切了，但也正因為忍受了一年多的分離才取得纍纍碩果，兩人自然是欣喜若狂。

然而，幸福沒有持續太久。今年春天，泰蘭姊姊幸運地通過了第一輪司法考試。雖然她向我描述這件事時一副沒什麼大不了的樣子，但其實當時她正承受著考試的莫大壓力。於是，奈美惠姊姊因為在首爾沒有其他親朋好友，生活中除了打工的時間，都只能待在七坪的狹小套房裡，每天能做的事就是等待泰蘭姊姊回家。這樣的戀人也開始成為泰蘭姊姊的壓力來源。而在諒解愛人處境的同時，無法自己化解孤獨的奈美惠姊姊也是如此。二十二歲的泰蘭姊姊與二十歲的奈美惠姊姊為了彼此的未來，兩人決定再次畫上休止符。泰蘭姊姊想重振消頹的士氣、安穩地經營往後的生活，奈美惠姊姊對於這份渴望也有同感。就這樣，泰蘭姊姊投入不分晝夜的應試生活，奈美惠姊姊則獨自回到D市，跟以前一樣在咖啡廳工作，期間遇到埋伏在市區的紋紋。

聽著她倆難以想像的人生旅程，我完全不知該作何反應，腦袋裡唯一浮現的話就只有：

「姊姊，可是妳現在不是應該在念書嗎？怎麼突然回來了？」

「其實，今天是成績公布的日子。」

「真的假的？合格了嗎？」

「嗯，我合格了，但沒考上。」

「這是什麼莫名其妙的話？」

她說，這什麼莫名其妙的事還真的發生了。

司法考試總共分成三輪，最後一輪的面試只是走個形式，如果沒有嚴重的不合格事由，幾乎所有人都會通過。因此，到第二輪的申論考試為止都能順利通過的話，基本上可以當作已經通過整個司法考試了。

泰蘭姊姊收到第二輪考試合格的通知後，想到終於能擺脫令人厭煩的考試地獄，她高興到幾乎一蹦三尺高，最先打電話通知的人就是奈美惠姊姊。或許是害怕聽到彼此的聲音後，有可能撼動那分決心，所以這段期間兩人連一通電話都沒打過；這樣的兩人，從電話接通那一刻起，便一路哭到通話結束。掛斷電話後，泰蘭姊姊手裡緊握著手機，苦惱是否要告訴家人。在社區裡大肆殺豬宰牛、找教友來大辦慶祝會的母親，還有總是弓著身子坐在自己身邊的弟弟，這景象有如海市蜃樓一般浮現在她腦海中，但不怕一萬、只怕萬一，讓她決定直到公布最終成績為止，都不會將這個消息告訴家人。

於是就在今天上午，泰蘭姊姊得知最終合格者的名單中沒有自己的名字。甚至，除了自己以外，其他第二輪合格者全都通過了第三輪考試。

「你知道我為什麼落選嗎？」

「為什麼？」

「因為服裝不整。」

面試官中有一名男子的表情格外凶狠嚇人。他問泰蘭姊姊為什麼穿T恤和運動褲來面試。

「面試的時候不是應該穿正式的套裝嗎？」

「是啊，面試官也說了一模一樣的話，但是我沒有套裝，就沒穿啦。我要交補習班學費，要花錢買參考書，每個月還要交房租，要花錢的地方那麼多，哪有錢去買套裝？我想說反正面試也是考試的一環，只要好好答題就行了，服裝有什麼重要的呢？我有點小看這整件事，所以就穿著現有的衣服當中，看起來比較端莊的去面試了。」

「妳的意思是，妳因為沒穿套裝而被淘汰嗎？」

「也不盡然如此，當中有各式各樣的原因……」

除了面試服裝毫無誠意之外，泰蘭姊姊也沒化妝，連頭髮都沒綁起來，因此她的儀容被面試官批評得體無完膚，還數落她說：「根本連最基本的禮貌都沒有。」於是，泰蘭姊姊被他們刻意問了一些刁難的問題。不幸的是，個性衝動的泰蘭姊姊遇到自己認為不對的事，非常勇於頑強抵抗（我周圍的女人為什麼都是這副德性？）。她從位置上跳起來，高聲反駁：「來考試的男人全都沒有化妝，你會問那些男人同樣的問題嗎？」面試官被泰蘭姊姊的行徑嚇到說不出話來，而她也沒打算善罷干休，繼續窮追猛打：「我看你也沒有化妝，沒有禮貌這件事上我們彼此彼此。」面試會場瞬間變成一座修羅場。

今天早上收到那封不合格通知書時，泰蘭姊姊反而覺得心情舒暢無比。

「都已經二十一世紀了，還在那邊『怎麼沒有化妝？怎麼穿T恤來？』，說什麼屁話呢？」

泰蘭姊姊表示，反正明年還有一次機會，到時只要參加第三輪面試就能合格，所以這個結果的影響不大。雖然她這話是對著我說，但在我看來更像是對自己說的話。泰蘭姊姊一收到不合格的消息，就突然很想念奈美惠姊姊，衝動之下跑回D市，因此她才會把奈美惠姊姊突然取消約會的罪過，全部攬在自己身上，並且再次對紋紋表達發自內心的歉意。奈美惠姊姊也露出慈愛的表情，再三地向紋紋致歉：「妳都已經把電影票買好了，我真的很抱歉。」她表示她也經常跟泰蘭姊姊提到紋紋，說她有一個很會念書、非常可愛的妹妹。

任何人聽到這段話，重點都會劃在「妹妹」兩個字上。紋紋的眼眶泛紅，嘴裡卻還是說著「我沒關係」、「我很聽姊姊話的」，畢恭畢敬的語氣一點都不像平常的她。然後她拿起背包，說自己必須先離開了。話音一落，紋紋就像被什麼東西追趕似的，匆匆忙忙離開餐廳。我告訴泰蘭姊姊之後再聯繫她，便跟在紋紋身後跑了出來。

我在後面大喊她的名字，但紋紋依舊健步如飛朝馬路邊走去。我飛奔過去，站在招計程車的紋紋身後。馬上就有一輛計程車停下，我們什麼話都沒說，一起坐上車。我很擔心紋紋一個人離開會發生什麼事。無論如何，紋紋有過「前科」，所以我一直惦著她會不會做出什麼極端的選擇。她默不作聲看著窗外，然後自言自語般地說：

「那個女人和你，是怎麼認識的？」

「剛才姊姊不是說了嘛，她是我媽媽朋友的女兒。妳認識我們學校的姜泰瑞嗎？」

「臉很白、個子不高的那個孩子？跟你很熟不是嗎？」

「也不算很熟啦……他是媽媽朋友的兒子，所以從小就認識。總之，泰蘭姊姊就是泰瑞的親姊姊。」

「原來如此……那女人要當律師嗎？」

「如果沒有意外的話，也許吧？也可能成為法官或檢察官。」

紋紋深深嘆了口氣，然後在窗戶上吹氣，用手指抹掉霧氣，寫下「好想死」幾個字。那個樣子有點好笑，不過我沒有笑出來。

「很漂亮，那個女人。真漂亮……」

字跡消失後，紋紋低聲這麼咕噥著。

「那一家人本來就長得不錯，泰瑞的臉也很健全。」

話說出口後，我自己也覺得不對勁。果不其然，紋紋斜眼瞪著我。

「你是在嘲笑我嗎？」

紋紋語氣中的抑揚頓挫與平時無異。我想她這次應該不會去找死了，才稍微放下了擔心。

•

那天以後，紋紋從某方面來說變得有點奇怪。

她會在喝酒之後，會發送子音和母音順序顛倒的簡訊，或是猝不及防地說她愛我（為什麼偏偏是我？），又或者是摘錄關於律師年薪的新聞、上傳到「迷你小窩」。她也會毫無預警地打電話給我，執拗地探究泰蘭姊姊的事，包含性格、成長背景、喜好，以及成績之類的東西。我懂那種近似無止盡憤怒的痛苦失落，所以都會誠實回答紋紋每一個問題。

泰蘭姊姊也打了電話給我，說她很感謝我堅定又成熟地傾聽她的故事。但我其實既不堅定也不成熟，所以覺得有些過意不去。泰蘭姊姊又說，她相信我也了解她的心。在我聽起來，這話有些耐人尋味。最後，泰蘭姊姊對我提出要求：關於她打算和奈美惠姊姊再次回首爾的計畫，以及司法考試相關的事情，這一年內都必須保密。

「在我真正合格之前，我不想讓家人知道。這對我們家來說是很重大的事。但說實在的，對哪個家庭來說不是呢……」

我請她不用擔心。

假期結束後，我在補習班見到紋紋。她雖然比之前瘦了一些，其他沒有太大的變化。紋紋將長髮往上綁得緊緊的，一臉堅定地說：

「我要當醫生。」

紋紋說，從各個角度分析，能夠與律師並駕齊驅的職業就只有醫生，那就乾脆把首爾大學醫學院當作目標。紋紋發誓要考進首爾大學醫學院，讓她們瞧瞧她的能力。某種意義上來說，紋紋是個做事很有建設性的人。普通人光憑意志很難駕馭「感情」這頭怪物，她卻能夠嫻熟地控制情感，而且懂得把它變成成就自己未來的材料，這在十幾歲人的身上是很難得的特質。它無關意志力，而是智力問題。

全校第一名果然不是誰都能坐上去的位置。當然，為了實現她的目標，她應該成為全國第一名，而不只是全校第一名。

十八歲的憂鬱

氣溫不容易降到零下數字的D市，終於迎來了一波寒流，肆虐的暴雪令湖水也結成冰湖。以前被我視為人生唯一幸福的假期，也因為見不到允道而變得像詛咒。我克制不住想跟允道見面的渴望，雙腿每次都會不由自主往允道住的公寓或「桃源烤腸」的方向走去。我暗自期待能有偶遇的機會，每每走到「桃源烤腸」附近，就會盡可能放慢腳步，探頭探腦地觀察貨櫃屋四周。然而，沒能見到允道就打道回府的日子，終究讓人難以忍受。一回到家，我就直接回房，走到窗前並推開窗戶，往外探頭看向允道的房間。透過半開半掩的窗簾間隙，我看見坐在書桌前的允道。即使是冬天，他也像往常一樣穿著背心。我傳了一封簡訊給允道。

—在幹嘛？

送出後，我再次抬頭望向窗戶另一邊的允道。允道打開手機，盯著畫面好一會兒，然後將掀蓋式手機再度闔上，直接放在桌上。得知一件不知道也許會比較幸福的事，讓我嘗到一種孤獨。

直到這時，我才清楚意識到自己正在做什麼：我喜歡一個拒絕我的男人，還把頭伸到窗外，暗地裡窺視對方。這是任何人都會覺得毛骨悚然的事。就算今天對象不是允道，也不會有人喜歡做出這種事的我。我關上窗戶。

我坐回書桌前，打開我的電腦，立刻登入Cyworld。最新的文章是已經好幾個月前上傳的「我們的日記」。我點擊「發表文章」鍵，看著空白處閃不停的游標。該說什麼？該怎麼說？我完全不知道如何是好，但雙手碰到鍵盤的瞬間，句子就像事先打好草稿一樣傾箱倒篋而出。

你過得好嗎？偶爾會想起我嗎？我仍一直想起那時的那個春夜，與你嘴唇相接的那天，那個瞬間。那是我的初吻，將會永遠留在我的生命中。你呢？你是第幾次？

但你真的什麼都不記得了嗎？還是你也記得一切，只是在逃避我？

整篇文章充斥著幼稚的話語，我沒完沒了地敲打鍵盤。卻始終不敢按下「上傳」，只是將這些文字貼到我個人的日記中，然後以非公開的形式上傳。這些文字就像那種用紅筆寫的信，由於無法寄出而堆滿了抽屜。

新學年的新學期拉開序幕。比起期待或激動，我感受到的情緒更接近疲憊。這個學校裡，已經沒有什麼新事物可以期待了。

一年級的尾聲，大多數男同學選擇了理科。在一年級的六個男生班中，文科班只占兩個班級，能夠跟我隨意交談的朋友也都去理科班了。我和像麻雀一樣嘰嘰喳喳的鄭東勳又分到同一班，而且再次當選班長、副班長。如果要說有什麼好事，那就是我和允道也繼續同班。

升上二年級後，允道散發出跟以往全然不同的氛圍。他不知道在自己頭髮上動了什麼手腳，髮型就像是剛摘下帽子一樣，髮絲緊緊貼著頭皮，又像剛被駱駝舔過一樣。不僅如此，除了上課時間以外，他永遠穿著一件連帽T，帽子拉上來蓋住頭。連他喜歡的足球，他也不再踢了。有時候他的身上還會出現跟以前不同的味道，一種衣服好像很久沒洗了的霉味，又或者說是男人的汗味，還有香菸的氣味。或許，那是上述所有東西混在一起的某種陌生味道。

學期開始沒多久，我的生日就快要到來。我不太喜歡過生日。雖然我和所有人都相處得不錯，但沒有特別融入的小團體，也就從來沒經歷過盛大的慶生排場。而且由於生日和新學年的開始重疊，也幾乎沒有跟班上同學聚在教室裡一起吹蠟燭的經驗。除了小學時期，家長會為了炫耀財力而帶有競爭意味地舉行大型生日派對之外，我更是幾乎沒被邀請參加過任何生日派對。看到學校或補習班的同學三五成群聚在一起，一邊分食蛋糕，一邊將鮮奶油塗滿臉的歡樂模樣，會讓我不禁茫然思忖我為了隱藏自己而失去什麼。

巧合的是，在我十八歲生日那天，學生會舉行了月例會議。三年級的幹部人員為了準備大學考試，不再負責大部分的學生會業務，二年級的幹部人員可以說是實質上的「老鳥」。紋紋、熙榮也和一年級時一樣，雙雙被選為班長。如果要說有什麼令人意外的事，那就是熙榮毛遂自薦參選學生會長。我原以為熙榮的性格是不太喜歡成為焦點，沒想到她竟然想當學生會長。尤其是，高中二年級上任的學生會長，總是會碰到一堆吃力不討好又麻煩的事，因此變成所有人避之唯恐不及的職務。最後，熙榮以唯一的候選人身分參選，經過贊成或反對的簡單投票，最終順利當選學生會長。新加入的新生幹部看起來都相當稚嫩可愛。不知道是由於熙榮的手腕，還是由於我們入學當時（更準確地說，是紋紋）經歷過的事，使得毫無助益的軍事化管理與派系鬥爭有所減少。然而，強化版的校規依舊讓早晨風紀的管理活動與春祭慶典的準備更加艱難，學生會也因此常常疲於奔命。每月例會結束後，紋紋走向我，並遞給我一個東西。

「生快。」

是三顆一條的金莎巧克力。這份禮物小而樸素，卻異常感動人心。我問她怎麼會知道我的生日，紋紋回答是因為 NateOn[68] 聊天軟體上跳出通知。這個聊天軟體和 Cyworld 互相連動，加上學校裡大部分的學生都在使用，所以我也安裝了 NateOn，只是從未用這個軟體跟

68 韓國的即時聊天軟體，曾經是韓國使用人數最多的聊天軟體。

紋紋對話。紋紋從各方面來說，都有可愛之處。忽然間，我的腦袋冒出一個念頭——好友列表中的都允道應該也會收到我的生日通知。我本來還很明朗的心情，就像被人丟進了一條泥鰍，開始往外冒出混濁的泥漿。

會議結束後，我仍未脫離有些悶悶不樂的情緒。就在我踏進教室的時候，感覺到一種不尋常的氣氛。班上同學都轉頭看著我，臉上一副忍俊不禁的表情，甚至有幾人發出揶揄的聲音。其中一個人臉上堆滿笑容，對我說道：

「班長，剛才有人來找你。你快看桌子的抽屜。」

我走回自己的座位，發現抽屜裡有一本用塑膠袋包起來的書，封面插圖乍看之下像是漫畫書，仔細一看才發現是輕小說。

《涼宮ハルヒの憂鬱》。

我拆開包裝，裡面有一本用透明塑膠密封的書，以及一張印有書封上那個可愛角色的明信片。

哥，是我，泰瑞。我在哥經常看的雜誌《新類型》裡，看到這本書的介紹，就去買來了。一本用來收藏，一本用來閱讀，一本拿來當作禮物送給哥。這本書叫《涼宮春日的憂鬱》，聽說它在日本很轟動。我也是在網路看到有人介紹劇情之後，才開始看網路上的翻譯版本，然後這本書馬上就變成我的人生之書了。聽說韓國也快要發行正版了，我希望這本能給哥留作紀念用。我想哥應該也會喜歡。對了，生日快樂。

他是從什麼時候開始關注輕小說，甚至去讀還沒有正式出版的書？實在讓人很訝異。讀完他的明信片，我才發現全班同學都在盯著我看，還發出陣陣訕笑。所有人都一副快笑死的模樣，說什麼「泰瑞的閨蜜收到泰瑞送的禮物了」，還有人對我大喊「泰瑞男友」，其他人接著爆笑出聲。我反射性地把明信片撕成碎片，碎得連「哥」這個字都無法看清，然後把明信片、輕小說都丟進垃圾桶，以一種理所當然、問心無愧的姿態。如果可以躲起來，不論是去哪裡，我都會願意去，但我仍裝出若無其事的樣子，坐回自己的位子。

那個時候，眾人對泰瑞的風評已經低到了地心。每當我和其他同學講話講到一半，當對方的眼神突然一變，我轉頭就一定會看見泰瑞朝我走來。在男學生當中，「泰瑞」二字早已成為一種蔑稱。如果有人叫我「泰瑞閨蜜」而不是班長，其他人通常會哄堂大笑。這時，我也會跟著大家一起笑，而且笑得比任何人都大聲。好像只要我這麼做，就可以把姜泰瑞這個人的存在從我的人生中完全排除。

教室裡又回到平時的氣氛。我一副沒事人的樣子，摸了摸手機。我從沒說過想要禮物，他就擅自把這種東西當禮物送給我。真的想送的話，可以單獨約出來見面，或者回到家再說。至少，在沒人看見的地方給我嘛。為什麼要在大家的視線之下，做出這種危險的舉動呢，姜泰瑞？

是故意的嗎？為了報復我？

想到這裡，我才意識到自己從很久之前就開始刻意忽視泰瑞的聯絡，而他也只不過是想送我生日禮物而已。我不但把想為我慶祝生日的人推開，甚至還發自內心埋怨對方。面對這樣的自己，我感到厭惡萬分。可是即便如此，我還是別無他法。我知道埋怨泰瑞是不對的事，但我依然害怕到無法控制這種心情。

害怕得受不了。

放學的路上，我假裝自己正要去青雲班自習室，實際上是走向垃圾焚化場。行放學禮之前，值日生就會清空班上的垃圾桶。運氣好的話，我應該可以撿回泰瑞送我的書。我心想，泰瑞說那本書在韓國還沒正式發行，所以至少要把書救回來。我是為了泰瑞嗎？不是，我是為了我自己。為了相信自己不是那麼糟糕的人。焚化場入口的鐵門上鬆鬆地掛著鏈條。就在我解開鐵鍊、準備開門的同時，我聽見一個女生在焚化場裡大吼大叫的聲音。

「到底要纏著我到什麼時候？是想看到我去死才肯住手嗎？」

我小心翼翼地從門縫看進去，看到一名拿著花束的黑色西裝男子與熙榮。男子倏地朝我的方向轉過身，我連忙躲到門後。門發出「嘎吱」一聲被打開。我緊張到不行，只能縮起身子待在原地。那個男人不知道是沒看到我，還是壓根不在乎我的存在，直接穿過操場離去。

等他離開後，我站在門後努力平復呼吸。接著，熙榮也走出焚化場。

「你在這裡做什麼？」

熙榮對我丟出疑問。她的眼睛和鼻子都紅紅的，像剛哭過的人一樣。

「嗯？垃圾……我想丟習題本。」

「看來你都聽到了。」

「我沒有想偷聽的意思，對不起。」

「沒關係，因為這就是我的生活。」

熙榮手裡拿著用透明玻璃紙包裹的花束，裝飾用的滿天星比玫瑰花還多，看上去也已經有些枯萎、黯淡。

「那男人再怎麼死纏爛打，消失的人不會再回來，沒有的錢也不會自己冒出來，對吧？」

熙榮的聲音聽起來有氣無力。面對我不知道該說什麼而猶豫不決的態度，熙榮又說：

「其實，我一直很羨慕你。」

「我嗎？為什麼……」

「該說是你的堅定嗎？我很羨慕你的沉著冷靜。就算遇到什麼困難，你也從來不會表露出來，感覺總是完美地克服一切。你對所有人都很親切，也一直把笑容掛在臉上。我做不到像你這樣。」

我不知道熙榮所說的「困難」是指什麼，因為我經歷過數不清的苦難。其實她和我的處境好像沒有太大不同，至少在經濟狀況這方面……但我不能說這種話，結果也只能給她不痛不癢的回答。

「今天看到的事……我不會告訴任何人，不用擔心。」

熙榮輕輕點了點頭，把花束放到我手中，自己往分館的方向走去。不知她剛才用了多大力氣，花束的握柄部分滿是皺褶。我看著這束莫名其妙接手過來的花，又抬頭盯著熙榮漸漸遠去的背影，突然想起去年自習室裡那個女孩哭嚎的聲音、丟進垃圾桶的那朵玫瑰，還有那個要她轉告父親還錢的男人嗓音。熙榮身上到底發生了什麼事？我走進焚化場，把那束花丟進焚化爐，然後立刻打起精神，開始翻找垃圾堆。我翻遍了餅乾包裝袋、衛生紙碎屑、沾著唾液和痰的垃圾，卻找不到泰瑞的禮物。太遲了。泰瑞對我的心意會跟這堆垃圾一起燒掉。我放棄尋找那本書，離開焚化場，渾身散發著刺鼻的垃圾味。

•

星期六晚上，我像往常一樣用光碟播放器播放獨立音樂，兀自沉浸在自憐自艾的情緒中，在悲慘的孤獨裡掙扎不已。這時，手機震動了一下。我從位置上跳起來。是允道發來的訊息。

—要見面嗎？

—什麼時候？

—現在，來貨櫃屋。

明明之前那麼冷漠地忽視我的訊息，都過一千萬年了，才願意回我的簡訊，字裡行間甚至連一句問候也沒有，不由分說就要我過去找你？都這麼晚了？難道我是你召之即來、揮之即去的狗嗎？

我就是一條狗。

十五分鐘後，我踏進「桃源烤腸」的停車場。

看著貨櫃屋裡洩出的絲絲燈火，我感覺自己的心臟快要炸開。我像野貓一樣敏捷地跑到貨櫃屋前，緊張地輕輕敲響貨櫃屋的門。裡頭的音樂聲停止了。我小心翼翼地打開門，看到允道正用厚重的絲綢被包裹著自己。那條被子不知是從家裡帶過來還是從哪裡弄來的，藍色的被套上印著鴛鴦圖案，是只有在閨秀的新婚房中才會出現的那種。也許是他熄菸的時候十分匆忙，房間裡依然煙霧瀰漫。我藏起盪漾的喜悅，面無表情走了進去。我把外套脫掉放到桌上，然後直接鑽進被窩，好像那個位置本來就屬於我一樣。允道也毫不在意地掀開棉被，為我騰出足以躺下的空間。這段期間，我在教室裡只能不動聲色地偷看他，已經很久沒有這麼近距離見到允道，現在當然要用雙眼仔細瞧瞧。畢竟，我也不知道下一次像這樣見面會是什麼時候。

允道從被子裡拿出一個小紙盒遞給我。

「什麼東西？」

「還能是什麼，當然是生日禮物啊。」

我驚訝地打開盒子，裡面裝著一只銀戒指。我捏起戒指，高舉起來細細打糧。它的內圈裡刻著「LOVE YOU N ME」的一串字樣。儘管我想隱藏心裡的激動，嘴角仍自顧自地往上揚。我盡可能維持著冷淡的表情，把戒指戴到第四根手指上。尺碼太小了。這是女戒嗎？我故作不滿地抱怨「什麼嘛，這尺碼不對啊」，允道不好意思地撓了撓頭，說道：

「聽說這是戴在小指頭的戒指。」

果然，把戒指戴在小指上，尺寸就剛好了。

「你從哪裡弄來的？」

「當然是買的啊，在禮品店。」

我想像允道在禮品店裡，挑選刻著「LOVE YOU N ME」這種幼稚文字的戒指，胸口就一陣酥癢，甚至單方面擅自賦予它「LOVE，允」[69]這層意義。

「你哭了喔？」

如果允道沒有開口，我還真的差點就要哭了。我笑罵他「神經病」。允道若無其事吃著橘子，開始看起《怪物》。我用力摟住他的背，感受著他的體溫，嘴裡不自覺說出難聽的話。

69 「允道」的「允」字可拼寫為「Youn」，正好就是「You N」。

「你錢很多嗎？」

允道輕描淡寫地說只是銀製的戒指，所以沒花多少錢。然後他伸出手，撫摸我因為寒冷而通紅的臉頰，說道：

「還是好冷。」

我的心臟又像笨蛋一樣開始敲鑼打鼓。我們曾經跌跌撞撞的關係，似乎又重新回到原點。這種想法緊緊攫住我。允道把視線轉回《怪物》上，漫不經心地說起自己的事。不久前，他原本跟他爸爸約好要見面，爸爸卻突然取消行程。他們約好在壽城觀光飯店前碰面，但是在約定時間的十分鐘前，爸爸發簡訊表示大概不能碰面了。

「那邊突然發生急事嗎？」

允道告訴我，他父親的朋友似乎發生了什麼大事。他又補充說，因為他爸爸拒絕不了朋友的請求，過去也好幾次因此被捲進危險的事件。

「就算是這樣，以前也沒有約好後取消的狀況。這次真的有點奇怪，電話也不接。」

「你應該很擔心吧。」

「我只是，沒拿到零用錢，所以覺得很煩而已。」

我像貓咪踩奶一樣按壓著允道冰冷的手，直到它恢復溫暖為止。

在貨櫃屋內，允道向我傾訴他的祕密，而且他似乎沒告訴過其他人。每當這種時刻，這個世界好像跟我們所在的空間完全割裂分離，好似這個方形的貨櫃屋是為了我們兩人而存在的空間一樣。

允道本來還在跟我喋喋不休地聊天，忽然出神地盯著我的臉，說道：

「跟你交往的人一定很幸福。」

「什麼？」

「你會認真聆聽跟自己沒有關係的話，即使是以前提過的事情，你也會像第一次聽到一樣，表現出興致勃勃的樣子，還會努力去理解聽不懂的事，所以什麼事情都可以跟你說。」

「是嗎？」

「嗯。要讓對方產生這種想法是很難的。」

因為對象是你，我才能做到那麼困難的事情，不是嗎？只要聽見你的聲音，什麼話題都很有趣；就算你做出很糟糕的事，只要能看著你，我就可以理解你。我似乎隨時都做好準備，去理解名為你的世界，那你呢？你也準備好理解我一心向著你的澎湃心潮了嗎？

果然，這太勉強你了吧。對你來說，我肯定是一個你永遠無法理解的世界。

我輕撫套在小指上的銀戒。戒指不是戴在我倆的手上，而是孤獨地戴在我一個人的手上。這個現實讓我感到失落。不行，我不能再期待更多東西了。

每當我多了解一個允道的柔軟之處，就覺得與他更親近了一點點。所以我變得想要探究更多，想了解那數不清的事物。例如他偶爾會上傳到「迷你小窩」的那些照片，裡面的人都是誰？允道跟他們在一起時，都做些什麼事？然而，允道絕對不會回答這些問題。即使它讓我非常難過，我也不能要求他展現他不想讓我看見的另一個世界。因為我很明白，它也許會毀滅我們現在建立起的關係。

•

我回到家後，就把允道送我的戒指放在書桌抽屜的最深處。不讓任何人發現。

這樣，才能夠完全屬於我一個人。

慶典之日

時間來到四月，不知是幸還是不幸，我忙得不可開交，因為接下來期中考與春季慶典將輪番上陣。學生會的二年級成員是籌辦慶典的主力，所以我們只能在準備考試的空檔，另外召開慶典的籌備會議。學校課程結束後，我要立刻趕去補習班，接著再繼續處理學生會的事務。驅使我行動的不是我的意志，而是某種慣性。雖然過著這種持續多日的疲憊生活，但是在集中精力做其他事情的時候，我可以不再胡思亂想，所以這種感覺很好。

為期三天的期中考期間，我幾乎沒怎麼睡，也不知道自己考得怎麼樣。考完後，鄭東勳像往常一樣衝過來找我，追問我覺得自己會考幾分。考試的最後一天，鄭東勳對我大叫：

「班長，你平均九十七分！太瘋狂了！」

與之前相比，我的成績進步不少。心情愈不平靜，成績就愈好，這一點讓我覺得很新鮮，但仔細一想，這是我為了不去想允道和泰瑞的事、靠念書來逃避現實的成果。我大概就是這樣的人。遇到無法承受的煩惱時，比起認真苦思如何面對，我反而會利用日常生活中的任務來逃避現實。這麼做讓我可以穩住不斷崩塌下墜的心，最終讓自己所有感情都變得麻木不仁。換句話說，韓國的考試對於那些沒有感情的機器更加有利。此時我才稍微能夠理解，紋紋在經歷失戀的痛苦後，繼續保持全校第一名的心情。

考試一結束，原先一個月一次的學生會會議增加到每週兩次。以學生會長熙榮為核心骨幹，幹部人員各自需要負責一項慶典節目。紋紋是將在大禮堂內連續舉行三天的展示會組長，我則是慶典最後一天舉行的廣播祭組長。大禮堂裡一一布置了美術社、攝影社、文藝社等社團的展示成果。紋紋提議，大禮堂入口是最顯眼的地方，可以在那處設立學生會的攤位，並且在攤位上舉辦「沉默拍賣」。這個前所未聞的活動名稱讓大家一頭霧水。紋紋表示這是她在美劇裡看到的東西，向眾人說明什麼是「沉默拍賣」：在牆壁上懸掛學生會幹部的照片與簡介，每張照片下面各放一疊寫著該幹部名字的信封。信封上有可以填寫名字、電話號碼與願望的欄位。參加拍賣的人可以自由放入金額不拘的錢，再將信封投入開票箱。慶典的最後一天，募集到最高金額的幹部就要去實現信封上的願望。為了讓收錢的名目更正當化，扣除慶典的籌備費用之後，其他收入全部捐給社會公益團體。我強烈反對這個提案，因為我非常確定沒有人會選我的信封。而且不只我投反對票，其他人也認為這不適合做為正式活動。但是由於慶典的預算實在不足，除了美食街之外，我們還需要其他能夠賺取收益的手段，基於這個最現實、最強烈的動機，我們最終還是通過了紋紋的提案。

我建議了在廣播祭舞台上進行「喊出你心意」的節目。最近，青少年在屋頂上吶喊或是在擂台上進行論戰這類的電視節目很受歡迎，我覺得應該會有一群人希望能在眾人面前痛快地喊出心裡的渴望。結果，將自身故事發來報名的人比預期中還來得多，於是我們開會選出十三個人。

五月的最後一個星期三，經歷千辛萬苦的事前準備，慶典終於拉開序幕。

紋紋的預想正中紅心，沉默拍賣獲得最多學生的關注。每位幹部事先準備好的十個信封袋很快就被用完，因此需要增添信封袋。甚至還有幾名學生，在自己支持的幹部照片旁邊放上花朵、糖果或巧克力等物品。以偶像出道為志願的李尚敏，還有以「清秀美女」姿態聞名全校的卞珉彩兩人獲得最多的鮮花和禮物。紋紋大概也有一些默默追隨的女性粉絲，同樣受到了不少關注。

慶典的最後一天是星期五，午餐時間結束之後，幹部聚集在大禮堂的開票箱前。熙榮解開了開票箱的鎖，裡面裝滿許多信封袋，還發現了一些餅乾的包裝紙、擤完鼻涕的衛生紙，以及糖果之類的小東西。我們忙著按照信封上的名字清點，計算每個幹部的總募款金額，記錄在帳本上。不出所料，收到最多信封袋的人正是李尚敏。他的信封袋裡盡是一些告白情書和請求交換電話號碼的小紙條。我的信封袋總共有七個，數字不多不少剛剛好，我這才放下心裡的石頭。我開始快速確認信封上寫的心願和金額。其中一個信封袋裡足足放了三十萬韓元的鉅款。我忙不迭地檢查信封內外，名字和電話號碼的欄位上寫著「1004」這個數字，而願望的欄位上只有一行字。

我知道你之前和他在湖邊做的事。

我飛快揉掉這個信封，把它插進另外六個信封袋之間。紋紋走過來，問我信封裡到底裝了多大一筆錢，讓我這麼驚恐。我壓低音量回答：「三十萬。」

「什麼？三十萬？這是目前最大的金額吧？」

聽見紋紋的話，所有人不約而同向我靠過來，其中一個人催促著說：

「這人到底寫了多偉大的願望，才願意花那麼多錢啊？你快唸出來聽聽。」

我拿起最上面的信封，一個字一個字讀出上面的文字。

「班長，請告訴我拿到國語一級分[70]的祕訣。真沒有的話，至少分享一下補習班在哪裡，多謝。」

眾人捧腹大笑，響徹整座禮堂。大家都在吐槽「是有多急迫，願意花三十萬元問這種問題」，接著紛紛轉頭要我傳授念書的訣竅。我難為情地乾笑兩聲，接著大家的注意力便迅速轉移到找出寫告白信給李尚敏的女生是哪些人。我努力掩飾自己顫抖的雙手，盡可能不動聲

70　韓國的大考成績分級，由高到低是從一級分開始分級起算。

色地把那個被捏皺的信封袋塞進口袋裡。

投下這個信封的人究竟是誰？名為「1004」的這個人，真的知道我做了什麼事嗎？難道那天晚上，這人就在壽城池邊看著我們嗎？不管如何設想各種可能性，我依然搞不清楚這是怎麼回事，腦袋陷入一片混亂。冷靜下來。不要因為一句主語與目的都不明確的句子來斷定任何事情。看到這種內容，就算今天收件人不是我，換成其他任何人也都會覺得困擾。我走出禮堂，把信封撕成碎片，扔進垃圾桶裡。

廣播祭從下午三點開始舉行。在廣播社社長的主持下，「喊出你心意」節目拉開帷幕。我們在會議中選出的同學一個一個走上舞台，吶喊出各自心中懷揣已久的話，大部分都在是跟喜歡的人告白。最後一個登上舞台的人，是柳熙榮。熙榮解開平時緊緊束起的頭髮，摘下了眼鏡，懷裡還抱著一大束玫瑰花，很明顯是為了表白而踏上舞台。熙榮拿起麥克風，大聲喊道：

「都允道，出來！」

火熱的歡呼聲此起彼伏。允道周邊的同學將他推擠到舞台邊。他笨拙又不自在地走上台。熙榮將花束遞給允道。他果不其然一臉尷尬地收下了花。熙榮握著麥克風，接著開始說話。

「我在補習班第一次見到你時，就一直喜歡你到現在。從那時起，我每年都會送你巧克力，你知道吧？」

允道的視線落在地板上，似有似無地點了點頭。挺直腰桿的熙榮看上去自信滿滿，十分瀟灑豪邁，聲音中卻流露出明顯的顫抖。

「我一直沒有勇氣，以至於不敢對你說出口。但是，我覺得如果現在不說，以後就沒有機會了，所以我才站在這裡，為了表白我的心意。我不會要求你立刻回答我，我只是想在人群面前說出來而已。我一直很喜歡你，請跟我交往吧！」

學生會長熙榮坦率又似挑釁的告白讓現場群眾情緒高漲、歡聲雷動，禮堂中爆發一陣又一陣震天價響的喝采。一些女孩發出近乎尖叫的呼喊聲。熙榮好像把話都說完了，表情也放鬆了許多。允道一句話也沒說，就那樣一手拿著花束，安靜地站在原地。最終，這場告白沒有得到明確的答覆，整個節目也糊里糊塗地結束了。

允道走下舞台時，眾人一窩蜂簇擁而上：「你們兩人打算怎麼辦」、「什麼時候開始約會啊」、「今天才發現學生會長還滿漂亮的」、「你們怎麼還不快點交往啊」等等，大家激動不已。允道嘴裡不斷罵著「白癡喔，閉嘴啦」、「都給我滾啦」，但臉上沒有表現出抗拒的神色。他當然沒有想到站在他身後約莫兩步距離的我。我對於剛才發生什麼事情毫無實感，只覺得一陣恍惚茫然。接著突然間，現實向我襲來，一股淒楚湧上心頭。熙榮在數百名學生面前，堂堂正正地表達自己的感情。我到死都無法做到、比噩夢還要讓我恐懼萬分的事，熙榮十分灑脫地做到了。

時至今日，我才知道兩年前的情人節那天，跟我一樣將巧克力放在允道書桌上的人是誰。正如同這兩年裡，我對允道的心意無法抑制地蔓延膨脹，熙榮大概也與我相同，用類似的方式餵養這份感情。熙榮不像我一樣有（性別上的）障礙，也許更容易走進允道的心中。我一邊這麼想著，一邊走出禮堂。我正在走的這條路，宛如通往地獄的電扶梯，而我繼續向下，朝更深幽處而去。

踏著沉重的步履，就在我到達教室時，手機震動了起來，是用「1004」這個號碼發來的簡訊。

－我是你的守護天使，隨時都會待在你的身邊，告訴你危險的所在。

也就是說，這個參加「沉默拍賣」的瘋子連我的手機號碼都知道。我心想，對方有可能是我身邊的人。到底是誰會做這種事？我沒有辦法查出這個人究竟是誰。正想要直接刪掉這封令人作嘔的簡訊，但是同個號碼又傳來一條簡訊。

－你是不是覺得今天站在舞台上向允道告白的人應該是你？我全都一清二楚。覺得很委屈吧？是不是討厭那個人討厭得要死？別擔心，很快就會輪到你，必須在大家面前坦白真相的時刻。

我的腳步戛然而止，周圍的空氣好似瞬間被凍結，身體僵硬得無法動彈。這段話是為了威脅我，所以揣測我的想法寫出來的東西，內容卻非常精準地看穿我此刻的狀況與心情，就像直接窺探了我的內心一樣。我緩緩環顧四周，視野中有許多同學行經這條走廊與教室。這些人當中，有人知道我的祕密。這根本無異於直接掌握住我的命脈。當祕密像傳染病一般擴散的日子來臨，這裡的所有人都會在瞬間背棄我。我將成為完美的孤單一人。我會被塞進垃圾桶裡，不斷往下滾落。我心裡生出一股衝動，它叫我往窗外一躍而下。

•

允道回到教室後，便把花束塞進書包。同學將允道團團包圍，忙著拿告白的事情捉弄他。也有人問他一些進度超前的問題，像是「你和熙榮是什麼關係」、「目前走到哪一步了」等等。不對，也許這些問題根本不算進度超前。根據熙榮的發言與態度，分明暗示著兩人之間有過什麼聯繫。眼前又出現一塊允道的碎片，是我完全不了解的部分。然而允道人就在我的身邊，若無其事地度過每一天。想到這裡，我是多麼想抓住允道的衣領，逼問他這一切到底怎麼回事，為什麼一個字都沒對我提過？

行完放學禮後，允道用光速從後門跑出去。我也飛快扛起書包，跟在允道身後。我想跟他談談今天發生在我們倆身上的事，但是我根本追不上全速奔跑的允道。他穿過操場、越過小門後，立即跳上摩托車，瞬間便消失在巷子盡頭。我本來想大喊允道的名字，卻只像有人用手摀住我一樣緊閉著嘴。即使在圍牆的另一邊，也跟在學校裡沒有不同；不能讓別人看見我們走在一起的樣子，因為我們的祕密關係不能被任何人發現。這時我又突然意識到，也許對於允道來說，自己只是眾多祕密其中之一罷了。我所深信的「允道只在我面前展現的模樣」，實際上也只是構成他的無數碎片之一。

忽然感覺呼吸變困難。我走進小巷裡，讓身子靠著牆面。我很想哭，卻沒有半滴眼淚。我慢慢下滑癱坐在地，雙臂抱緊膝蓋。口袋裡傳來一陣震動，我拿出手機一看，螢幕上顯示「姜泰瑞」三個字。大概是又想叫我一起回家吧。我像往常一樣按下拒絕接聽的按鈕。同一瞬間，熟悉的身影從我眼前閃過。無力又拖拉的步伐，微微駝背又矮小的身軀，那確實是泰瑞的背影。幸好泰瑞沒有發現我，只是一直向前走去。泰瑞縮著肩膀，像一隻失去主人的小狗。我躲進巷子深處，將自己完全隱藏起來。

我錯過了補習班的接駁車，於是雙手抓著書包背帶，開始漫無目的地走著。反正現在我也完全不想上課。淚水積蓄在眼眶，世界漸漸變得模糊不清。我走到一個無人的角落，好讓任何人都看不見我。

打起精神一看，發現我已經來到壽城池前面。這時，我穿著運動鞋的雙腳發麻，嘴巴也乾渴無比。我走進附近的便利商店，正準備拿起礦泉水時，寶礦力水得闖入視野中。那是以前週末一起去游泳後，允道經常喝的飲料。TEJAVA和寶礦力水得，哪一種比較難喝？我們為了小事鬥嘴的時期，已然相當遙遠。無論我回想起什麼，思緒的盡頭總是允道。我撥出打給允道的電話，對面傳來的是電話關機的提示語音。

我又走到「桃源烤腸」前。由於這是星期五的晚上，停車場裡密密麻麻停滿了汽車。我瞇起雙眼，望向停車場的盡頭，看見允道的摩托車停放在貨櫃屋旁。一想到允道就在那扇門後面，我無來由地感到安心。但是現在真的要面對他了，卻不知所措起來，不知道該說什麼好。你一直都知道巧克力的主人是誰嗎？你和熙榮之間一直有往來嗎？那你為什麼到現在都沒跟我提過？但是你知道嗎，有人知道你與我之間的祕密，我們倆都有可能有危險。給你巧克力的人不只有熙榮。還有我啊，一直都是我。我就在這裡……

允道還有哪些事情沒有告訴我？到底為什麼一句都不跟我說？我想要看著允道的臉，把這些問題打破砂鍋問到底。然而事實上我會一如往常地，一進到貨櫃屋裡頭，就貼上躺在地板聽音樂的允道，用腳去搔他的肋骨，就像發生什麼非常開心的事，笑著跟允道談天說地。我會將自己的憤怒、疑慮通通藏起來。儘管如此，就算是這樣，只要我看見允道的臉，所有的一切——這些混亂與痛苦，都會被洗刷得一乾二淨。我穿梭在汽車之間。走到貨櫃屋前面時，我發現了與以前不同的東西。

門前有一雙似乎是匆忙脫下的瑪麗珍平底鞋，兩只鞋頭分別朝向不同的方向，旁邊就是那雙 Nike 運動鞋。瑪麗珍鞋是一種跟得上最新潮流，但也不會違反校規的鞋款，是我們學校的女孩子經常穿的鞋子。

我曾經以為這裡是只有我被允許進入的空間，唯一能讓我做自己、好好呼吸的空間，如今有個不是我的某個人和允道一起待在裡面。穿著瑪麗珍鞋前來的人，現在跟允道一起待在裡面。這時，貨櫃屋的門忽然被拉開一道縫隙，一隻雪白的手從門縫裡伸出來。那隻手依次把運動鞋、瑪麗珍鞋拿進屋裡。門再次關上。這是在極短時間裡發生的事。窗戶的縫隙裡連一絲光線都不見，彷彿一開始這裡就什麼都進不去一樣，又像是一座空蕩的廢墟，永遠被緊緊鎖住，再也打不開。

曾經想要向允道傾吐一切的心情，此刻讓我感到無比淒涼。我調轉步伐，轉身往家裡的方向走去。眼淚幾乎要流出來，但是我沒有哭，只是會偶爾打自己耳光。

醒醒吧。

給我清醒一點。

我對允道一無所知。我對於自己的生活，對於自己曾經相信幾乎已完美掌握的人生也知之甚少。原來，我真的什麼都不知道。

•

回到家後，我細細重讀了允道過往發來的簡訊，然後定定看著自己的小指頭。綁在彼此小指上的紅線，好像在悄聲無息之中斷掉了。我點進允道的「迷你小窩」，在惡劣的心情中瀏覽允道的相簿。幾天前，他上傳了新照片。我一眼就能看見允道。他在煙霧繚繞的酒吧裡跟別人勾肩搭背。他穿著我沒見過的紅帽T，跟我不認識的人一起喝酒。在這樣的構圖之間，我根本想像不出熙榮加入的畫面。雖然如此，我也沒能描繪出自己走進去的畫面。在這一點上，我們倆一模一樣。我的心臟正在劇烈跳動，臉上漸漸充血通紅。我透過自己的體溫，理解了名為嫉妒的感情。憑藉嫉妒的力量，憑藉著那股強烈的情感，我在「我們的日記」發表了一則文章。

過得好嗎？最近一直都聯絡不到人呢。忙著談戀愛嗎？

直覺告訴我，允道不會回覆留言給我。為了讓這則文章看起來漫不經心，我盡量輕描淡寫每一句話，但是不管怎麼看，這三句話裡分明充滿了留戀與執著。就像在照鏡子一樣令人羞憤，但是我決定不刪掉它。關上視窗後，我才終於明白。

我對允道而言，什麼都不是。

建校紀念日

到目前為止，我看過的書都告訴我，苦難與不幸是為了被克服而存在。孫悟空與哈利波特、娜娜與魯夫，一些堪足以承受的考驗加諸於這些角色身上，而這些試煉不過是為了讓即將到來的幸福更加美麗、更加耀眼的一種裝置。

但是，生活中出現的不幸卻沒有那麼容易克服。它會十分漫長，也許終其一生都會用類似的型態反覆出現。我在相對較小的年紀時，就透過父母學到這件事。

建校紀念日是在六月的某個星期三。為了隔天可以睡到很晚，我前一天晚上沒有設定鬧鐘就睡去。這個決定實在太過輕率，因為媽媽一大早就把我叫醒。我揉著眼睛起床，坐到餐桌上。我問爸爸是不是去上班，媽媽忙著把飯塞進嘴裡，然後對我解釋說：「爸爸昨天去釜山出差，今天晚上才回來。」媽媽像平時一樣嫌棄爸爸，又不是特別會賺錢，卻總是一副埋首於工作的樣子。我也像平時一樣，把媽媽的話當作耳邊風，手上繼續把飯填進口中。媽媽斥喝我吃飯慢吞吞，我才想起今天是建校紀念日。我才剛告訴她建校紀念日的事，媽媽就立刻從椅子上起身。她命令我吃完早飯後，把小菜放回冰箱，然後把碗都洗乾淨，接著便頭也不回地出門上班去。我立刻放下手中的湯匙，躺到客廳的沙發上，只想先睡個回籠覺再說。

再次睜開眼睛時，有人正以一種充滿攻擊性的氣勢狂按門鈴。現在這個時間會是誰呢？我慢慢走向玄關，打開了大門。

幾名穿黑西裝的人站在門外。其中一名男子說出爸爸的名字，問這裡是不是他的家。在我下意識回答「是」的下一秒鐘，對方連鞋子都沒脫，就一窩蜂地湧進屋子裡。接下來，我還沒來得及理解情況，他們就開始把紅色封條貼在傢俱上。我稍早躺著的沙發也被貼上封條，然後他們還隨意打開其他房間的門，逕自將封條貼在所有傢俱上。我只在電視劇裡看過這種場景，現在竟然直接發生在我家。因為它實在太過於典型，反而讓我沒有現實感。我的存在彷彿透明人，他們眼裡似乎完全看不見我。這群有條不紊的黑西裝男士手裡忙著貼封條的動作，看起來就像一層一層海浪。黑色浪潮襲捲之處，只留下血跡般的封條和骯髒雜亂的腳印。客廳一角隨意放置的小提琴也貼上了封條，那是小學時期買來練習用的。那個要五萬元耶，我喃喃自語道。最後，當他們把上面有燒燙痕跡的地毯也貼上封條後，其中一個男人遞給我一張紙。他說如果爸爸回來，把這張紙轉交給他就行了。他客氣有禮的語氣，讓我有一瞬間甚至在考慮要不要請他們喝杯飲料再走。然而這種煩惱毫無意義，因為他們就像最初的雷厲風行一樣，瞬間就消失在門口。

我重新倒回沙發上，頭枕著扶手躺下，貼在那裡的封條刺痛我的後腦勺。我撕下來一看，上面寫著一串警語。

『擅自處分該扣押物或破壞此封條者，必將受到懲罰。』

「受到懲罰」這個說法實在太八股，反而讓人覺得可愛又好笑，有點像小學生寫出來的告誡文，例如：把上星期拿走的磁鐵交出來，否則你就要受到懲罰；快拿出五百元讓我買思樂冰，否則你會受到傷害性懲罰：你別想要背叛我，否則你等著受到嚴厲懲罰……

我讀了西裝男交給我的紙條，才知道爸爸跟某個地方借錢卻沒有償還，不斷拖欠本金和利息之下，就把家裡的財物、房產拿去抵押。一點新意都沒有的內容。

自從金融危機爆發、我們舉家搬進宮廷公寓之後，「負債」就像我們家的第四口一樣。它像令人憂心忡忡的小弟弟，雖然平常不見蹤影，但是就跟那些離家出走的浪子一樣，都會再次回來、把家裡砸成稀巴爛。

那天晚上，回到家的媽媽看見家裡變成這副模樣，立刻放聲尖叫起來。她飛快在空中畫了好幾次十字架，眼淚撲簌簌地直往下掉，然後把那些封條一個一個撕掉。她那個樣子十分可憐，卻又令人不耐煩。爸爸很晚才回來，我趕緊躲進自己的房間裡。不出所料，兩人勃谿相向的聲音穿透房門，直達我的耳膜。有時候，我會將我的父母親看成「堵住水壩的荷蘭少年」[71]：這裡出現漏洞，就堵住這裡；那裡出現漏洞，又手忙腳亂地堵住那裡；到最後，即使用上雙手雙腳，仍會落到無計可施的田地。就是因為他們老是到處亂花錢，才會走到這個

71 荷蘭的童話故事。

地步。如今是真的走到盡頭了。但是這個情況一點也不讓我訝異，我只是厭倦宛如單曲循環一樣沒有盡頭的不幸與貧窮，甚至到了快窒息的地步。

接下來幾天，我結束晚自習與補習班課程後，到家時雖然已經過了午夜，也能看見正在打電話的媽媽。一般來說，她都是打電話給姨媽們，對自己的處境哀聲嘆氣，偶爾也會為了借錢說些乞求的話。爸爸為了探望爺爺在世時經常出入家裡的「老人家」（確切來說，是為了借錢），踏上全國八道的征途。我是個不識相的孩子，不，我故意裝成不識相的樣子。為了證明家庭陷入絕境和父母的精神狀態不會對我產生任何影響，我一邊看電視情境喜劇，一邊發出捧腹大笑。劇中的吸血鬼在地球上生活了幾百年，結果別說一套房子，就連房租都交不起，只能在路邊攤的帳棚下烤肉，在服飾店過著挨罵的打工生活。雖然我笑得很開心，但這些劇情不像是別人的故事，讓我總是覺得胸口發麻。

有一天，媽媽突然問我：

「最近泰瑞過得怎麼樣？」

不知道她是不是從米菈阿姨那邊聽說了什麼，我的心臟「喀噔」一聲開始往下墜。我裝作不知情的模樣，用世界上最天真善良的面孔回答：

「不知道耶？我們最近沒什麼聯絡，在學校裡看起來都還滿正常的。」

「你要不要打個電話確認一下？米菈好幾天沒接電話了。」

我不得不打電話給泰瑞，但電話那頭傳來關機的提示語音。本來很擔心接起電話之後該說什麼，所以我著實鬆了一口氣。

「他好像睡了，沒接電話。」

「是嗎？是不是發生什麼事了？真讓人擔心。」

「怎麼可能，應該是因為太忙了吧！我明天去學校問問，別擔心。」

「好，一定要問喔。」

翌日的第五節課結束後，我去了泰瑞的班級。隨便掃視一圈後，我沒有看到泰瑞的身影，我叫來還算臉熟的班長，問他知不知道姜泰瑞人在哪裡。他嘆了一口氣，說泰瑞已經曠課超過三天了。他又繼續補充，每節課老師都會問同樣的問題，讓他必須回答好幾次同樣的話，真的快被煩死了。

「不過，你和姜泰瑞不是很熟嗎？」

我頑強地搖搖頭，回到自己班上。不管怎麼說，這事態看起來都很不尋常。我不禁懷疑是不是自己之前的行為造成這個狀況，罪惡感在心裡發芽，於是立刻發了一封簡訊給泰瑞。

—怎麼回事？為什麼不來學校？電話也一直關機。沒發生什麼事吧？我媽也很擔心，看到訊息後聯絡一下我吧。

抱著嘗試任何可能性的念頭，我也打了電話給泰蘭姊姊，卻也聽到「應客戶要求，暫時無法接通電話……」的提示語音。到底發生什麼事情了啊？我到紋紋的班上，找她說明了事情的前因後果，然後請她告訴我奈美惠姊姊的聯絡方式。紋紋的聲音十分低落，說姊姊換了電話號碼。很顯然，事情正往不妙的方向直奔而去。

深夜回到家後，媽媽像往常一樣點著蠟燭、屈膝跪地誠心禱告。我猶豫著該怎麼開口，然後決定先去洗個澡。我花了很長時間洗澡，出來卻發現媽媽依舊在祈禱，彷彿她的雙腿沒有任何感覺一樣。我小心翼翼地靠近媽媽，然後開口：

「媽媽，我今天去了泰瑞的班上，聽說泰瑞缺課超過三天了。」

「什麼？是哪裡不舒服嗎？」

「沒有人知道為什麼他沒去上課，泰蘭姊姊也不接電話……」

媽媽慌忙畫了一道十字架，吹熄了蠟燭，然後坐在沙發上用手抹抹臉。

「應該沒什麼事啦，不要太擔心。」

媽媽嘆了口氣，說道：

「我以前也跟你說過吧。你米菈阿姨開店的時候，媽媽也投資了一點錢嘛。因為最近情況有點急，我想著能不能收回那些錢，於是打電話給米菈，但是她一直沒接電話，所以我直接去了店裡一趟，發現那裡一個人都沒有。明明是大白天，店門卻還是鎖著。我從窗子往裡面看，庫存的箱子把店裡塞得滿滿的。我也去過米菈的家，但是一點動靜都沒有。」

不管怎麼想，我都覺得發生了某些我不知道、無從預料的事了。

•

幾天後的晚上，泰瑞的簡訊送達我的手機。

—可以講話嗎？

我正在補習班裡上英語課，因此藉口說要去一趟洗手間，來到外面後馬上撥了電話給泰瑞。泰瑞像剛哭過的人一樣，嗓音沙啞又低沉。我問他「你還好嗎？為什麼不來學校？到底發生了什麼事」，泰瑞沒有回答我的任何一個問題。他沉默了好久，才吐出一句話。

—等一下能見個面嗎？

—好，去你家嗎？

—我家現在有點……我們約壽城池好嗎？在觀光飯店的門口。

—什麼時候？

—現在也可以，明天也沒關係。

—那就現在見面吧。我人在補習班，到那邊的話大概十二點多。

本來我想回教室收拾書包，最後還是決定直接去壽城池。

平日的午夜時分，壽城池附近沒什麼人跡。泰瑞頂著一頭蓬亂的頭髮，那雙大眼睛彷彿馬上就要溢出眼淚，充滿了水氣。我們在原地乾站了一下，然後決定沿著湖畔散步。我等著泰瑞先開口說些什麼，他卻只是默默無言地挪動腳步。初夏的壽城池飄散著花香和青草味。泰瑞深深地嘆了口氣，那模樣彷彿地球即將毀滅一樣。我覺得這樣下去不行，所以跟他一起坐到附近的長椅上。本來我想告訴媽媽自己見到泰瑞了，但是手機沒電了。我立刻單刀直入切進正題。

「媽媽說她一直聯絡不到米菈阿姨，非常擔心。你和泰蘭姊姊也都不接電話，甚至你連學校都不來了，到底是怎麼回事？」

泰瑞只是直視著前方，一言不發。我們之間籠罩在沉默下。我苦惱著此時此刻該說什麼才好，於是開始講起這次我們家遇到的事，也談到關於重蹈覆轍的不幸，甚至提到扣押封條上的那句「受到懲罰」。我強顏歡笑說著這些話題，看到泰瑞略顯僵硬的表情，忽然覺得自己是否不該提起這些事。

這些令人厭倦的貧窮，對泰瑞來說不單純是別人的故事。這一點幾乎可以說是我們共通的噩夢。

金融危機爆發時，泰瑞的父親突然間再也不回家。他沒有留下隻字片語，也沒有任何預兆，宛如煙霧一般人間蒸發。米菈阿姨為了找人，輾轉各地日夜奔波，我爸爸媽媽也一起掛上尋人布條，分發尋人啟事傳單。那天，大家一整天四處尋找，卻依舊一無所獲，夜裡眾人再次聚集在家裡，上下同心以祈禱來撫慰不安的心。我還記得當時小泰瑞說了一番話。當泰瑞和媽媽、姊姊圍坐在一起痛哭祈禱時，我媽媽突然爆出一串方言，泰瑞則發出和米菈阿姨一樣有如野獸咆嘯、無法語言化的號泣痛哭，表示那就是信仰與救贖的證據。他似乎把自己當作見證人，深信在主的恩典下爸爸很快就會回來。然而，他的父親再也沒回來。

永遠地。

只是安靜坐著的泰瑞，慢吞吞地開口了。

他表示在這段時間內，同時經歷了許多不好的事。他還補充說，他開始和媽媽一起進行凌晨禱告，也因為熬夜祈禱才沒有收到我的聯絡。聽到他的話，我只覺得頭痛好像快發作了。

「你到底為什麼不來學校？」

「我要退學了，接下來要去國外留學，去菲律賓的一所國際學校。」

「這麼突然要退學？為什麼去留學？」

「不是突然決定的，我很久以前就在想這件事。那邊的學校九月開學，所以我要趕緊去那邊適應環境，還要學習英語。」

「你一個人去？」

「嗯。」

「你不是討厭英文嗎？沒問題嗎？那裡可不是小學，而是高中喔。」

「所以我才說今天想跟你見面。哥，我們一起走吧。」

「你沒聽到我剛才說的話嗎？我們家現在發生很多事，不要說留學了，就連補習班都快念不下去了。」

「聽說那裡的物價便宜，跟韓國比起來，不用花很多錢。在那邊可以住宿舍，不用擔心房子的問題。我都已經調查過了。」

「喂，你清醒一點。我知道學校生活很辛苦，但是這樣子決定太草率了。」

「這不是衝動之下的決定。我已經考上那裡的學校，聽說畢業之後還可以去加拿大或美國的大學。」

什麼加拿大、美國的大學啊？很顯然，他天真地相信那些留學代辦公司不切實際的虛假謊言。明明知道我們的生活狀況，能餬口就已經是萬幸了，哪有能力去什麼該死的留學？

「那是有錢人才能做到的事。聽說去念美國大學一年要花一億元，那筆錢誰來付？你醒醒吧，我們已經高二了。」

「我不會回來了，我會繼續在國外生活，我一定會變幸福的。」

什麼外國？什麼幸福？泰瑞若無其事地把「幸福」這個字眼掛在嘴邊，就像在信誓旦旦保證他一定能抓到獨角獸還是麒麟，實在是荒謬無比。

「去菲律賓留學？用說的當然好聽，但那裡是怎樣的國家，去了會過怎樣的生活，你也不太清楚吧？前段時間還有新聞報導說有僑民在那裡被殺害了。你能保證那裡比這裡好嗎？」

「不管那是哪裡，都會比這裡好。這一點我可以肯定。」

我不由得嗤之以鼻。泰瑞經歷過那麼嚴重的事情，但是他始終相信會出現希望。這種輕率的樂觀令我怒火中燒。

「我絕對不會去。就當我捨不得現在為止擁有的一切吧，我是不會去的。再堅持一下就結束了，討厭的家和這個社區都會結束。那裡又算什麼？我才不去，絕對不去。」

「哥，你也知道啊，像我們……這樣的人待在這裡會很辛苦。」

「什麼叫做像『我們這樣的人』？你在說什麼？很抱歉，我跟你不一樣。過去一年裡，為了拿到好的內申成績，我拚了命在念書，還要準備大學考試。我可以憑我自己的力量擺脫這裡。我知道你很辛苦，但是我們不一樣。」

「哥也跟我一樣累，不是嗎？我們都撐得很辛苦，不是嗎？這些我都知道，我全部都看在眼裡。」

「你到底知道什麼？」

「哥喜歡……男人，還有，哥喜歡都允道。」

我從來沒有想過，會從泰瑞嘴裡聽見允道的名字。我反射性地大聲喊出「你在說什麼屁話啊」、「不要胡說八道」。

「哥，你不是喜歡他嗎？你喜歡允道，所以才跟他接吻。」

眼前那片深幽烏黑的湖水彷彿開始冒泡沸騰。我只是靜靜坐在原地，也感到眩暈不已。你到底是怎麼知道的？不對，醒醒吧。他不過是在虛張聲勢刺激我。我努力壓下自己的情緒，慢慢地說：

「泰瑞，允道只是一個同班同學。你對我有什麼想法，我大致上也猜到了。我可以理解你，但不是所有人都跟你一樣。」

「一起走吧，就我們倆。」

「不要鬧了，難道你去菲律賓之後，成績就會突然變好嗎？還是突然變成大富翁？難道去那裡之後，你就能一夜之間變成國王嗎？你是那種、那種……人的事實就會改變嗎？去那裡也是一樣的。能有什麼不同？你就是你，這一點完全不會改變啊？你只是想要逃避。因為你沒辦法再忍下去了，所以想要逃跑。」

我冷靜地補充說：「泰瑞你好像生了很嚴重的病，我覺得你需要一些治療，我可以給你一些協助。」說這些話的時候，連我也感覺自己令人憎惡，但是生存本能已經凌駕我的良心。泰瑞揚起一邊嘴角，笑了起來。

「你真的以為我什麼都不知道，只是隨口說說嗎？」

「嗯，所以你才會說些莫名其妙的話。」

「你忘了嗎？我們國中的時候，用過一模一樣的密碼。」

聽見這句話的剎那，我想起與泰瑞共享遊戲帳號的那段時光。當時我們設定的密碼是以泰瑞家電話號碼的末幾位數字，再加上我名字的第一個字母。因為很容易記憶，所以從那次以後，我加入任何網站的會員都會直接使用這組密碼。Cyworld當然也是如此。我好想砍斷自己毫無思考能力的手。生活中的我一直很在意他人的視線，網路上的我卻截然不同，網路上的我根本沒想過可能有人在看著我。我只知道，使用幾個不起眼的字母與數字，就可以戴著匿名的面具，悠閒徜徉在屬於自己的宇宙中。我把自己最耀眼的部分，以及隱祕、醜惡部分的那一面，全都發洩在這裡。我相信這個世界百分之百安全，是一塊永遠被保護起來的地方。結果是，我的生活、我的一切，竟然全都如此輕易地暴露出來。泰瑞到底知道了多少？他該不會把我所有的日記都讀完了吧？連跟允道一起寫的「我們的日記」都看過了嗎？

沒錯，全部。

這一切都被泰瑞看在眼裡。我的祕密，我的卑劣，我的真心，他都看得一清二楚，每件事都心知肚明。羞恥心與憤怒同時灌進我的腦袋。我像被乾冰覆蓋全身凍僵了，無法動彈。

「我真的很抱歉，一直以來沒有問過你，就偷看哥的私生活。但是，知道哥和我是同一邊……的人，我真的很高興。」

「我們不一樣，根本一點都不像。你要一直講這種話嗎？既然你自己提起，那我就直接說了。你到底是怎麼做人的？你知道大家都怎麼說你的嗎？大家都在罵你是死同性戀，罵你是窮鬼。你不想活在現實裡，但受影響的可不只有你自己而已，米菈阿姨也會被你連累。」

我知道自己已經跨過無法回頭的界線。雖然清楚知道這一點，但是我停不下來。

「哥才是應該要振作起來的人吧！你以為成績好就會不一樣嗎？你知道其他人是怎麼看待哥的嗎？你肯定也不知道其他人是怎麼說阿姨的吧？就是因為你什麼都不知道，才能擺出那張臉繼續過日子！有謠言說，阿姨用偽造的教師資格證開K書中心。大家都覺得我們很可怕。你覺得都允道能有什麼不同？哥，你不是也知道，允道正在跟女生交往啊？對他來說，哥只是他無聊時拿來摸一摸、玩一玩的玩具，但帶去外面就會覺得丟臉的破爛玩偶。你真的不知道？完全沒發現？」

「不要胡說了。你是被逼到了，才開始胡扯吧。」

「是啊，你肯定不想承認對吧。只要想到允道，你是不是就覺得依依不捨、心裡小鹿亂撞？有時候還覺得喜歡到快要死掉？我知道這種感覺，因為我也一樣。我一直以來都是用這種方式在喜歡哥，所以我對你也有很多埋怨。但是我現在知道了，哥和我是同一種人。你不理會我，不明白我的心意，這些我都可以理解。到現在為止，因為有哥的存在，我才不至於覺得孤獨，以後也會是如此。所以說，我們一起離開吧。只要從這裡逃出去，所有問題都能解決。」

「好，我知道了。我承認這段時間我讓你很痛苦，很抱歉，我冷落了這麼痛苦的你。我向你道歉。如果你真的這麼想的話，那就去留學吧，但是你自己一個人去。就這樣安靜地消失吧，算我拜託你了。」

「這裡到底有什麼好留戀的？」

「這裡一點都不好。我只是覺得捨不得而已，捨不得我的努力，還有一路忍耐、堅持下來的時間。」

「你不怕變成現在的我嗎？」

我沒回答。他說得一點都沒錯。在我的人生中，沒有比這個更令我恐懼的事情了。沒錯，姜泰瑞，我害怕變得像你一樣，把弱點暴露給全世界，被一群野獸撲上來撕碎咬爛，比讓我去死都還要害怕。我害怕得睡不著覺。我害怕變得跟泰瑞你一樣，害怕得快要瘋了。

泰瑞彷彿讀出我的心思，繼續說下去。

「已經有人傳說哥正在追允道，還有人到處說哥的壞話，說六班的班長像個基佬，像個死同性戀。我們不需要留在這裡，繼續承受這種事情，所以我們一起走吧！到國外去生活吧！在那裡過幸福的日子吧！為了我們，這是最好的選擇了。」

「不，我要留在這裡。我會繼續忍耐下去，堅持到畢業為止，我會靠自己在首爾站起來。這是我的選擇，是我認為最好的方法。」

「哥如果要這麼固執，我也別無他法了。我只好讓哥再也不能繼續在這裡生活下去。」

「你在威脅我？」

「如果你不跟我一起離開，我就會告訴所有人，包括哥是什麼樣子的人、跟允道發生過什麼事情、兩個人之間又做過什麼舉動，這所有的一切。」

「不要胡說八道了。」

「不管是哥還是允道，都會在學校裡抬不起頭。不，大概也沒辦法在這塊土地上立足了吧。」

一種出生以來從未經歷過的情感，在我體內快速升溫沸騰。它超出喜悅、悲傷、憎惡、幸福、痛苦和歡愉，一種深入我四肢百骸的強烈衝動。也許就跟野獸無比相似，是一股原始又猛烈的本能。

「哥，你愈來愈不對勁，而且愈來愈嚴重。繼續待在這裡，你只會變得更糟糕。我們走吧！一起離開這裡，過幸福的生活吧！」

我想堵住泰瑞的嘴，不管是用什麼方法。我想把他知道的一切，扳回到一無所知的狀態。我必須把他的存在推到我的生活之外。我伸出雙臂，抓住泰瑞的肩膀。

「好啊，走。」

我使出全身的力量推他。嬌小輕盈的泰瑞倏地往後仰。他的身體被欄杆絆倒，翻過欄杆後往下滾去。我聽見什麼東西掉進水裡的聲音。

這一切發生在一瞬間。四周一片黑暗，我什麼都看不清。怎麼辦？我得叫救護車，或是叫人過來，隨便是誰都可以。我必須救泰瑞。我反射性地拿出手機，想要叫救護車。手機沒電。霎時間，千百萬種想法湧入腦海中。如果救了他，如果把他撈上來，接下來我怎麼辦？

我得去找媽媽，或是找米菈阿姨——然後會發生什麼事？泰瑞會用他那張濕濡的嘴，把我的祕密毫無保留地告訴大家吧？以後，我就再也不能抬頭挺胸地生活了吧？允道大概也會知道所有的事吧？唯獨這件事，這件事絕對不行。

我轉過身。

然後，拚命奔跑。雖然聽見背後傳來什麼聲響，但我完全沒有回頭，繼續往前跑。為了逃離泰瑞身邊，為了逃離壽城池這個地方，為了逃離自己的真相，我不顧一切地奔跑。心臟像要爆炸一樣快速鼓動，氣息急促得像是要窒息，但這些都沒能阻止我的腳步。乾脆就這樣心臟暴斃，該有多好。

來自過去的信件4

鈴響了。

諮詢的預約已經取消，所以應該不會有人過來。可能是推銷的小販或瓦斯工人吧。我沒有出去應門的力氣，所以只是繼續靜靜坐在椅子上。門鈴執拗地響個不停，接著，換成手機響了。我接起電話，聽見另一頭傳來「有您的掛號信」通知。一走出門外，我看見滿臉不悅的郵差。我簽完名後，對方遞給我一個文件袋，上面沒有寫寄件人的名字，只留下位於南海的某個島嶼上的寄件地址。我沒有認識的人在南海。我心想，不知道是誰寄的，接著撕開文件袋，嚇了一大跳。

「涼宮ハルヒの憂鬱」。

一本用透明塑膠封裝的《涼宮春日的憂鬱》日文原文書。它的封面早已磨損泛黃，但我心裡明白這絕對是泰瑞送我的那一本。當年我翻遍整個焚化場卻始終沒找到的那本書，跨越十五年的時間、交付到現在的我手上。我的後腦勺像被某個尖銳物品猛然一擊。我感覺似乎有人正在窺探我的生活，以捉弄我為樂。

無論如何蹬腿掙扎，無論如何奮力前進，我曾經做過的那些事，也絕對不會成為過去。

我撕開塑膠封裝，書本從顫抖的手上滑落，一個信封袋同時從書頁間彈出來。信封袋是密封的，上面沒有寫下任何文字。彷彿觸碰到就會被感染什麼一樣，我把信封袋和書本放在鞋櫃上，接著到廁所用肥皂洗手。不論我怎麼用力搓手，一種愈洗愈骯髒、完全被玷汙的感覺在我心裡揮之不去。鏡子裡是一個臉色陰沉、眼神閃爍的瘋子。但與其說是瘋了，不如說是厭倦了。「厭倦」這個字也許更合適我。眼底沉澱著黑暗與疲憊，男子開始對著空氣嚎叫慟哭。

對不起。

但是，我不是一直都覺得這樣就好。

當時，我遭受的暴力就像紋身一樣，深深鑿刻在筋骨上，而且不斷阻撓我後來的人生。我所經歷的事，從一開始就替我決定了人生的那些壓迫與箝制，至今都仍會出現在每個重要的瞬間阻擋我。我絕對沒辦法擺脫這一切，那些曾經約束我的暴力視線，以及將我鯨吞蠶食的歲月。

那時不只是你，我也被壓迫到變形、渾身皺摺。不管我再怎麼用力去撫平，也抹不去那些皺摺留下的痕跡。

若無其事活著的人，不是另有其人嗎？

所以，別再這樣了。

拜託。

我錯了。
我是真心的。

第4章

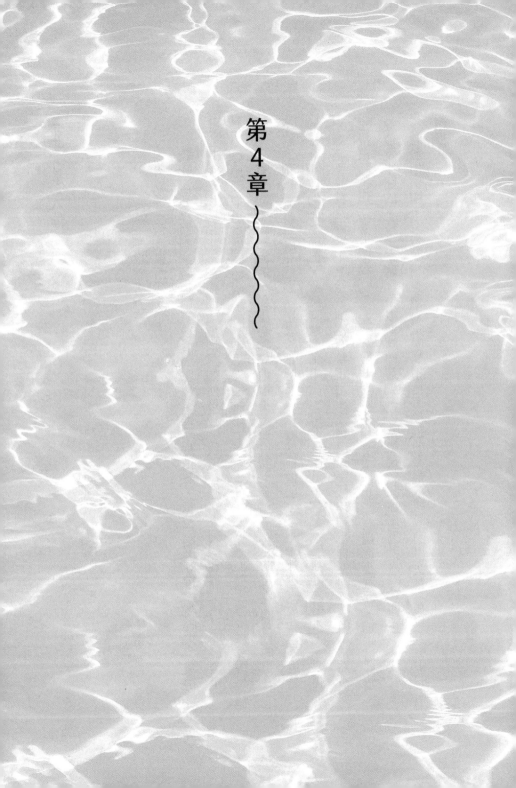

並不是天使

那天以後，很多東西都改變了。

我死命狂奔回到家時，已經凌晨三點。家裡一片悄然，爸爸媽媽好像已經睡去。我悄悄走進房間，把門鎖上，然後開始煩惱該如何是好。我現在應該立刻報警嗎？還是叫救護車？是不是應該把爸爸媽媽叫醒，將所有事情全盤托出？我考慮了很久，最後還是沒有得出結論，只有時間不斷在流逝。我小心翼翼地撥了一通電話給泰瑞，聽見的是電話關機的聲音。不祥的預感一直縈繞在心頭。應該沒事吧？只是壽城池而已，又不是什麼大瀑布，不過是一片平靜無波的湖水而已。雖然泰瑞個子不高，但他也不是小孩子，已經是大男人了，要爬上來應該不是什麼難題吧？至於他沒有接電話……應該是手機掉進水裡故障了，所以當然沒辦法接電話。我一邊這麼想，一邊在心裡舒了口氣，卻又突然想起泰瑞從小就非常怕水這件事。連淺及小腿的水位，泰瑞都不敢把腳伸進去。每當電視新聞裡出現洪災的畫面時，泰瑞就會不時發出驚叫。突然間我整個人焦慮到不行，後腦勺發麻。我想到可能發生在我人生中的最糟糕狀況。

然而，現在一切都太遲了。

•

自那天以後，我凌晨五點就會睜開眼睛，然後跑到玄關門口，拿著爸爸訂的三份報紙回到房間。我連大氣都不敢喘一下，認認真真地把報紙全都讀了一遍。平時被我不屑一顧的地方報紙，我也會細細閱讀，但是都沒有關於壽城池的報導。每天每天，我都會在網路上搜尋相關消息，可是都沒有值得注意的新聞。

表面上，我若無其事地上下學，前往補習班，照常吃飯睡覺。然而，那天跟泰瑞之間發生的事，每時每刻都跟在我身後。泰瑞對我說過的話，我推倒泰瑞時手上的重量感，當下我心裡清晰分明的殺氣，偶爾會在腦海中復甦，攪亂我的思緒。

從那之後，我就經常睡不好，睡著就必定會做夢。

我和泰瑞並肩騎著鴨子船，水星樂園就在我們眼前。我們注視同一個方向，用相反的拍子踩踏板。泰瑞每次一動作，我都會感覺自己的身體在搖晃。泰瑞開口朝我搭話。

哥，你還記得嗎？我們一起玩樂高的時候？

嗯。當然記得。是八歲的時候吧？

沒錯，那是叔叔阿姨送給哥的生日禮物，池畔天堂系列。

你連那種事都記得？

嗯。因為我很想要那組。

玩那個的時候真的很有趣。不知道是我們年紀小，還是手太笨，花了一個多星期才拼好，但我還是很自豪，因為我跟你建造出一個很酷的別墅。

你還記得那時候，透明杯和椰子樹的積木不見了嗎？

是嗎？

嗯，是啊。雖然我們拼完了，但是只有那兩樣消失了，我記得哥找了好久。

原來如此。

其實，那是我拿走的。

真的嗎？搞笑嗎你。你拿那個幹嘛？

就只是一直收著而已。它們閃閃發亮的，我很想要。

接下來，一陣沉默。一言不發踩著鴨子船的我，勉為其難地開口。我有話一定要跟你說，為了說這些話，我才來到這裡。我口乾舌燥，聲音變得沙啞。

泰瑞，我……我真的，很對不起你。

為什麼對不起？

因為我讓你……變成那樣。

……

我很害怕，才會做出那種事。只是……所有的……一切都很可怕。我的家人、你的家人、身邊的同學、D市的人，尤其是……被別人發現真正的我……因為你，我會沒辦法再隱藏，但是我很害怕。像我這樣……拜託……

腳底的震動停止了。我轉頭一看，身邊什麼人都沒有。

泰瑞？

我轉頭看前方，看見一個小孩從水星樂園的門走進去，像活在平原上的小小野獸一樣，手腳相當敏捷。我從鴨子船上下來，奔向大門的方向。為了打開門，我用盡吃奶的力氣。門上纏著生鏽的鐵鏈。只要打開這扇門進去，一切都會好轉的。我可以把人找回來。我可以再把人帶回來。我使勁全力拉扯大門，指甲甚至開始滲出血來，但這扇大門依舊緊緊鎖著，我始終打不開它。

我遠遠望去，看見小孩消失在雲霄飛車那一頭。

我朝著小孩子的後背放聲大喊。

等我一下，拜託。

當我從夢中醒來，我的直覺告訴我——我永遠失去泰瑞了，再也見不到他。

從那以後，我真的再也沒有見過泰瑞。而且不只泰瑞，連泰瑞的家人，我都沒有再見到過任何一人。泰瑞一家子有如煙霧一樣自人間蒸發。

「不管怎麼想，我都覺得很怪。我認識米菈將近三十年，她還是第一次這樣。如果不是發生什麼大事，不可能突然聯繫不到人。」

聽到媽媽這番話，我的心開始下墜。

幾天之後，我被媽媽拉著一起去泰瑞家一探究竟。按門鈴也沒人來應門，我們又敲了半晌的門，還是一點動靜都沒有。我和媽媽一同拜訪社區前面的房屋仲介公司，在那裡得知令人震驚的消息。聽說幾個星期前，米菈阿姨為了緊急賣房子來找過他們，但由於她有滯納的稅金和貸款被扣押資產，因此無法順利出售。後來米菈阿姨再也沒來過，那間房子也馬上要被法拍了。媽媽似乎無法置信，反覆追問老闆。

「所以你的意思是，人就這樣不見了？去哪裡了也不知道嗎？」

回到家的時候，太陽已埋入地平線之下。媽媽昏厥似地癱坐在地上，嚎啕大哭起來。她的聲音混合著哽咽，不斷傾吐對米菈阿姨的埋怨。

「她怎麼可以這樣對我？米菈怎麼可以對我……」

下班回家的爸爸嚇了一跳，問發生了什麼事。我知無不言，言無不盡。聽完，爸爸嘆了口氣，上前安慰媽媽。最後，爸爸反覆地說：

「忘了吧。活著就會碰到各式各樣的事情。忘了吧，都忘掉吧。」

聽了爸爸這番話，媽媽像在禱告一樣重複著相同的話，彷彿在對自己下咒語。

忘了吧。活著就會碰到各式各樣的事情。

忘了吧，都忘掉吧。

忘掉一切吧。

後來，泰瑞因曠課累積次數達標，被校方以退學處理。學校裡關於泰瑞的種種傳聞流向四面八方。投資米菈阿姨健康事業的人，不只我媽媽而已，因為無論在教會還是在社區主婦之間，米菈阿姨都是影響力十足的人。聽說，有些人吃了她販售的健康輔助食品後出現了副作用。有人說他們全家一起自殺了，也有人說米菈阿姨用直銷大賺一筆後跑路去了首爾等等，各種傳聞漫天飛舞。

傳聞當中，我也占有一席之地：泰瑞暗戀六班的班長，告白後被拒絕，於是離家出走。不對，這兩人本來就在談地下戀情，只是分手之後泰瑞就自殺了。他們倆早就有肉體關係了……鄭東勳對我轉述這些傳聞，數落說它們都是子虛烏有的謠言、沒營養的小話。雖然他嘴上叫我不要在意，表情卻比任何人都要興致盎然。我若無其事地告訴他「我沒關係」，實際上卻感覺自己的立足之地一天一天縮小。

每天，大水都在我腳下洶湧奔流。水迅速往上漫溢，淹過腳踝與小腿、腰腹與胸膛，直到連肩膀都泡在水中。最終，水位飛漲淹沒頭頂，我窒息而死。

我擔心那些債主會不由分說把我們家拿走，結果，在小姑姑——一名婦產科醫生——的幫助下，我們一家成功化解了燃眉之急。

讓我們一家人重新振作起來的不是上帝，而是房地產。聽人說宮廷公寓即將要推動重建工程，爸爸和媽媽表示，這是我們逆轉人生的最後機會。爸爸在過去景氣繁榮時長期經營建材公司的經歷得到大家認可（恰巧他當時的公司又經營不下去、只能收掉，讓他有多出的時間），成了重建籌備委員會的會長。媽媽在K書中心的工作之餘，也會幫忙爸爸的委員會工作。他們雖然忙得連擦鼻涕的時間都沒有，但彷彿在黑暗隧道中看到一線微光，兩人都表現出興奮的神情。

但是，我仍然覺得自己跟那些事情毫無關係。我犯下的罪行總有一天會公諸於世。這分不安成了我的桎梏。我四處遊蕩有如一具空殼。

•

事實上，曾經有那麼一次，我打算向允道坦承一切。

我站在允道的貨櫃屋前，久久都沒有動作。

我很抱歉，但我們之間的事情，已經不再只屬於我們了。

我們在一起做過的事都被人看到了。

所以，為了阻止我們的事情洩漏出去，我殺了人。

我把泰瑞推了下去。

我是為了讓所有祕密保持原狀，才做出這種事。

你能理解嗎？允道，你會理解這樣的我，還有我的心意吧？

我在門口踟躕許久，結果直到太陽下山都沒能敲開那扇門，轉身回家。

那天夜晚，我決定獨自一人將這一切當作祕密塵封。我一邊爬著上坡路，一邊決心消除心中存在的所有感情，以及愛意。

這一切的起因正是我對允道的心意，所以我下定決心將其盡數抹除。我曾相信有紅線連結著我和允道兩人，往後也將被我徹底斬斷。我進入「迷你小窩」的設定頁面，將游標移到「註銷會員」按鈕上。只要點擊一次，我和允道的過往回憶就會全部消失。好幾次我都差點按下滑鼠，卻仍然不忍心將一切刪除。最後我沒有註銷會員，而是關閉「迷你小窩」上所有目錄選單，並且將好友評論轉為不公開，連個人簡介相關資料的修改紀錄也全數刪除。和允道一起寫的「我們的日記」也一併消失，感覺我能和允道產生一絲聯繫的紐帶也斷了。即便如此，我也必須關閉網頁。我知道這是唯一能夠讓我繼續承受這個人生的方法，為了熬過我的餘生。

允道與熙榮交往的小道消息在學校裡傳開。慶典時，熙榮站在舞台上告白的影像被上傳到某人的「迷你小窩」，並以極快的速度在學校同學的小窩之間瘋傳。本來允道在眾人之間沒什麼存在感，如今開始被冠上「學生會長男友」的前綴詞，他的「迷你小窩」首次迎來「今日訪客」超過一千人次。學生會長與不良少年正在交往的消息，聽起來就像當時流行在學生間的網路小說劇情。對我來說，這一切就像是從耳邊輕撫而過的風。不對，是我不得不用盡全力相信它只是風言風語而已。

•

關閉「迷你小窩」幾天之後，允道發了簡訊給我。這是慶典那天以後，我們的第一次聯繫。連開場白都省了，允道劈頭就問：

—為什麼關了「迷你小窩」？

我很高興他察覺到我的消失，但與此同時，貨櫃屋前那雙瑪麗珍鞋浮現在我腦海。下一秒鐘，怨恨瞬間湧上。本來想質問那雙鞋子的主人是誰，又覺得這只是徒勞，最後沒能回覆他任何字句。見我沒有回應，允道的簡訊接二連三發了過來。

—最近發生什麼事了嗎？

—還是，我做錯什麼了？

你的錯？

是啊，我也不太清楚呢。你做錯什麼了呢？

是讓我喜歡上你嗎？還是，你邀請我進入你的生命，讓我為你神魂顛倒、魂牽夢縈，卻從不對我坦誠？我們分享彼此喜歡的事物，一起笑過，一起鬧過，互相擁抱，偶爾一起入睡，甚至親吻了彼此的嘴唇，然而你對那些事，對你自己的情感，卻一句話都不曾提起？總是等你想見我的時候，等你需要我的時候，才願意來找我？你徹底顛覆了我的生活，最後卻像一根羽毛般突然離開我身邊？

但是，我可以把一切都怪罪到允道身上嗎？我不禁想，也許我打從心底埋怨的不是允道，而是這種連一句「我喜歡你」都不曾說出口的關係。甚至，讓這份心意被其他人發現、使自己和允道的生活都變得搖搖欲墜的人，也是我。我腦海中浮現的千頭萬緒，即使他逼問我千百萬次，我也絕對說不出口。因此，我選擇與他徹底斷絕聯絡。

我將目前為止允道傳來的所有簡訊一一刪除。

同時期盼著我對他的感情，與至今為止的所有記憶，都能一併消除。

•

學期末，中央大廳貼出了合計六月份模擬考分數與內申成績之後的綜合成績。我從第六名斷崖式直線下滑到第四十名，被踢出青雲班。

當天晚上我沒有去學生餐廳吃飯。為了清出青雲班的座位，我獨自前往自習室。當我正在把書桌上的參考書放進書包裡，恰巧看見了熙榮。熙榮似乎也跟我一樣，沒吃飯就到自習室來。我對熙榮說：

「成績進步了？恭喜妳。」

熙榮問我為什麼不去補習班了，我簡短地回答自己想要一個人念書。熙榮用一種近似憐憫的語氣說：

「加油！」

「聽說妳跟允道在交往？大家都說妳們很相配，恭喜妳。」

我下意識地提起允道的話題，語氣帶著顯而易見的逞強。熙榮一時之間沒有答腔，只是靜靜注視著我。面對她宛如湖水般通透的眼神，讓我忍不住想迴避視線。然後，熙榮以冷靜的語氣問我：

「你很了解他嗎？」

「只是知道這個人而已，畢竟同一個班。」

「不要相信他。」

「你們發生什麼事了嗎？」

「……」

熙榮沒有回答我的問題，逃也似地跑出自習室。她想叫我不要相信什麼？難道還有什麼關於我的八卦是我不知道的嗎？還是允道對熙榮說了關於我的什麼事？我認識的允道，不是喜歡說三道四的人。然後，我再次想起貨櫃屋前那雙瑪麗珍鞋。熙榮到底知道些什麼？

我收拾好所有物品、正要走下樓梯時，手機震動了一下。

—罪過絕對不會消失，而且你總有一天要為此付出代價。從青雲之夢跌入深淵的感覺，你自己應該最清楚。

寄件人是「1004」。讓心臟凍結的恐懼瞬間攫住我。我如臨深淵，小心翼翼地轉頭張望四周，但是附近沒有任何人。消停了幾個月的簡訊，現在又捲土重來。之前，我一直相信「1004」後頭的真實身分就是泰瑞。它理所當然要是泰瑞，因為這些簡訊的內容，如果不是偷看過我的日記，根本無法寫得如此貼切，而且，它在泰瑞消失之後就中斷了。然而，在泰瑞銷聲匿跡的此刻，「1004」仍然留在這個地方，追逐著我的日常。就像亡靈一樣。我害怕被人看見，趕緊把手機塞回口袋，然後走出這棟建築，朝後門跑去。

我的呼吸愈發急促，漫無目的地向前奔跑，不知道自己應該逃向何方。每天都會經過的熟悉路途，這時就像一條全新的道路。我失去方向感，在路上來回繞圈，最後又回到學校附近。幾個身穿學校制服的人從我身旁經過。他們其中某個人發出笑聲，我聞聲轉頭一看，只見大約十名左右的人群緊挨在我身後。我刻意放慢了腳步。當中有人在經過我身旁時，輕輕擦過我的手臂，接著我又聽到一陣笑。大馬路邊開始擠滿人潮，都是從學校傾巢而出的學生，所有人都在盯著我看。那些人分明就是在嘲笑我。一切都被暴露出來了。大家肯定都知曉我的祕密了，否則不可能會有這麼多人看我。那一瞬間，好像有人用力握緊我的心臟，一陣劇烈疼痛蔓延我全身。我彎腰站在車道邊，一隻手在半空中掙扎揮舞，就像掉進水裡在求救一樣。很快就有輛計程車停在我面前，我的身子一倒，跌坐進計程車。我沒辦法好好說話，幾次輕拍自己的胸口，使盡全身的力氣後才開口：「去醫院。」我的聲音狠狠地顫抖。

•

當我再次睜開眼，我看見左臂上插著輸液點滴。接下來的五天裡，我穿梭在各個診間，接受許多種類的不同檢查。我最後去的地方，是神經精神科的診療室。問診醫生是一名臉上架著厚重眼鏡的中年男子，他要我詳細說明這段時間裡遭遇的問題。我沒有回應他的要求，只是抬眼閱讀貼在牆上的主治醫生簡歷。上面寫著他畢業於首爾大學醫學系，並且在耶魯大學取得博士學位。這個人走的人生路線，足以令這個社區的所有家長都羨慕不已。

我想跟他傾訴所有的事。其實我喜歡男人。我愛上班裡的一個男孩子。我不知道他是怎麼看待我，但是如果沒有那個人，我可能會死掉。我討厭這樣的自己，也討厭這種生活，我發狂似地希望這不是我的人生。您以為只有這樣嗎？這樣的我活活害死了一個人。因為我討厭這一切，所以殺了知道我這一切的朋友。但是，那個朋友即使死去之後，也一直待在我身邊不願離去。他一定還站在我身邊，盼望著我的不幸。

然而，我不能說出這些話。除了允道和泰瑞的事之外，我毫無保留地將其他所有事情全盤托出。從出生之後就擁有母胎信仰、在強迫之下前往教堂的幼年時期開始，到喜歡某個人卻百般受挫的事為止，還有對於只要稍有好轉跡象就會開始走下坡的生活、那些沒有指涉對象的愛慕之情、暴露一部分也無妨的祕密等等，我全都說了出來。

聽完我的說法，醫生找來我的父母。他替我開立處方藥，並且叮嚀我「絕對不能忘記，一定要把藥吃完」，接著要求跟我父母單獨面談，我聽話地走出診療室。來看病的人好像都在偷偷瞄我。診療室裡傳來一陣嘈雜的聲音，我聽見醫生的聲音說著「孩子沒有任何問題」、「需要持續治療的是你們」這一類的話。

從診療室走出來的媽媽正在哭泣，爸爸則是臉上一片通紅。爸爸一邊安慰媽媽、一邊說：「這不是什麼大問題。」、「不用擔心。」然而直到最後，他們都沒有對我說出事實——需要治療的不是我，而是他們自己。

回到家以後，我的感覺沒有比較好。媽媽說她已經跟班導說好，反正今天是這學期的最後一天，暫時可以不用擔心上學的事等等。竟然跟我提學校？我根本不敢想像自己回到學校上課。我感覺心跳正在加速，拿出醫生開立的處方藥，正準備要吃藥的時候，媽媽慌張地從我手裡把藥奪走，丟進水槽裡。媽媽叫我這幾天都待在家裡休息，同時好好想一想以後怎麼解決這個問題。我的腦袋無法理解。

「可是醫生說每天都要吃耶？」

「這個藥會讓你變傻瓜。」

「這個藥是爸爸媽媽喜歡的首爾大學、甚至美國大學畢業的醫生開的處方……」

爸爸嘆了一口氣，在媽媽一旁補充說，聽說在我幼年時期，有個孩子跟我有過相似的經歷，本來全校名列前茅的英才，在吃藥後成績就開始下滑，甚至拿上課時間打瞌睡，最終落得退學的下場。他說，精神科的藥就是這樣的東西。雖然我覺得乾脆直接退學反而是好事，但爸爸不斷強調，他絕對不允許這種事發生。

「你只是太努力衝刺了，需要暫時休息一下而已。」

我告訴他們，我的心臟跳動得好厲害，胸口鬱悶得快受不了。媽媽說，這是意志和心靈的問題，同時也是只有神才能解決的問題。媽媽像往常一樣，跪到聖母像前，點燃了蠟燭。她讓我和爸爸也一起跪下，然後我們開始禱告，直到雙腿失去知覺，所有感覺都麻痺為止。媽媽、爸爸以我完全聽不清內容的細小聲音，真心誠意地背誦祈禱文，中途還哽咽著流下了眼淚。看見他們那個樣子，我能說的話就只有那一種。我說，我沒事了，現在一切好多了。

「幸好不是發生在高三的時候，真是萬幸。」

媽媽擦乾臉頰上的淚痕，滿臉欣慰地說。接著她又說，你個性像你爸爸一樣任性，才會變成這樣。爸爸也拭去眼角的淚水，然後笑了出來。擦乾眼淚的兩人看起來其樂融融。

我根本笑不出來，一點能夠牽動嘴角的笑意也沒有。對我而言，痛苦不是一種可以克服的東西。我很清楚這不是一時的問題，它將永遠與我的人生形影不離。爸爸媽媽告訴我，覺得疲倦時隨時都可以休息，但也再次向我聲明，不可以影響到大學考試。最後，他們鼓勵我尋找新的解決方法，而不是服用藥物。

•

兩天後，爸爸開車載我前往D市附近的小城市。離開D市的邊界後，我們沿著林蔭道路行駛了一個小時左右。一排接一排連綿不絕的果園裡，可以看見果實花正在凋零。死亡當前的花朵不遺餘力地散發花香。媽媽坐在我的旁邊，把窗戶搖下一半後，露出清爽愉悅的微笑，嘴裡連連感嘆著「這裡就像天堂一樣」，不知道的人還以為我們要去遠足野餐。

車子停下來的地方是伊曼努爾修道院。如果沒有掛著修道院的木製門牌，這裡看起來就像一棟座落郊外的古老磚造建築，外觀十分普通不起眼。媽媽解釋說，這是一所封閉的沉默修道院，嚴格遵守著從中世紀歐洲傳下來的紀律。本來這裡是讓即將成為神父的神學生接受教育訓練或休假時間較長的神父們靜心修道的地方。但是主任神父得知我的情況後，主動提出可以破例接受身為高中生的我。爸爸媽媽跟我說，接下來半個月裡，不用擔心上學的事情，也不用擔心自己的狀況，只需在這裡待一陣子，順便掃除心中的雜念就好。其實我對這兩點完全不擔心，對於神和禱告也絲毫不感興趣，我只想脫離壽城池，愈遠愈好，因此決定接受眼前的安排。媽媽信誓旦旦地對我說，你只要每天祈禱十個小時以上，一切都會好起來的。

「就像洗衣服一樣，你的罪過與傷口都會被洗乾淨。」

我的罪過是什麼，我的傷口又是什麼？這兩樣我都不太清楚，感覺有些茫然無措。

媽媽往我口袋裡塞了十張被摺得皺皺的一萬韓元紙鈔，讓我有任何事就隨時聯繫她。這個地方別說是便利商店，就連一座自動販賣機都沒有。我納悶為什麼會需要用到錢，但我還是點了點頭，然後往修道院的方向走去。媽媽開始哭泣，我不用回頭也知道。

進到修道院裡後，一名長相稚氣、氣質卻頗陰森的修道士上前迎接我。他抬起手指著一個草綠色的籃子，籃子上面貼著一張公告，寫著「此處嚴禁使用手機」。籃子裡有幾支手機像屍體一樣堆著。

修道院中的生活相當單調，每天需要做的事情，只有早上六點時在響徹走廊的一片聖歌中醒來，然後大家聚集在鋪著黃色地板的禱告室。音響會傳出類似冥想錄音帶的祈禱文，我們就盯著牆壁的某一處，開始進行無聲的禱告。音響傳出的陌生嗓音說，我們應該將身體與心靈託付給主，並藉此戰勝煩惱。用餐時間，我吃了一些以素食為主的食物。除了不間斷播放的聖歌中會出現「主」的稱謂之外，這個空間一點都不像修道院，反倒比較像寺廟。我變成一株會聽歌的植物，一邊揉捏發麻的腿，一邊承受這裡的每一天。

我和一位給人印象十分模糊的神學生共用一個房間。窗外的太陽下山後，他就會熄燈就寢。我無法閱讀除了《聖經》之外的書，手邊也沒有手機或MP3音樂播放器，所以很多時候只是呆若木雞地凝視著天花板。

深夜裡，在一隻螞蟻行經的動靜都聽不見的寂靜中，我拿起洗漱包走向浴室，把水源的開關打開，洗了很久很久的澡，但直到指尖皮膚發皺為止，粘糊的感覺始終揮之不去。從很久以前開始，在我有意識之前開始，這種感覺就一直存在著。

洗完澡回到房間，我看見床鋪上的棉被有一團鼓起。燈光全都熄滅了，但是確實有什麼東西躺在我的床上。對面床鋪的神學生正呼呼大睡。到底是誰？我靠近床邊，掀開被子。

一個很小很小的孩子背對著我，像幼獸一樣蜷曲著身體，靜靜側躺在床上。那孩子懷裡抱著我小時候最珍惜的鱷魚玩偶。我看不見那孩子的臉，但我知道他是誰。我徐徐彎下膝蓋，跪坐在那孩子身旁，小心翼翼抓起孩子的手。小孩子的手幾乎感覺不到重量，冰冷得讓人寒毛直豎。

對不起。

那孩子還是一動也不動。我把頭埋在棉被裡，重複說著同樣的話。對不起，真的對不起。

睜開眼睛時，孩子已經消失得無影無蹤，只有我獨自躺在床上。

身體十分僵硬，除了眨眼皮之外，我渾身無法動彈。我繼續躺在床上，注視著天花板。

我無止盡地凝視黑暗，接著看見天花板的四個角落，漆黑的影子緩緩匍匐而出。積聚的無數感情正在翻滾，我可以感覺到體內的波濤洶湧。無論再怎麼努力，無論逃到多遠的地方，都無法擺脫我做過的錯事，無法逃離我的人生，更不要說掙脫我自己。我的麻痹狀態沒有緩解，連一根手指都動不了。動彈不得的我，被一片濃濃的黑暗壓制。

究竟還要經歷多少個夜晚，還要忍受多久此刻這種瞬間？要度過多少日子，才能從現在的生活中得到自由？在孤立無援的禁錮中，為了哪怕一點點動彈的機會，我也竭盡了全力。月光穿過老舊的鐵窗，照映在我的臉上。微風從窗戶間隙吹拂進來，輕柔地摩娑我的臉頰。那一瞬間，浮現出一道聲音。

你不要光想天花板，也看看窗外的世界吧。你就想那裡還有我。如果你跟我連結在一起，就會形成另一條線，也會在窗外創造出另一個世界。

我傾注所有的力氣在小指頭上。過沒多久，指頭稍微可以彎曲了。那條好似永遠斷裂的紅線，彷彿又重新連接起來，感覺像有人在拉扯我的手指頭。終於，我的身體可以自由活動了。我張開乾裂的嘴唇，從嘴裡吐出一個名字。

允道。

我放輕腳步聲走出房間，心想，我應該打通電話給允道。我記得允道的電話號碼，比我自己的電話號碼還熟爛於心，所以只要能夠使用電話，我就可以聯繫到他。我不記得這棟建築裡有公用電話，住宿的房間裡當然也沒有電話。我是不是應該去找修道院的院長，請他讓我使用電話？但若要這麼做，就必須說明自己的情況。總覺得還是找到自己的手機比較好。我往下來到一樓，先後找過餐廳與倉庫。一片漆黑之中什麼都看不見，因此找東西花費不少時間。最後我來到洗衣房，在並排成一列的洗衣機與烘乾機之間，看見一個巨大的收納櫃。它最上層的格子裡，有一個眼熟的草綠色籃子。我在眾多手機裡快速找到我那一支，打開電源之後，立刻按下快速撥號鍵的一號。等待接通的鈴響持續了好久。我重新再撥一次。這次沒有等太久，允道就接起電話。

「允道啊。」

眼淚幾乎快要湧出，我屏住呼吸輕聲說：

「救救我。」

•

允道抵達修道院時，已經超過凌晨兩點。一聽見遠處駛來的摩托車引擎音，我立刻背起放在樓梯間的背包，頭也不回地往摩托車的車燈狂奔而去。允道穿著短褲和 The North Face 羽絨外套，腳上踩著一雙拖鞋。竟然在夏天穿羽絨外套？允道的裝扮充分顯示出他離開家裡時有多麼匆忙。我走到允道面前，不由分說地抱住他。允道也既往不究地回抱我，說道：

「對不起我來晚了。」

他說半路上汽油耗盡，所以先去加油後才過來，而且這個地方相當偏僻，找起路來著實不容易，所以才會這麼晚到。真的沒辦法。允道像是在辯解什麼一樣，一張嘴說不停。你在說什麼啊。你都特地跑來了，沒有什麼晚到還是遲到。不管你什麼時候來，都是最恰好的時間。我很想這麼對允道說，但是整個人哭得涕淚交橫，什麼話也說不出來。允道看著不停流淚的我，問我為什麼會來這種地方，又問我怎麼不去上課後輔導。我強忍淚水，回答道：

「我犯下很嚴重的罪。」

然後，我又說不下去了。允道笑著回答：

「這裡是監獄嗎？」

「是監獄啊，另一種的。」

允道故作嚴肅的表情，又接著笑道：

「所以我現在是要幫你越獄嗎？好刺激！」

我心想，真的好像在演《刺激 1995》什麼的，於是跟著笑了起來。看著笑逐顏開的我，允道叫我上摩托車。我坐在允道的後座，伸出雙臂環抱住他的腹部。摩托車開始加速，我把身體緊貼住允道的後背，感覺像靠著枕頭一樣柔軟又暖和。允道朝我大聲說著什麼，風聲讓我聽不清楚。我將臉頰貼在允道背上，允道輕聲哼唱的聲音傳了過來。不知道是不是心情很好，允道的聲音比平時提高了三個音階。每當允道為加速而往前壓低腰身，羽絨外套裡面的T恤會跟著往上提，我就會碰觸到他裸露的皮膚。我動員全身上下的所有感官，努力記住順著雙手傳遞過來的體溫、允道紅紅的耳垂，以及穿著拖鞋的赤腳。

整條街上只有我和允道。此時此刻，就是我人生的全部。

像這樣，我就很滿足了。

允道催動油門，我閉上雙眼。我暗自期盼，願時間永遠停止在這裡。

在道路上行駛一個多小時後，摩托車終於抵達市區的邊界。我們騎進路燈林立的D市中心。越過車道的瞬間，允道再次加快速度，對我大聲說道：

「你不覺得很像我們兩個人去兜風回來嗎？」

「是啊。」

摩托車發出驚悚的聲音，好像馬上就要爆炸一樣。我們猝不及防地碰到減速丘，允道驚慌地大吼大叫，連忙降低車速。車輪摩擦地板發出打滑的聲響，我的身體順著作用力躍然騰空，手上一陣滑，讓我只能更用力抓緊允道的衣襬。

當我再次睜開眼，雪白的羽毛在我眼前傾瀉而出，飛快掠過我的臉和身體。四周一片昏暗，唯獨羽毛白得刺眼，我不由自主瞇起雙眼。眼前的景象實在太不真實，令人難以清醒回神。

我死了嗎？我們是為了最終一死，才來到這個世界嗎？

回過神一看，摩托車依舊在道路上奔馳，羽毛並非來自天使的翅膀，而是允道裂開的羽絨外套。飽受驚嚇的我對允道喊道：

「喂，停車！」

「你說什麼？」

「我叫你立刻停車！你的衣服破掉了！」

允道似乎沒聽清楚我的聲音，只是一直駕駛著摩托車。我們就像城市裡的天使，一邊飄散著白色羽毛，一邊在道路上奔馳。

後來摩托車在一棵巨大的櫸樹旁停下。允道的羽絨外套明顯變得單薄。他這時才注意到自己衣服的狀態，用訝異的語氣說：

「難怪剛才有點冷！」

看著允道喪氣的神情，我忍不住爆笑出來。

「剛才還是羽絨外套，現在變成防風外套了。」

我們抱著肚子笑到像是要把世界掀翻一樣。允道笑個不停，甚至還流出眼淚。我替允道拭去臉頰上的淚痕，允道則握住了我的那隻手，兩人間的距離漸漸縮小。我們的身體緊貼著彼此，分不清是誰先動作，使我們的雙唇相接。允道的舌頭伸進我的嘴裡。那團火熱將過去的時間裡一直在我身邊盤旋不去的羞恥心、罪惡感全數燃燒殆盡。在只餘下灰燼的空間裡，允道和我對允道的熱情開始填滿這處空白。城市的某個角落裡，我們只能感覺到彼此。我們深深擁抱對方，然後接吻，交換彼此的體溫。路燈的光線宛如一道聚光燈，但沒有關係。這一夜，這一瞬間，我們比任何人都自由。

就這樣擁吻了許久，我們倆終於清醒過來。允道好像有些不好意思，撓著短短的頭髮，說道：

「我們現在要去哪裡？」

「我想先洗澡。」

「可能是騎太快，我的身體也黏黏的。」

允道的T恤溼透了。我們再次騎上摩托車，決定去那個熟悉的地方。

允道的摩托車抵達宮廷體育中心時，已經是凌晨五點半。

準備開始運動的人三三兩兩聚集在櫃檯前。我們進到熱水池裡，開始洗刷黏膩的身體。我感覺像是回到二〇〇二年的世界盃，也就是第一次遇見允道的時期。如今我們都發育成近乎大人的狀態，體格絲毫不遜色於彼此，只是好像再也回不去那個時期了。雖然這是理所當然的事情，卻莫名讓人感傷。我想去一個只有我們兩個人的地方，所以這麼對他說：

「我們走得遠遠的吧。」

「去哪裡？」

「去盡可能遙遠的地方。去一個沒有人認識我們的地方，去任何人都找不到我們的地方。」

允道聽完我的話，認真沉思了一下，然後噗哧笑出來。

「但是我沒有錢。也沒有汽油。用這輛摩托車的話，最遠大概也只能到壽城池吧。」

我陷入短暫的沉默，然後想起我最想去的地方，也是最能讓我產生安全感的地方。

「那，我們去貨櫃屋嗎？」

允道說他已經好久沒去，那裡肯定變得很髒亂，然後就跨上摩托車。

我們抵達貨櫃屋時，太陽已經完全升起。允道才打開門，我就聞到一股發霉的味道，眉頭也不由得皺起來。允道大概是覺得難為情，穿著拖鞋便走進去，用掃帚勤快地打掃環境。沒幾分鐘，他就已經汗流浹背。我走進裡面，打開空調。冷氣發出緩慢運轉的聲響，從風孔散發出不太好聞的氣味。我又去打開窗戶。通風完畢之後，我和允道依次關上門窗，把貨櫃屋的門鎖上，然後兩人一起躺到地上。允道渾身被汗水浸溼，我能感覺到他身上傳來的熱氣。

我摸了摸允道的額頭。

「你的額頭好燙喔。」

「你的手也很燙啊。」

我注視著允道的臉，看到他的臉變得通紅。允道也回望著我，我們又開始不分你我地接吻起來。允道的身體疊在我平躺的身體上。

允道的瞳孔映射出我的臉。他脫下被汗水浸溼的上衣，又褪去短褲和內褲。我也脫掉身上的T恤，並且將褲子拉下來。像是最初就注定要如此發展的命運，像是彼此之間本來就不存在任何阻礙，像是一開始就連結在一起，我們沒有一點躊躇猶豫，自然而然地擁抱了彼此的身體。

我閉上雙眼。

我們一起待在橘黃色的水中。紅色的水。水面上破碎的日光。人的心。愛意。憎恨。哀傷。痛楚。憂鬱。我的罪過全混雜在一起，朝我襲捲過來。當我閉上眼，這一切才會變得微不足道。我變成了一個，僅僅為了感受允道而存在的人。我是沒有意義的存在。我開始渾身發燙，並成為水面下積蓄的水。我什麼都不是。透明的人。就這樣。所有事物都消失，然後土崩瓦解。

我們倆不發一語並躺著，然後握住對方的手。雖然所有的過程都是第一次，但每件事都是自然的。過了多久的時間了呢？我打開關機狀態的手機，時間是早上八點。幸好，沒有來自修道院或是家裡的電話。允道確認時間後嚇了一跳，趕緊從地上爬起來。允道說現在還是課後輔導期間，所以他必須回家換制服。隔天還要上課，這人竟然還敢徹夜不歸？允道問我要不要回家。

「我才不想回家，不知道該跟爸媽說什麼。怎麼辦？」

「那你先留在這裡想想吧。」

允道急急忙忙打開門，走出去騎上摩托車。我產生一股想要留住允道的衝動，但是終究沒能這麼做，只是撫摸了幾下允道的後背。一直到摩托車變成一個點、最後完全消失為止，我始終毫不遲疑、定定凝望著允道的背影。

我決定在允道回來之前打掃貨櫃屋。然而，當我用掃帚清掃地板時，我在一團灰白的塵土與捲曲的毛髮之間，發現一根又長又細的頭髮。緊接著，又出現了若干長短和顏色各異的髮絲。

瑪莉珍鞋。

從門縫裡突然伸出的白皙手腕，以及它提起的瑪麗珍鞋。

長頭髮。

「哥，你不是也知道，允道正在跟女生交往啊。」

泰瑞勸我和他一起離開時的表情與聲音，還有許多其他的記憶，一下子湧現、占據我的腦海。我緊緊閉起雙眼。

我到底在期待什麼？難道我還以為兩人可以一直待在這裡，幸福地生活下去嗎？我到底為了什麼才來這裡？為了和允道在一起做什麼？為了當他的地下情人嗎？為了能夠在學校裡挽著手，然後大聲宣示「我們正在交往，我們彼此相愛」嗎？還是為了在這個狹小的貨櫃屋裡生活千萬年？這一切突然變得毫無意義。

我收拾好背包。我討厭總是在流淚的自己。以前我好像沒有這麼愛哭，但是不知從何時起，體內調節感情的機制完全故障了。肯定是因為這樣。我才正要起身，門突然被推開，允道穿著校服站在門口。我裝出沒事的樣子，直視允道的雙眼，問道：

「除了我，還有誰來過這裡嗎？」

「沒有啊，除了你之外還可以帶誰來這裡？那麼擠。」

允道一臉坦蕩磊落，泰然自若地說出謊言。你全都知道。你知道我一直向你傾斜偏頗的心。你知道我不會再繼續追根究柢。你也知道未來會一直這樣下去。所以，你可以毫無顧慮地成為卑鄙無恥的人。所以，我不能再向你探究更多的事。我既不能追究你有沒有說謊，也無法動搖自己的感情。我能做的，就是把自己的心緊緊拴住，安靜地離開這個地方。這樣才能成就一個沉靜和平的結局。我不動聲色，慢吞吞地整理背包。

背包都收拾完畢後，我迅速打開門，胡亂把腳塞進鞋子裡，接著開始盲目向前奔跑。身後傳來允道呼喚我的聲音，還有他追趕上來的動靜。我繼續跑，穿越街道之後，壽城池出現在眼前。我沿著壽城池不停狂奔。可以的話，我想逃得遠遠的，逃到允道抓不到我的地方。但是我很快就被允道追上。他一把扯住我的背包，它順勢滑下我的肩膀。

「幹嘛突然這樣？什麼話都不說，是想去哪裡？」

我直接脫下背包，逕自往前走。允道提著我的背包，跟在我的身後。

「就算你要離開，至少講一聲再走。為什麼突然這樣？」

我停下腳步，總覺得再也無法忍下去了。

「你為什麼要來修道院把我帶走？」

「不是你叫我去的嗎？」

「只是因為這樣？」

「嗯，除此之外還需要其他理由嗎？」

「好，那麼不要說我，如果今天是熙榮找你的話，你也會過去嗎？」

沉默。我盯著雙唇緊閉的允道，執著地想問出些什麼。

「那如果是崔荷娜、金民俊找你呢？方哲鎮呢？千多敏呢？閔慧琳呢？」

接二連三不斷爆發的質問似乎會直接通往盡頭。冰冷的表情漸漸凝固在允道臉上。

「我們到底算什麼關係？」

允道依然靜靜佇立在原地。他只是看著我的臉，嘴巴頑固地緊閉著。在那個表情裡，我已經看到了回答。我就像抱住最後一根浮木，緊緊抓住允道的肩膀。

「允道，我們一起走吧！」

「去哪裡？」

「只要能離開這裡，去哪裡都可以。我們一起離開吧！」

允道再次陷入沉默。我迫不及待似地繼續說：

「我都知道，你跟我的感情是一樣的。你也對我，對我……所以我們……」

允道看著地面，輕聲說道：

「抱歉。」

抱歉？竟然是「抱歉」？在你的舌尖上打轉、吐出後消失的這兩個字，竟是如此輕若鴻毛。還不如直接對我發脾氣，罵我是一個瘋子，罵我在說什麼屁話，也許我還會好過一些。我希望他能把我推開，我希望他能把我踩在腳底下，我希望他用不堪入耳的髒話咒罵我，我希望他用拳頭痛打我的臉。我也想對他做這些事。如果能跟允道狠狠幹一架，打到彼此頭破血流，可能還比較好。

但我沒有揍允道，反而緊緊抱住他。允道滿臉遲疑地被我抱在懷中，反覆問著「沒事吧」、「你為什麼變成這樣」、「發生了什麼事」。他的聲音像往常一樣，充滿親熱與暖意。他的身體就如同我知道的那樣，既瘦長又結實。我把允道用力揉進懷裡，這樣誰都不能從我身邊奪走他。然後，我靠在他耳邊輕聲呢喃。

「我們，合而為一吧。」

我使出渾身力道，抱著懷裡的允道往前進。沒幾步，我們就被什麼東西絆倒在地，兩人的身體徐徐往下方翻滾。我看見搖曳著銀色閃光的水面。頃刻之間，我們被淹沒在水中。

為什麼你不能跟我在一起？

因為我還活著。因為我還有現在的生活。

這種生活是假的。什麼都不是。

不是的，這些都是真的。太真實了。就像我們此刻在一起，全都是真的。

來自過去的信件5

我和泰蘭姊姊面對面而坐，過去十五年的時間彷彿被一刀剪去。泰蘭姊姊從長直髮到清澈的活力與氣場，全都完整無缺，原封不動保存至今。當然，她的髮絲間可以看到一絲絲白髮，嘴角與眼尾也出現了一些皺紋，身上的服裝則是非常典型律師打扮的兩件式西裝。換句話說，泰蘭姊姊正充實地過著三十歲後半的人生。她優秀地走過每一段生命週期，幾乎達成她當下年齡層的所有成就，渾身散發出成功人士的氣息，感覺就像是不曾犯下任何錯誤的人。不知不覺間，我和泰蘭姊姊都已經邁入三十歲，這個現實讓人感覺很奇怪。

泰蘭姊姊點了午間套餐。

「我來請客，不用擔心。」

這個語氣跟對待十七歲的我時沒有兩樣，讓我不由自主笑了出來。泰蘭姊姊也跟著笑道：

「你現在已經是專業諮商師了，我還是忍不住像以前一樣把你當成小孩子，很好笑吧？」

「妳要請客的話，我當然心懷感激接受啦。」

就像十七歲的我見到二十二歲的姊姊那時一樣，我茫然不知該說些什麼好。泰蘭姊姊看著蠕動嘴唇的我，率先開口說：

「你的辦公室在這附近嗎？」

「嗯，我也查過姊姊的公司，真的嚇了一大跳，姊姊居然當起律師。以前學校還掛過橫幅大肆宣傳姊姊考上了法官……當時我還以為姊姊會當上法務部長呢！」

「該死的部長算個屁。法官我雖然做不下去，但也堅持了一段時間，脫下法袍還沒多久。當時精神上實在太累了，所以去年讓自己放了六個月左右的假，去了一趟美國。誰知道回來後竟然馬上被調到D市。其他地方我都沒意見，但我死都不想回那裡，要跟同居人分開生活也不太方便，所以索性不幹了。」

「同居人……」

「同居人」這個字眼聽起來有些違和，讓我不自覺地複述它。

「嗯，同居人。你也見過吧？敏慧。」

「喔，沒想到姊姊跟她在一起到現在，真令人敬佩。」

「這有什麼了不起？大家都一樣，在一起有時候覺得好，有時候又覺得不好，忍耐著堅持下來，沒想到就走到了這裡。不過，我這是在諮商師面前大放厥詞，是吧？」

「沒有的事，『堅持』本身就很偉大了。奈美惠姊姊……不是，羅敏慧小姐最近還好嗎？」

「跟我一起從美國回來後，她在麻浦開了一間咖啡店，每天忙著烤麵包、煮咖啡，不過大概很適合她，所以也持續做下來了。」

也許是口渴，泰蘭姊姊大口攝入水分之後，繼續徐徐說下去：

「我看見你出現在電視節目上了。你的梗圖可是在 YouTube 跟 Instagram 上被大量轉發呢！因為你一點都沒變，我馬上就認出來。還有，我其實也看過……你的書了。」

我的肩膀不禁一僵。每當碰到讀過我書的人，甚至還是認識我的人時，我就會陷入恐懼，一種被放大的恐懼：恐懼如果對方將我沒寫在書上的部分——也就是我的罪過與錯誤——都看在眼裡，是否會在心裡嘲笑或責備我。

然而，如今坐在我面前的是泰蘭姊姊。我對她的家人犯了罪，而且一直藏匿罪行活到現在。我的人生軌道上，以及我書寫的文章裡，處處充斥著那樣的痕跡。

「閱讀過程中，就是覺得……你應該很痛苦吧。」

泰蘭姊姊知道多少呢？知道我對自己弟弟犯下的罪行，還能說出這樣的話嗎？我無話可說，只能盯著桌上的玻璃杯。姊姊遞給我一個信封，表示想在上菜前把正事做完。

「打開來看看。金額不大，不過我把利息也算進去了。」

我打開信封一看，裡面有三張一千萬韓元的支票，以及一捆五萬韓元的紙鈔。這金額大概遠遠超過法定利率，但這就是泰蘭姊姊的做事風格。我將信封放進口袋，姊姊看著我說：

「我什麼都不知道。當時我在第三輪面試中落選，又在各種傳聞之間吃盡苦頭，所以乾脆將手機號碼停用，也沒有跟家人聯繫。直到進入司法研修院，我都不知道發生了什麼事。不對，要說我完全不知情，那就是在騙人，因為我明明感覺到有什麼事情發生了。我媽媽突然一聲不響搬到偏僻的社區，從那以後就沒有提起過你的家人，所以當時我也覺得有些奇怪。但是我直接置之不理，因為我本來就很難理解我的家人。當年我媽媽做出什麼事，我也是看了你的書才知道。如果要辯解的話，就是我光是顧好自己就夠忙了，也不想去管那些事。我媽媽真的對阿姨做了很過分的事。雖然已經太遲了，但是我真的很抱歉。」

「不是的，那又不是姊姊的錯！」

「好笑的是，見到你我卻覺得很開心呢！真是神奇。」

「其實我也是。好像昨天才見過面，完全不像隔了十五年才見。」

「你和那個女孩還有聯繫嗎？不是有個很瘦的孩子嘛！叫什麼名字啊？」

「紋紋？」

「喔，沒錯，就是她。」

「嗯，偶爾會聯絡一下。我們每次都說要見面，但又總是見不到面。」

「她也變得很出名呢？看來你們這年紀的人都頗有兩把刷子啊。你也是，她也是。」

「是啊。」

我們點的餐點送上桌後，桌上只剩下吃東西的聲響。我猶豫了一下，對泰蘭姊姊問道：

「姊姊，你有寄書到我們辦公室嗎？」

「沒有，什麼書？我連你們辦公室地址都不知道。你收到什麼奇怪的東西了嗎？」

我搖搖頭說：

「不，只是一本小說。那大概是出版社寄來的新書吧。」

盤子裡的牛排還剩一半，泰蘭姊姊就放下刀叉。她擦了擦嘴，從包包裡拿出另一個信封遞給我。

「差點忘記，後天有一場四十九齋[72]，辦在教會裡。」

在教會辦四十九齋？這什麼矛盾的狀況？泰蘭姊姊微微一笑，說道：

「可笑吧？我也覺得好笑，我問我媽媽為什麼在教會舉行佛教儀式，結果她說只要是牧師主持就沒問題。這連葬禮都不是，而且還想在教會辦四十九齋？但是她說之前沒能好好辦葬禮，所以堅持一定要辦四十九齋……雖然讓人很無語，可是那畢竟是我媽媽，能怎麼辦呢？」

我沒辦法答腔。

「我媽媽現在還住在D市，中區一間小小的獨棟樓房。」

泰蘭姊姊繼續說下去：

「她好像很想見阿姨一面。雖然她沒有直接這麼跟我說，但是看她表情就知道她也希望

72 源自佛教文化，人去世之後七天舉行一次的宗教儀式，直到第四十九日為止。

你能來。方便的話，可以幫我轉告阿姨嗎？當然，我不會跟我媽媽說今天來跟你見面的事。」

我沒有回答，而是打開泰蘭姊姊給我的信封，上面寫著D市的某教會將舉行葬禮祭拜儀式。我把信封放進口袋，泰蘭姊姊對我說：

「你不必覺得抱歉。我能理解你。比起我弟弟，我反而更能理解你。」

我驚嚇到說不出話來。泰蘭姊姊注視著我的眼睛，一個字一個字清晰地說：

「泰瑞很想見你。」

第5章

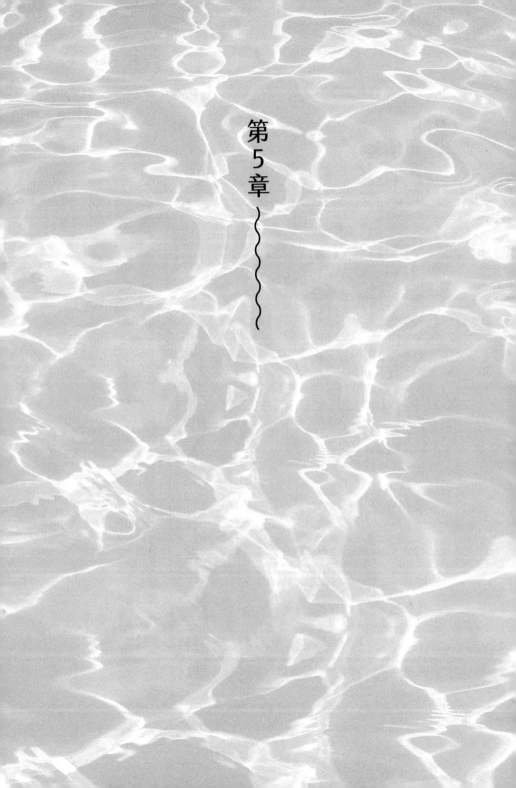

大學歌謠祭

假期結束後，我們都回到了學校，表面上是一樣的風平浪靜。我仍然擔任班長，課堂開始就大喊「立正、敬禮」，第四節課下課鐘響後，跟其他人一樣快速跑去學生餐廳吃飯。但是，我已經成為跟以前完全不同的存在。

第二學期的第一次學生會定期月會當天，我走到小禮堂的一個角落裡坐下。紋紋坐在我身邊，斥責我：

「你這段時間到底在哪裡？為什麼手機一直關機？」

那天我和允道一起掉進水裡，手機跟著泡水，完全故障無法使用了。我搖了搖手中的新手機，說以前那支手機壞了，所以無法跟任何人聯繫。

紋紋嘆了一口氣，表示由於我沒參加假期間的課後輔導，學生之間流傳著各式各樣的傳言。目前得到最多認可的說法是，由於我的成績巨幅下滑，因此去了八公山腳下的寄宿補習班，企圖在下一次讓成績反彈回升。是啊，那才是最正常、最常見的理由。我沒有什麼好解釋的，便說自己只是生病罷了。

「你知道熙榮和都允道分手了嗎？」

紋紋拋出這個話題後，開始講起放假期間熙榮經歷的事情。

課後輔導的期間，每天下午三點都會有一名穿黑西裝的男人來到熙榮的班上，總是把一束花放在熙榮桌上就揚長離去。於是，學校裡出現許多無法確認真相的小道消息。眾人最津津樂道的版本，就是熙榮在跟西裝男談戀愛，或是她好像正在從事援助交際。也有傳聞說，熙榮的父母欠下高利貸後銷聲匿跡，債權人於是跑來學校催款。聽說，找到債務人的子女、對他們百般欺凌與羞辱，是這票人回收錢財的手法之一。還有一些未經證實的八卦到處流竄，比如允道曾經追上匆忙離開的黑西裝男，將他撂倒在地上，給了對方一頓拳打腳踢等等。從紋紋的立場來說，她覺得熙榮很可憐。

「我不知道該怎麼安慰她。」

熙榮站在講台前主持會議，神色顯得相當疲憊。對我來說，我對所有的八卦都興致缺缺。我只希望時間可以逆流到這一切發生之前，最好倒回自己出生之前，或者乾脆雙眼一閉，直接跨越時空到臨死前那一刻。

•

兩天後，我的新手機收到一封簡訊。雖然是發自沒看過的陌生號碼，但我仍然知道這個號碼的主人是誰。

—第六節課結束後，到焚化場。

我在下午的課程結束後走向焚化場。焚化場裡堆滿全校學生丟棄的垃圾。我們倆一邊忍受垃圾的惡臭，一邊注視著對方。

這是我第一次在學校裡和允道面對面說話。彷彿兩條平行線，四目相覷的我們距離彼此不過二十公分，這幾乎讓人窒息的極近距離卻像是湖面的兩端，令人感覺遙遠又模糊。允道用他平時那種慢吞吞的語調對我說：你就那樣走掉，我後來打了好幾次電話，但是你都沒有接，讓我真的很驚訝。

「一直聯絡不上你，我真的很擔心。」

他又想用那種溫柔的表情和聲音來操控我，攫住我的心再狠狠地猛力搖晃。我像個站在繩索上的人，勉強維持著平衡，他卻一再想要動搖我。

不能再這樣下去了。我沒有多餘的力氣再任他擺布支配，於是盡可能用最具攻擊性的語調挖苦他。

「擔心？擔心什麼狗屁？管你那票了不起的混混朋友和女……朋友就好吧。」

允道的眼神瞬間變鋒利。

「你真的……瘋了嗎？」

「嗯，我瘋了。喜歡你喜歡到瘋掉，你不知道嗎？」

一把火焰在我內心深處點燃，感覺整個身體都在熊熊燃燒。

從見到允道那一天開始，我就一直對他想說出這些話，只是沒想到本來那麼懇切的告白，最終會以這種面目示人。

「你真的是gay嗎？」

「嗯，你不知道嗎？因為我是gay，所以才跟你接吻做愛。你以為你和我有什麼不一樣嗎？」

「我操！別他媽胡說八道！打從一開始，你和我之間就沒有任何關係！」

「那我們一起做過的那些事算什麼？游泳池、水星樂園、摩托車，這些算什麼？我們之間的那些回憶，又是怎麼回事？」

「你就是個怪咖，我看你可憐才陪你玩！」

允道口中吐出狠毒的話，眼眶卻慢慢泛出水氣。我抱住允道，對他輕聲耳語說：

「為什麼？你害怕別人知道我們的關係嗎？所以你才會把我叫到這裡來吧？」

允道驚恐萬分，用力推了我一把。

「操、操你媽，你只是我的飛機杯而已，懂嗎？連狗都不如的死同性戀，你喜歡男人，我、我也沒什麼好說的，但是不能害別人啊！是你自己跟在人家屁股後面的啊？瘋瘋癲癲，你有病吧！我，我又怎麼……」

在激動到舌頭打結的允道面前，我們一起度過的所有季節開始煙消雲散。宛如宣紙被墨水濡染浸溼，整個圖面被覆蓋成一片烏黑。我們曾經在彼此耳邊吐出的細語，瞬間成為一種自言自語。我以為自己與你合為一體的剎那，也成為了不存在的事物。

好啊，再多說一點。對我說更過分的話吧，讓我可以產生動力，將一切都搞砸摧毀。

我揮出一記拳頭，落在允道那張嘴上，讓抹滅我們共同時光的話語戛然而止。允道就只是單方面地挨揍。他的嘴唇開始出血，但我還是不停地揮舞拳頭，像在自言自語一樣地揮動拳頭。

•

十月來臨，一組發跡於D市的樂團在大學歌謠祭上獲得大獎，大街小巷開始不斷響起以「你好」開頭的歌曲。每當我聽見這首歌，都會不斷重複領悟到自己其實過得並不好。

我和允道應該不會一起參加大學歌謠祭了。

會跟我說「我們去吃飯吧」的人，會默默站在我身邊注視我的人，讓我一心嚮往的人，一瞬間都消失不見了。

到頭來才發現，我只有自己一個人。彷彿一座孤島獨立在群體之外。就像以前泰瑞遭受過的待遇。

還有另外一個變化是，笑聲。

當我經過任何地方，都會聽見背後傳來的笑聲。那些譏笑就像一把利刃般狠戾地翻弄我。偶爾，我會覺得一切都是錯覺，但那些讓人很難單純視為被害妄想症發作的時刻卻頻繁出現。

為了不再讓任何人注意到我，我決定成為幽靈般的透明人。主動選擇孤立的人，不會覺得孤單或悲傷。走去學生餐廳的途中，我的耳裡永遠都插著耳機，手裡拿著手掌大小的單字本。

當然，我一個單字都看不進去，但會裝作正在背誦或閱讀什麼東西，嘴裡不停喃喃自語。在有人窺探我的瞬間，我就只是一個為了成就未來而抵押現在的韓國普通高中生。

然而，下跌過一次的成績很難重新回到原本的高度。我被班導叫去進行個人面談。是不是念書很無聊？你是不是哪裡不舒服？家裡是不是有什麼問題？是不是交女朋友了？老師的問題沒有猜對半個，所以我只是一言不發微笑著，並搖頭否認。

班導說他已經從我媽媽那邊大概了解情況，又說他可以理解我。我不知道他到底聽到什麼內容，又是以什麼樣的情報為基礎，認為自己能夠理解我。我無可奈何地回答「謝謝老師」、「我會繼續努力的」。這些回覆就像從自動販賣機掉出來一樣。當然，我已經無法繼續做出任何努力了。

因為宮廷公寓重建籌備委員會的工作，媽媽和爸爸變得非常忙碌。他們為了鼓勵住戶積極投票，每天都必須走訪整個社區。爸爸媽媽已經很久沒看我的成績單。班導要求我必須讓父母在成績單上簽名，而我一直都是隨便模仿爸爸的簽名後便交出成績單。

我過去一直告訴自己，我不想去感受任何的情緒與感覺，或是任何其他東西，結果真的變成什麼都感覺不到了。對於允道、泰瑞和害怕人生就此墜落的那些苦惱，也在頃刻之間成為過往。

我曾經希冀自己能從一切事物中逃亡，哪怕只有一瞬間也好；在耗盡全身力氣後，不知道從何時起，這些事情就真的像沒有發生過一樣，留在心中的只有一片迷茫。就這樣，這個空缺中再沒有任何有價值的事物。

我只是一直空蕩蕩地，在那個位置上慢慢老去。

•

那以後一直到畢業為止的記憶，在我心中沒有留下多少。只是，有一些記憶喪失了順序與因果，像碎片一樣沉浮在我的腦海中。

我和允道在焚化場吵架後沒多久，允道的「迷你小窩」帳號消失得無影無蹤。點進允道的「迷你小窩」主頁，會出現「該會員帳號已註銷」提示訊息。我和允道一起在「我們的日記」裡留下充滿回憶的文章，討論音樂、電影喜好的相關目錄也一併消失。如此一來，真的只剩下我腦海裡仍保存著與允道相關的回憶。

早知道會變成這樣的話，我會事先把允道寫的日記和照片備份起來。如今再也沒有任何事物能夠證明我們之間曾共有的回憶，我後知後覺地感到傷心不已。我相信，連這份悲傷也會隨著時間流逝而平息。

熙榮來我們班上找人，差不多是在大家開始穿起羽絨外套的時節。高三即將到來之際，學生們被大學考試緊緊壓迫著，大家逐漸對他人事務失去興趣。我還是無法專注在任何事物上，生活也是一片無垠空曠的延續，但是至少在表面上，我還是像其他人一樣把習題本攤在桌子上。

下午的自習時間才結束，前門就被人猛地甩開，進來的人正是熙榮。女孩子很少會進入男生的班級，所以此舉吸引了不少同學的注意。幾位同學的目光輪流在允道和熙榮身上打轉，嘻嘻笑了起來。熙榮逕自走到我旁邊，接著抓住我的衣角，示意我到教室外面去。

我不明所以地被熙榮拉著走，被帶到校舍外頭的管線區旁。她不由分說開始對我大吼大叫。

「你還不振作起來嗎？」

「妳在說什麼？」

「你打算這副樣子到什麼時候？」

「我怎樣了？」

「你不考大學了嗎？模擬考的成績也一落千丈，你怎麼會這樣啊？」

「我還以為妳很忙，沒想到妳這麼閒，還特地跑去確認我的成績。但是啊，熙榮，我真的不知道妳幹嘛突然這麼關心我？」

「看你這樣一蹶不振，我就覺得很不爽。你要一直留戀允道到什麼時候？你表現得超明顯！你不是也知道嗎，都允道根本沒那麼單純善良！」

我有些吃驚，完全沒想到會從熙榮口中聽見關於允道的事。

「你和都允道……在焚化場打架的事情，全校都知道了。」

我一陣驚慌失措，什麼話也說不出來。究竟是怎麼……不對，笨蛋才會覺得沒有人知道吧？

「怎麼？你們在學校裡鬧那麼大，還真以為大家都不知道嗎？目睹你們吵架的人都排到校門口了。」

「那又怎樣？」

「你給我認清現實、打起精神來！你知道都允道是怎麼跟別人說你壞話的嗎？」

熙榮一副恨鐵不成鋼的樣子，大肆宣洩她的怒氣。

允道說我單方面喜歡他，一直跟在他屁股後面，甚至偷看他的「迷你小窩」，後來還像個破鞋婊子一樣要求跟他睡覺，幾年來一直被我糾纏不清。他還說，為了擺脫令人作嘔的我，才把我約到焚化場做了結。

熙榮說允道到處宣揚這件事，幾乎要傳遍整個社區。他還把我發的簡訊讓其他人傳閱觀看。熙榮反覆咒罵允道就是個垃圾。

「熙榮啊，我知道妳和允道的關係不好，但妳如果想藉機拉攏我，這看起來實在很幼稚。」

「我和允道？我們打從一開始就沒交往過。你還不明白嗎？他從來沒有喜歡過任何人，也不懂什麼是喜歡。」

我沒辦法回應熙榮任何話，於是把她丟在焚化場，獨自轉身急忙離開。胸口就像被尖刀劃開一樣疼痛萬分。我抬起一隻手抓住胸口，努力不讓身體失去平衡，一步一步地向前走。熙榮傷心激動的神情，就像我自己的臉一樣無比熟悉。

•

二〇〇六年，升上高三之後，我終於卸下班長的頭銜——或者，也許該說是「被趕下台」更符合現實狀況。此外，我也終於和允道分到不同的班級。一天當中，總會發生幾件讓我心煩意亂的事，或大或小的嘲笑與藐視成為我日常生活的一部份，但是我沒有關係。所有人現在都全心全意向著大學考試這個出口努力奔跑，以至於這些過時的醜聞變得一點都不重要。

令人喘不過氣、感覺就要窒息的高中三年級，是非常忙碌、充滿挑戰的一年，當中也有令人無法忘懷的記憶。

我們家逃離了令人煩躁的宮廷公寓。早前進行的重建計畫一氣呵成，解決問題的過程無比順暢，所以拆遷日才剛確定，媽媽立刻決定搬到學校對面的兩房獨棟公寓。儘管我們家必須搬到坪數更小的房子裡，但媽媽看起來還是很開心，感覺似乎把這視為一段「孟母三遷」的佳話。

當天，學校還沒放學，搬家工程就已經結束。我的書桌和床鋪被搬進最小的房間裡，原本有五個書架減少到剩下兩個，除了參考書、教科書、大學考試的教材之外，書架上看不見其他種類的書籍，比如《走出憂鬱》或《為什麼只有我感到憂鬱呢？》等等。我喜歡的心理學書籍也都消失不見，原來的位置被放上用「祥和」、「幸福」、「靈性」等詞彙包裝的信仰書。我走進廚房，看見媽媽正在收拾碗櫥。

「媽媽，我的書不見了耶？都放在哪裡啊？」

「我都整理好了。你因為一直看那些書，才會更憂鬱。人要去看好的東西，要懷抱積極的想法，心靈才會變好啊！而且你現在念書也很忙，還要繼續看那些書到什麼時候？」

我沒有回答她半句話。

我記得，那是一段安寧祥和又冷漠無感的時光。

遺留之物

姜亨國先生的四十九齋禱告儀式結束之後，媽媽立即打電話給我。電話裡，她的聲音混雜著哭啼，激動地吐露事情的原委。

由於長時間浸泡在水中，姜亨國的屍體已經完全變成白骨，死亡時間也難以推估。米菈阿姨平心靜氣的樣子令人意外。阿姨也曾猜測姜亨國——也就是自己的丈夫兼泰瑞的父親——在一九九七年失蹤的那個夏天就已經死亡了。當時的姜亨國沉迷於賭博，私吞了公司的公款，並且用米菈阿姨的名義辦了很多張信用卡，害她陷入信用不良的狀態。米菈阿姨的結論是，這個人雖然心地善良，但是容易受到誘惑，而且缺乏責任感；脆弱的他肯定是被絕望逼到窮途末路，最終才選擇自我了結。

從那之後，米菈阿姨的生活就成了無止境的戰鬥與苦難。即使丈夫不見蹤影，她也沒有時間感受失去的痛苦。來路不明的債主找到家裡，米菈阿姨開始一肩擔起負債，而且最後將兩個孩子都送進了大學。但當時，米菈阿姨再也無法忍受像洪水般膨脹的債務，連跟至親好友借的錢都來不及還就逃跑了。無關姜亨國的死亡，我媽媽真心哀悼的是米菈阿姨的人生。

「看米菈的眼眶凹陷，臉頰也消瘦不少，實在是太可憐了。以前在同學當中，她可是以美貌著稱的人呀……」

媽媽似乎在擦眼淚，過程中停頓了好幾次。

「如果當時她沒有逃跑，現在可能已經發家致富了。」

這也是媽媽在過去歲月裡，一直掛在嘴邊的老生常談。公寓重建籌委會成立時，確定重建工程的細節時，還有我們家搬進新公寓時，媽媽每次都像重播的節目一樣，將米菈阿姨拿出來說嘴——「如果她當時沒有這麼做的話。」

我將媽媽的行為理解為一種被朋友背棄的憤怒，同時夾雜著失去好友的失落感。

終於，媽媽停止了她滔滔不絕的話頭，我小心翼翼地開口問：

「泰蘭姊姊和泰瑞……來了嗎？」

「當然，兩個人都來了。」

聽媽媽說，泰瑞和高中時期沒什麼差別，水嫩細膩的漂亮臉蛋、孩子般的聲線依然如故，只是長年待在外國生活，韓語能力多少有些退步，聽說現在在加拿大從事護理士的工作。而媽媽眼中的泰蘭姊姊，雖然年紀稍長，但仍舊聰穎幹練。媽媽也沒忘補充說，泰蘭姊姊她們用自己的錢加上政府津貼，買下了麻浦的公寓。（我不禁心想，面對將近二十年沒見面的摯友的女兒，就先從人家的不動產狀況開始調查起，真的很像媽媽會做的事）

「泰蘭說她看過你的書呢！還說她的律師朋友們都是你的粉絲，以前的同學見面時也都忙著聊你的話題。」

媽媽的聲音聽起來很是幸福，但這個話題我一點也聽不進去。

掛斷電話之後，頭痛向我襲來。我該怎麼做才好？依舊沒有結論。我按揉著太陽穴，走到鞋櫃前。

之前，我把收到的書放在那裡，後來就再也沒去碰它。我拿起那本書，坐到書桌前，並抽出被我插在書架間的信封。一時之間，千頭萬緒在腦海中紛亂雜陳。

我小心翼翼地打開信封，活字印刷一般整齊乾淨的字體展開在我眼前。信件的寄送人，是熙榮。

你過得還好嗎？

沒想到有這麼一天，我會像這樣給你寫信，感覺好奇怪。

我在電視上看到你時，真的嚇了一跳。我記憶中的你是個膽子不大、站在聚光燈下會覺得痛苦的人。但是我仔細想像了一下你站在人群面前的樣子，想像你毫無保留吐露自己的脆弱之處，竟然一點彆扭的感覺也沒有。後來我才發現，我認識的你不過是其中一半。與此同時，我也產生這個想法——你所認識的我，其實也不過只是其中一半而已。

我會寫信給你，是想跟你聊聊一件關於公平正義的事。更準確來說，是想給你一個遲來的道歉——應該可以這麼說吧？畢竟相較之下我比較了解你，而你對我就一點也不了解了。所以，有很多需要說明的東西，只是我也不知道該從什麼地方開始才好。

不久前，我見到泰瑞了。足足隔了十年。

聽到我下面的話，你應該會很詫異。其實，我和泰瑞從小學開始就認識了。我們在教會見面，每星期都會遇到，而這個關係也一直延續到現在，也許可以說我們就像家人一樣親密。泰瑞是我這輩子第一個交到的男朋友，也是第一個甩掉我的男人。國中一年級的時候，我先喜歡上他，所以我們開始交往，不過交往兩個月就被甩得乾淨俐落。他說從以前開始就有喜歡的人，但那個人不是我。從那次以後，我和泰瑞成為彼此獨一無二的好朋友。

因此在見到你之前，我就知道關於你的事情了。當然，包括你就是泰瑞從小學開始一直掛在嘴邊的「哥」。不過，知道泰瑞非常非常喜歡你，倒是稍微後面一點的事了。

老實說，我很討厭你，因為當時的我已經做好心理準備，去討厭出現在我面前的任何人。很不巧地，你剛好就在我面前。

你知道我整個國、高中時期，都是寄住在奶奶家嗎？我的父母到處欠債，丟下我一個人無家可歸，就變成那樣了。我從國中一直到大學為止，都是拿全額獎學金。可以說，在一群窮學生當中，我是成績最好的人。如果要換一種正面表述的說法，該說我是在好成績的人裡面最窮的嗎？其實，我能跟你一起上那間補習班，也是多虧有學校提供的獎學金。那時候的我，一直有種被人抓住把柄的感覺。隨便任何一個人，只要他有心這麼做，都可以毀掉我。我實在太討厭那種受制於人的感覺，鬥志就開始燃燒起來。我必須拿到第一名，而且我相信我只有這條路可走，即使沒有任何人逼我。奇怪的是，我好像一直在積欠這個世界，實際上也確實欠了不少債。你也知道，高中當時還有債主來學校找我呢。每天都像在為了活下去而鬥爭。如今這些都成了過去式，我才能笑著說這件事。

生活既艱苦又疲累，而你和紋紋就擋在我面前。你都不知道我有多困擾。不論我再怎麼奮發圖強也無法做到的事，你們兩個總是輕而易舉又順利地實現，好像也沒有特別努力，但是仍然可以拿到第一名，進入青雲班……面對這樣的你，我時常感到自卑。因為你也受到大家的喜愛，笑口常開，平易近人，在學校裡口碑極好，又和允道變親近，不像我這樣有棱有角。當然，那也只是由於我當時太年輕，自顧自產生的錯覺而已。

後來，我從泰瑞那邊聽說你們家的情況，真的很驚訝。原來你也來自一個不安穩的環境，我完全看不出來。但你的生活好像沒有遭遇任何困境一樣，那種堅定、筆直的姿態，對任何人都公平、溫和的態度，真的讓我非常討厭。

為什麼你沒有受到挫折的一面呢？像我那樣。

用「嫉妒」來形容大概是最正確的。你「即使背負著許多弱點，卻沒有失去這種堅定」，這種態度我看了就人討厭。你算什麼？我總是會冒出這種想法。但其實我根本無從得知你為了保持這種形象，傾注了多少努力。當然，我也沒有想去了解，因為我也被自己的問題淹沒。我也想成為像你一樣的人，所以即使生活窮困，也要去參選學生會長，下定決心要活得抬頭挺胸。

我還清楚記得泰瑞在電話另一頭哭泣的那一天。

那天是你的生日。泰瑞鼓起勇氣送你禮物，送的是他最珍惜的書與手寫信，你卻把禮物丟進垃圾桶，甚至當著全班同學的面，把他的信撕成碎片。聽完泰瑞的話，我感覺渾身血液在逆流。我忘了自己還待在教室裡，對著電話勃然大怒：那人算什麼東西，憑什麼如此隨便對待你？你為什麼會喜歡上那種垃圾一樣的人？泰瑞只是默默地哭泣。

一下課，我就立刻跑去焚化場。我問每個來倒垃圾的同學是幾年幾班的，就這樣找到你們班的垃圾桶，而且把垃圾桶整個翻遍了。果不其然，裡面有泰瑞送的書和被撕碎的信紙，跟各種垃圾混在一起。我把弄髒的書收進書包裡，而且決定絕對不會原諒你。

好像是由於當天的那件事，泰瑞才下定決心要出國留學。聽他說要去菲律賓，因為這個地方已經沒有希望，他要在那裡展開全新的生活。我一直挽留他，然後泰瑞向我傾訴了一切，包括偷看你和允道的祕密日記，還有你和允道在那個夏天發生的事。

聽完泰瑞的話，我感覺就像拼圖找到位置了一樣。情人節時允道桌上的巧克力，偶然看到跟允道走在一起的你，還有允道對我那種不冷不熱的態度。在我不知道的情況下，這兩人竟然在寫祕密日記，看起來就像在熱戀一樣！真的讓人有種被欺騙的感覺。我也和泰瑞一樣，感覺到深刻的絕望。你想想看，我發現我這輩子喜歡過的男孩子都喜歡你，該做何感想？所以我鼓起勇氣，要說是傲氣也無妨，站到舞台上向允道告白。真是可笑。

現在，我在南海的一座島上教書。兩年前被調來這裡的時候，我不認識這裡任何一個人，所以心裡很是迷茫，如今已經適應了。

小孩子都很乖巧。我想像著新聞中經常出現的那種傻乎乎的孩子，來到這個地方後很快就敞開了心房。一年級有十幾個孩子，既純真又開朗。但是，他們擁有那麼清澈單純的臉蛋，卻會若無其事地踩死螞蟻、向小貓咪扔石頭。在這個小群體中，大家也會互相關愛，互相排斥，甚至發自內心互相憎惡，對此我每天都有新的學習。這種時候，我就會想起你。我想過，那也許是一種遊戲，也是一種發洩；也許自私的人不是你，而是我。這個想法，從那時起到過了十幾年後的今天，才出現在我心中。

用 1004 這個號碼發威脅簡訊是我的主意。

泰瑞直到最後一刻都還在猶豫。他說你好像會因此很痛苦，是我說服了他。你動搖了泰瑞的骨幹，卻一副若無其事的樣子繼續生活，真是罪該萬死，也令人憎惡。如果泰瑞就這樣從你的人生中消失、被你遺忘，那麼他長久以來深藏的心意，還有好不容易熬過來的歲月，不就太冤枉了嗎？對我來說，泰瑞是用任何事物都無法交換的珍貴朋友，因此我深信你必須為那個罪行付出代價，因此我完全沒有意識到自己正在折磨你、將你推向懸崖邊。發送簡訊的時候，我只想相信這一切都是為了泰瑞，但其實，一切都是源自我醜陋的心思——嫉妒心。這一切也許都不過是我純然的報復而已。我花了這麼長的時間，才願意承認這件事。

老實說，這段時間裡我沒怎麼想到你。我的生活很忙碌。一直到不久前，我在電視上看到你，然後讀了你寫的書，我才感覺到罪惡感。

當時，不應該那樣對待你。

我的後悔來得太遲了，對吧。我們應該要見面聊聊，或者打通電話也好，但是我實在沒有勇氣，所以才寫下這封信。只要一想到你，我就會想起很多東西，心情也隨之變得複雜紛亂。也許，你也是一樣吧。

不確定你是否知道，泰瑞回韓國了。他說很想見見你。我之所以能鼓起勇氣寫信給你，也是託泰瑞的福。那孩子沒有做錯任何事。當初提議要發簡訊給你的人，以及泰瑞離開之後，一直拿你的過去舊事重提的人，全部都是我。泰瑞不過是年幼又不成熟的孩子，不知道該怎麼表達喜歡你的心情。讓那份感情走上歪道的人，是我。

我很清楚我沒有說這種話的資格，但，你能不能見泰瑞一面？我沒有與你相見的勇氣，所以寫了這封喋喋不休的信。我知道這不是我該說的話，但是，你能不能為了泰瑞鼓起一次勇氣？這個請求十分不自量力，但我覺得這對你、對泰瑞來說，都是必須去面對的事。或許，對我而言，也是如此。

最後，我是想對你說下面這句話，所以才寫這封信給你，結果忙著說些其他的事，讓我差點就忘了。

對不起。

即使不原諒我，也沒關係。

柳熙榮

讀完這封信，眼淚滴到我的手背上。我覺得奇怪，為了什麼哭呢。我抬手擦了好幾次眼淚，藉由深呼吸來平復心情。我不知道此刻籠罩著我的這種感覺是什麼。那不是憤怒或怨恨，反而比較像是後悔與自嘲，又或許是無限趨近於憐憫的情感。

我打了電話給紋紋。這是一場睽違已久的通話，但紋紋的聲音還是一樣熟悉，好像我們昨天才說過話似地。紋紋這個人總是如此，即使沒有經常聯絡，即使彼此在物理距離上相距甚遠，她也可以毫無顧忌地吐露內心。她是一面明澈的玻璃，當她站在我面前時，一半照映出我的樣子，另一半展現出自己內在。也許，我對紋紋來說也是這樣的人。

紋紋當年戰勝父親的反對，考進首爾大學生命科學院，而不是K大學的醫學院，然而她只念到二年級，就選擇離開大學。後來，她創立了主打自然主義的品牌，在市場上占有一席之地。不久前，這個品牌發布了最新消息，表示獲得某大企業的鉅額注資。紋紋作為在低碳產業領域中領頭的年輕女性CEO，前陣子受到媒體的高度關注。我掩飾緊張的情緒，用開玩笑的語氣對紋紋說：

「妳最近變成大明星了耶！」

「什麼明星啊？你才是話題中心吧，簡直就是本世紀的心理學大師！我沒有那種命，太出名反而讓我累得要死。」

「妳的 Instagram 會收到奇怪的私訊嗎？比如要妳幫他們諮詢，或是要妳聽聽他們的故事之類的。」

「沒有吧？想跟我借錢的人倒是很多。你是治療心理疾病的醫生，所以才會遇到那種類型的人。這麼一看，高中說要去念醫學院的人是我，結果真正成為醫生的是你。」

「我哪算什麼醫生？諮商師而已。」

「反正都一樣是在治療和救人啊！」

「妳不要到處說這種話喔，會被罵的。」

彼此寒暄破冰之後，我隨意地問起熙榮的近況。紋紋嚇了一跳，回答道：

「幾天前，熙榮也來問我關於你的消息耶！」

「是嗎？真是神奇。」

「幹嘛啊你們？打算背著我開同學會嗎？」

「什麼同學會，只是突然想起來而已。」

「是啦，我們也到這種年紀了。」

「那妳……有沒有聽說過允道的消息？」

「哇，好久沒聽到這個名字了！你的千年之愛都允道先生。」

「閉嘴啦！」

「允道，都允道啊……我也沒有特別聽到什麼消息。五、六年前聽別人說過，他好像在東南亞還是中國做生意？我身邊似乎沒有持續跟他有聯絡的人。」

「好，我知道了。」

「怎麼？你還對他念念不忘？想得要死嗎？」

我仍然記得高三那年，紋紋聽說我和允道的傳聞後，跑來對我說的話。紋紋沒有過問我們之間的關係，也沒說些讓人尷尬的安慰，只是這樣問我：

「你知道怎麼分辨人跟人之間是不是互相喜歡嗎？」

「看眼神？」

「不是。就算雙方都努力隱藏，甚至無法確定彼此是不是互相喜歡時，也有辦法知道兩人是否相愛。」

「什麼方法這麼厲害？」

「只要看他們站在一起的樣子就行了。如果兩人是背對著背，遊戲就結束了。」

我心裡吐槽，不知道她又在說什麼莫名其妙的話了，所以沒再答腔。紋紋一副正在洩漏天機似地壓低聲音說：

「聽說在野生世界裡，正面對視是挑釁的意思。所以，男人之間絕對不會背向對方，絕對不會。」

「是嗎？我都不知道。」

「但是你們不一樣。正面對峙的時候，你們倆恨不得把肚臍都貼在一起，還很自然地直視對方的眼睛……我就是在說你和允道。」

「所以，那又怎樣？」

「我只是想說，那些都是真的。雖然不知道你們說了什麼話、做了什麼事，但當時的那個瞬間是真的。」

正視彼此。用全身去感受自己存在於他眼中的事實。

那些瞬間，我們當下的心意都是真實的。

紋紋妳知道嗎？正是因為妳這一番話，我才能夠活下來。我把這段話奉為圭臬，時不時拿出來反覆咀嚼回味，所以才能勉強撐過那段日子。

「一下都允道，一下柳熙榮，你怎麼突然想召喚過去啊？我平常要是提到學校，大家都充耳不聞耶。熙榮呢，沒什麼變化啊？在學校裡面教書，也還沒有結婚成家。仔細想想，大家都活得差不多。我周圍的朋友當中，人生最戲劇化的就是你。我朋友也都在看你的書耶！倒是我自己覺得尷尬，就不敢讀了……」

跟紋紋通過電話後，低落的心情稍微好轉一些。我猶豫了一下，打開書桌抽屜的最後一格，從裡面拿出天藍色的手機，以及氧化變黑的銀戒指。我試著把戒指套在小指上，尺寸與手指粗細正好吻合。它曾是我在世界上最珍惜的物品，如今一副黑漆漆的醜樣，有如被火燒過一般。我趕緊將它摘下來，接著又拿起手機，在襯衫上拭去灰塵。手機的四個角上滿是刮痕，從高中畢業前開始，一直使用到大學復學之前。這是我人生中最後一支掀蓋手機。

我還記得這支手機收到的最後一封簡訊。

是允道發來的訃告通知。

考上首爾的大學後，我風馳電掣地離開了D市。然而，跟期待中以為此後一切都會好轉不同，我的生活沒什麼變化，反而內心世界裡堆積如山的問題就像膿包一樣接連爆發，失眠的狀況也依然如故。即使收到校方的學業成績警告，我也依舊每天酗酒，要喝醉才能勉強入睡。我的父母親無法繼續守候這樣的我，因此把我送去當兵。進訓練所那天，媽媽對我說：「只要再堅持一下，一切會好起來的。」這說詞，跟當初把還是高中生的我送進伊曼努爾修道院時一模一樣。結果，他們的期待又落空了，我因為患有抑鬱症，被判定有潛在的自殺可能性，僅僅四個月就被軍隊放逐，回歸大眾社會。

之後，我開始接受漫長而艱辛的治療。我的主治醫生表示，因為我錯過治療的黃金時期，病情比想像中還嚴重，因此需要長期治療。高中時期放棄的藥物治療計畫，也終於重新啟動。我以為接受諮詢、乖乖吃藥後，病情就會好起來，但我的狀況絲毫沒有好轉，不停重複著住院、出院的過程。而治療的時間愈長，我需要服用的藥物劑量與次數就愈多。我在成癮與空虛、希望與絕望之間往返跳躍。

有一次，我站在黑沉沉的江水前，打算結束這一切。

眼前的黑水不是壽城池，而是永遠不會停滯在原地、一直在流動奔騰的漢江，我想起很久以前被我親手推入黑水池裡的人，以及當時我的手臂上乘載的敵意與憤怒。我推倒、踐踏某些人之後，好不容易才逃到這個地方，卻也只能過上這種生活。那個時期的我殷切渴望的生活，是奮力奔跑永不回頭，而我最終抵達的竟是這裡。這個現實令我無法忍受。我的感情在渾然不覺中，漫不經心地流淌出黑水。只要我再往前一步，就能從所有的痛苦中解脫，我明明很清楚這一點，卻還是沒能做到。我對自己的憤怒，沒有深刻到可以把自己推下去。這讓我由衷地感到絕望。

最後一次住院治療結束後，我正在準備復學，一組陌生的電話號碼發來某人父親的訃告。公祭會場在D站附近的一間小醫院，喪主正是都允道。這個夏天的酷熱持續創下高溫紀錄，我苦惱了許久，找出家裡衣服當中顏色最暗的T恤和棉褲，搭上了前往D市的火車。

小醫院和火車站之間的距離只需要徒步五分鐘。不同於附近雄偉壯觀的大學附設醫院，小醫院的外觀低矮而老舊。在這棟小小的建築物前，我時隔三年後再次與允道相遇。他的體格依舊瘦削，但過去充滿生機的臉龐變得黯淡，皮膚粗糙乾澀，眼神也變得渾濁暗沉。靈堂裡只有允道和允道的母親在守靈。遺照裡，允道的父親看上去圓潤豐滿，表情有些木訥，但不同於一些傳聞所言，那張臉若要說這是黑社會的人，著實過於平凡普通。我上前獻花並行禮，直到坐到飯桌上吃飯，允道都沒有對我說一句話，只是默不作聲地幫我拿湯飯和小菜，並看著我把飯吃完。到我勉強吃完一碗飯為止，都沒有其他訪客來靈堂祭拜。我很想開口問，你爸爸那些仗義的兄弟在哪裡？平時跟你要好的那些朋友又在哪裡？可是看到允道那雙浮腫的眼睛與泛紅的鼻尖，我又覺得於心不忍。吃完後我準備起身，允道立刻抓住我的衣角。

「要一起抽根菸嗎？」

允道說醫院的屋頂有吸菸區。說是說屋頂，也不過是這棟建築的第四層而已。

我們並肩靠在屋頂的欄杆上，目光眺望著遠方。允道從西裝內襯口袋裡拿出香菸並點燃。他長長地吸了一口，然後問我知不知道為什麼在這裡舉行葬禮。我搖了搖頭。

「這家醫院是距離壽城警察局最近的醫院。聽說在壽城區自殺或是與犯罪相關的屍體，都會被送到這裡。」

允道以漫不經心的神情說出這些話。他把菸蒂扔在屋頂的地板上，用皮鞋摩擦捻熄。他身上穿的西裝比他的身材還寬大，因此每次一有動作，領子就跟著晃動。

「為什麼衣服這麼大件？」

「這是爸爸的西裝。他走得太急了，我也沒辦法。」

允道的表情像是馬上要哭出來一樣，我伸手緊緊環抱住允道。這時，我看見允道的後頸上有紅紅的傷痕，於是湊近允道的耳邊問：

「你脖子上的傷口是怎麼回事？」

允道也對著我的耳朵回答說，西裝襯衫的衣領一直碰到脖子，所以好像磨破皮了。我輕輕撫摸允道的後頸。過了多久時間呢？我感覺到允道的肩膀正在顫抖。我們抽回彼此的身體。允道臉上掛滿淚水，雙唇輕輕歙動，似乎想要說什麼。

「我……我真的……」

允道哭了起來。我把哭泣的允道留在原地，轉身打開屋頂的門，獨自走下樓梯。在低照明度的燈光下，我沿著塗成灰白色的牆面，踏著老舊的水泥樓梯下樓，在心中默默下了決定——

曾經獻上真心愛過的記憶，就留在那個時光裡。

我的不成熟與絕望、憤怒與悲傷、過錯與痛苦的記憶，全都留在那個地方。

•

我把桌上的掀蓋手機與銀戒指放進垃圾桶，然後從口袋拿出手機，點進Instagram，看到來自「1004」的最後一個訊息。

這段時間裡，只要一想起你，就像想到失去的家人一樣，胸口總是覺得刺痛。比起確認爸爸的死訊，失去那個時期的「哥」這件事，即使到了今天，都帶給我更深刻的痛楚。

也許對我而言，你已經成為我永遠的「哥」。我一廂情願地相信，有比血緣更堅韌的羈絆，把我們聯繫在一起，於是發了這則訊息給你。

泰瑞

星期一我就要回加拿大。

在那之前，我想跟哥見一面。

訊息的最後附上一支電話號碼，我撥出了這通電話。

•

已經到了約定的時間，我仍呆站在光化門廣場，置身示威遊行的群眾之間。他們個個滿懷激憤，高喊出屬於他們的口號。這幅景象，讓我回憶起很久以前發生的金融危機。金融危機致使大量公司倒閉，因而出現許多流落街頭的人；金融危機還釀成無數的死亡，讓人不禁相信世界不會再有比這更可怕的悲劇；還有因為金融危機的影響，至今依然躲在某處哭泣、陷落自己那片湖水中的人們，他們的家人與朋友。他們雖然不是我，卻是屬於我的一部分，是構成我的部分碎片。

我知道自己只需要撥開人海，往前跨出二十步，推開那家大型咖啡館的玻璃門走進去，就能夠見到泰瑞，但是我的雙腿無法移動。我屢次調整呼吸，但劇烈顫抖的心臟與急促的呼吸絲毫沒有要趨緩的跡象。我在原地蹲了下來。

不知道從哪裡冒出一股生水味，往我撲面而來。

壽城池。

後來，我盡自己最大的努力生活。為了解決我內心的問題，為了解決他人的問題，我比任何人都還要努力向前奔跑。每當有人問我為什麼要從事這種職業，為什麼要這麼努力工作，為什麼要公開那些可能會成為致命弱點的故事，甚至將它們寫成書，我都會說這是「為了不逃避被我遺落的事物」。其實，我知道這不過是個醜陋的自我辯解罷了。

在過去的一段時間裡，我相信泰瑞沒有死。而因為我決定如此相信，所以泰瑞一直活在我的心中。如此一來，我就有可能不是那個罪人；即使犯下了罪行，我也可能只是半個罪人。事實上，泰瑞的生死狀態對我來說並不重要。我只是拿自己的傷痛作為藉口，用「要跟過去保持距離」這種看似正當的名目，完全遺棄了泰瑞的存在。

像我這種人，還有什麼立場跟你說些什麼呢？

謝謝你從那時候到現在，一直注意到我的存在。謝謝你喜歡原本的我，還有，謝謝你記得我當時的樣子。謝謝你。那時我迫切想要丟棄的不是你，而是我自己。我清楚知道你正在經歷什麼事，卻把你推進那個冰冷的地方，然後獨自落荒而逃，讓你我永遠停滯在原地。真的，真的很抱歉。

我能說出這些話嗎？我說這種話也沒關係嗎？做出那種事情的我，還有勇氣正視你的雙眼嗎？

街上傳來人群的喧譁聲，宛如浪潮一波波襲來。人群的影子之間，射出白晝的陽光。我看到約定地點的咖啡廳與玻璃窗。坐在窗邊的那個人轉頭，徐徐朝我這邊望過來。我們的視線相遇。

彷彿是很久很久以前的我，把頭轉向現在的我。

我深深吸了一口氣，向前邁出一步。

※ 小說中的部分地名取自實際存在之地名，但當中的空間描述皆為作者的想像。此外，人物與事件也是虛構內容。

※ 第四章的標題〈並不是天使〉是取自矢澤愛的漫畫《聖學園天使》（天使なんかじゃない）。最後一章的標題〈遺留之物〉則是以姜英淑的短篇小說《遺留之物》為靈感。

※ 本書創作時，參考了以下書籍[73]與紀錄片：《為什麼只有我感到憂鬱呢？》（金惠南著，中央Ｍ＆Ｂ出版，二〇〇三年）、《走出憂鬱》（*The Noonday Demon*, Andrew Solomon 著，閔勝南譯，二〇二一年）、《公寓遊戲》（朴海天著，人道主義出版，二〇一三年）、《從厭惡到人類之愛》（*From Disgust to Humanity: Sexual Orientation and Constitutional Law*, Martha C. Nussbaum 著，姜東赫譯，根與葉出版，二〇一六年）、《創傷和記憶》（*Trauma and Memory*, Peter A. Levine 著，權勝熙譯，學知事出版，二〇一九年）、〈背離檢閱〉（*Lesbien censorship in school*，李英執導，二〇〇五年）、〈ＯＵＴ：背離檢閱的第二個故事〉（*Out: Smashing Homophobia Project*，李英執導，二〇〇七年）。

73 包括韓文原版著作與在韓國翻譯出版之著作，出版年份皆為在韓國的出版年。

作家的話

第一次感覺到天花板重量，是在我十幾歲時的某個晚上。我躺在床上打算睡覺，卻感覺眼前的天花板正壓迫著我。只要想到未來無數的夜晚裡都必須看著這片天花板度日，就覺得煩悶得喘不過氣。彷彿眼前所見的是我的人生，那絕對的時間總量將我壓垮。雖然現在已經不像當時痛苦，但仍無法擺脫塌落在我身上的絕望的重量。即使努力走完這漫漫征途，也曾經在若干瞬間中領悟，我終究還在原地徘徊。我蒐集這些瞬間，完成了《想成為一次元》。

光是寫下小說的第一段，就花了我很長的時間。我害怕回顧那些異於常人、因而令人無法直視的過往。倘若能夠逃避，我就會選擇逃避；假如能夠閉上眼睛，我就會選擇關閉雙眼。儘管如此，為了能夠戰勝那個時期，為了將現在式的恐怖留在過去的那段時光，我也只能握緊拳頭，睜大眼睛。

本來想以二〇〇〇年代作為背景，寫下關於十幾歲青少年的普通愛情故事，我自己卻在不知不覺中，加入了這個世界讓人痛苦的部分。表面上看似平靜悠然的青少年們，實際上為了保護自己而推開彼此、背叛對方的模樣，讓我不禁想到：這當中的落差，其殘忍程度和災難著實沒有什麼不同。

其實，我想寫的也許是一個關於救贖的故事。依靠著彼此的身體，僅僅只是在一旁陪伴就能夠得到安慰，這種關係從未出現在我的那段時期，因此我想要在假想的世界裡，找到這樣的存在。

然而，這部小說大概會成為一個失敗之作。因為這個故事描述的，是一個渴望救贖的人，曾經將手伸向虛空之中，卻沒能觸碰到任何人，最終只能獨自留下。即便如此，我也相信著，我和我小說中的人物拚命掙扎、努力生存的時光不會白費。努力掙扎時造成的傷痕，以及附著其上的硬繭，為了戰勝人生的拉力而形成的肌肉，讓我們得以繼續堅持下去。即使是悽慘的痛苦，有時也會成為希望的碎片。我想要如此相信，所以寫下這部小說。為了不失去這個信念，我也會繼續寫下去。

希望這部小說能夠觸及到的對象，與我擁有相似的希望或是絕望。倘若小說角色稚嫩的疾走能讓各位讀者開始回顧自身不願面對的過去，那將會是身為作家的我最高興的事。

願所有人都安好

二〇二一年秋，朴相映

想成為一次元
1 차원이 되고 싶어

作　　者　朴相映 박상영
譯　　者　郭宸瑋
封面設計　莊謹銘
內頁排版　高巧怡
行銷企畫　蕭浩仰、江紫涓
行銷統籌　駱漢琦
業務發行　邱紹溢
營運顧問　郭其彬
責任編輯　林淑雅
總 編 輯　李亞南
出　　版　漫遊者文化事業股份有限公司
地　　址　台北市松山區復興北路331號4樓
電　　話　(02) 2715-2022
傳　　真　(02) 2715-2021
服務信箱　service@azothbooks.com
網路書店　www.azothbooks.com
臉　　書　www.facebook.com/azothbooks.read
營運統籌　大雁文化事業股份有限公司
地　　址　台北市松山區復興北路333號11樓之4
劃撥帳號　50022001
戶　　名　漫遊者文化事業股份有限公司
初版一刷　2023年7月
定　　價　台幣490元

ISBN　978-986-489-801-5

This book is published with the support of the Literature Translation Institute of Korea (LTI Korea).

國家圖書館出版品預行編目 (CIP) 資料

想成為一次元/ 朴相映（박상영）著；郭宸瑋譯 .—
初版 .—台北市：漫遊者文化初版 ：大雁文化發行，
2023.07
408 面；14.8 × 21 公分
譯自：1 차원이 되고 싶어
ISBN 978-986-489-801-5(平裝)

862.57　　112007283